DuMont's Kriminal-Bibliothek

Robert Robinson, 1927 in Liverpool geboren und in London aufgewachsen, studierte am Exeter College in Oxford. Der bekannte Radio- und Fernsehjournalist, der auch als Autor tätig ist, veröffentlichte kurz nach Abschluß seines Studiums sein erstes Buch, das hier erstmals in Deutsch erscheint, »Die toten Professoren«, ein herausragendes Beispiel für den skurrilen Humor, der den britischen Kriminalroman auszeichnet.

Herausgegeben von Volker Neuhaus

Robert Robinson

Die toten Professoren

DuMont Buchverlag Köln

Meiner Mutter und meinem Vater

Hinweis: Meine Beschreibung der unterirdischen Einrichtungen der Bodleian Library entspringt der puren Phantasie.
R. R.

Umschlagmotiv von Pellegrino Ritter
Aus dem Englischen von Manfred Allié

2. Auflage 1994

Editorische Betreuung: Petra Kruse
Die der Übersetzung zugrundeliegende englischsprachige Originalausgabe erschien 1982 unter dem Titel »Landscape with Dead Dons« bei Victor Gollancz, London
Satz: Froitzheim Satzbetriebe, Bonn
Druck und buchbinderische Verarbeitung: Clausen & Bosse GmbH, Leck

Printed in Germany ISBN 3-7701-3002-2

Caste now your royal eie on everich hond,
How pleyn disordinaunce is in your lond;
Rancour and Ryot now are sovereyn,
In oon accord to wierken aller peyn;
Swich traytours mote be shent and that anon –
To-hanged on a galwes, everich-on.
Else is the king namore a king, I rede –
Lost is his croun, his pouer and his drede.
Oft lurketh Deeth wythyn the greene shawe,
Whan foul rebelling trampleth on the lawe . . .

Chaucer: *The Boke of the Leoun*

Laßt Herschers Aug' in Euern Landen schweiffen,
Als Not, Verwirrung vm sich greiffen;
Boßheit vnd Argwohn sind die Kön'ge nun,
Welch' Hand in Hand nur Übels tun;
Verräter solt zerschmettern Ir mit starcker Hand –
Am Galgen müssen baumeln, allesamt.
Kein König ist, wer sie nicht strafft –
Verlorn seyn Kron, seyn Macht und all seyn Krafft.
Oft wartet Tod wol hinter grünen Mauern,
Wenn Aufrur und Verrat verborgen lauern . . .

Kapitel 1

Nicholas Flower pfiff leise vor sich hin, als er in die High Street einbog; er hüpfte bald hierhin, bald dorthin, um den Einkaufskörben und dem Verkehr zu entgehen, der auf dem Bürgersteig herrschte. Es war Samstag morgen, die Sonne schien, es war Regattawoche, und Oxford war voll. Handlungsreisende klopften auf der Suche nach einem Quartier beherzt beim Balliol College an, und Naturwissenschaftler aus Cambridge, die nach einer Woche alkalischer Reaktionen nach Zerstreuung dürsteten, röhrten in ihren Sportwagen über die Magdalen Bridge.

Flower war von einer gewissen, ein wenig überheblichen Befriedigung erfüllt, als er sich seinen Weg zwischen Männern in Schals der Universität von Nord-Staffordshire hindurchbahnte; jeder hatte Ferien außer ihm. Er arbeitete sich den Bürgersteig entlang vorwärts und wich mit energischen Schritten den Referenten kontinentaler Institutionen aus, die aus Hoteleingängen lugten, unsicher, wie ihr Spesenkonto stand, und sonnte sich in seiner eigenen Weltläufigkeit. Doch als er in die Cornmarket Street bog, ging ihm auf, daß er, wenn er zur Bodleian wollte, einen reichlich umständlichen Weg wählte. In sein Pfeifen mischten sich jämmerlich schräge Töne, und er errötete.

Also gut, dachte Flower, als hätte der Mann, der in Schwalbenschwanz, weißen Gamaschen und Reklametafel mit raschen Schritten den Rinnstein entlanglief, sich über ihn lustig gemacht – also gut, gestehe es dir ein! Du bist einen Umweg gegangen, damit die Chancen steigen, ihr zu begegnen.

Flowers Pfeifen wurde lauter und trotziger. Na, sagte er zu sich, du mußt in die Bodley. Du mußt den Milton lesen. Sonst ist alles nur ein Vorwand, einen Samstag in Oxford totzuschlagen, nur weil du hoffst –

Am Tag zuvor hatte Nicholas Flower die Radcliffe Camera aufgesucht, um das *Verlorene Paradies* zu lesen, doch er hatte nur ein zweispaltig in winzigen Lettern gedrucktes Exemplar ergattern können. Er hatte dagesessen, es angestarrt und den Geruch des Bohnerwachses und die Heizungsluft eingeatmet. Neben ihm saß ein Mädchen, das ebenfalls das *Verlorene Paradies* las. Sie unterstrich jeden homerischen Vergleich, den sie fand, wie ein Hürdenläufer die Hürden kippt. Eine halbe Stunde lang hielt Flower es aus, dann gab er auf. Er beschloß, für den folgenden Tag einen echten Milton zu ordern – er würde das Prachtstück der Bodleian Library bestellen, das Original. Er würde seine Arbeit tun und sich noch dazu ein ästhetisches Vergnügen gönnen.

Und er würde einen Vorwand haben, mußte Flower zugeben, als er die Broad Street erreichte, die nach dem kleinen dunkelgrünen Kirchhof an der Ecke abzweigte. Meine Güte, dachte Flower, und das mir! Ich hätte verstehen können, wenn Egg so etwas passiert wäre. Egg war genau der Typ, der wegen eines Mädchens wie Balboa Tomlin dahinschmelzen würde. Sentimental wie all diese braven Burschen. Die Normalen. Wiederum seufzte Nicholas Flower, und es ging ihm durch den Kopf, wie einfach es war, dem Charakterbild, das man sich von jemand anderem gemacht hatte, etwas Dummes anzudichten. Nein, nicht an seinem Zimmergenossen lag es, dem armen alten Egg – an ihm selbst, dem armen alten Flower!

Die Sonne schien auf die New Bodleian und ließ ihr Gemäuer so dunkelgelb erscheinen, daß es aussah wie Pappkarton. Flower betrat durch den Torbogen des Clarendon Building einen sandigen Innenhof, wo der Wind den Staub auf die Geländer blies.

Es gab absolut nicht den geringsten Zweifel, daß das Mädchen eine blöde Ziege war. Sie war eitel und dumm und arrogant. Sie hatte wunderbare Beine und einen Busen wie – wie – aber strohdumm – eine von denen, die sich vor Begeisterung gar nicht mehr einkriegen können, wenn sie einen Dozenten beim Vornamen nennen dürfen. Und was für ein Name! Fairlight. Dimoke Fairlight. Flower schüttelte sich theatralisch und trat in den Innenhof der Old Schools.

Im Vorbeigehen las er die Bezeichnungen über den Aufgängen: ›Schola naturalis‹, ›Schola musicae‹. Sie waren im 19. Jahrhundert in einem Anfall von Nostalgie angebracht worden, doch Flower mochte sie. Sie ließen an staubige, schon weit entrückte akademische Dinge denken: an abgewetzte Talare, Schnupftabak und alte Geschichten. Flower schlüpfte in seine Professoren-Persona und ging nun ein wenig gebeugt, wobei er vor sich hin murmelte und sich die Nase mit dem Handrücken wischte, zur Erheiterung dreier Schulmädchen, die das Standbild Sir Thomas Bodleys betrachteten.

Doch seine Gedanken kehrten immer wieder zu Balboa und Fairlight zurück. Was für ein Klotz aus eitler Selbstgefälligkeit dieser Mann war! Ein Don wie aus dem Dritten Programm entsprungen – genau das Richtige für Balboas infantilen Verstand.

Was sie wohl machen, fragte sich Flower. Ich frage mich, ob sie es machen. Ob Balboa tatsächlich . . .

Für mich jedenfalls nicht.

Flower betrat die Bodley und nahm einen tiefen Atemzug. Es roch wie ein Schrank voller alter Stiefel, doch an diesem Tag beschloß Flower, daß es der Geruch der Gelehrsamkeit war. Er stieg die Holztreppe zu Duke Humphrey hinauf (wie der älteste Teil der Bibliothek genannt wird) und gelangte in eine düstere Galerie mit gotischen Fenstern.

Die Wände säumten Regale voller dunkler Bücher, zur Mitte des Raumes hinein standen Glaskästen mit Memorabilia, und an einem Ende befand sich ein alter hölzerner Thron. Eine weitere Galerie zweigte im rechten Winkel ab, dort saßen in Alkoven die Gelehrten und Studenten und lasen. Die Decke war mit dunklen Wappen bemalt, und oberhalb der Bücherregale schauten dünne, bleiche Gesichter kränklich aus uraltem Firnis.

Flower trat vor den kleinen Schalter aus Gitterwerk am Schnittpunkt der beiden Galerien und reichte seinen Bestellzettel einem gutaussehenden Mädchen im Pullover. Die Bodenbretter des Herzogs Humphrey knarrten behaglich, als das Mädchen zur Rückseite seines Kabäuschens ging; Nicholas betrachtete ihre Beine, denn sie erinnerten ihn an Balboa.

Das Mädchen kehrte mit dem Buch zurück, und Flower bedankte sich mit seinem schönsten akademischen Blick. Das *Verlorene Paradies* war ein schmales Quartformat in altertümlichem Ledereinband mit geprägten Linien, der Titel kunstvoll mit Blattgold verziert. Flower nahm den Band vorsichtig an sich und tastete sich auf Zehenspitzen die zweite Galerie hinunter. Er entdeckte einen freien Platz am Fenster mit Blick auf den Garten von Exeter College und drückte sich an einem altehrwürdigen, vor sich hin stöhnenden Paläographen vorbei, um sich dort niederzulassen.

Nicholas Flower brachte es niemals fertig, ein Buch einfach aufzuschlagen und mit der Lektüre zu beginnen. Wenn er im College saß, mit einem frisch aufgeschlagenen Buch auf den Knien, bemerkte er plötzlich, daß er die auf dem Kopf stehenden Schlagzeilen einer Zeitung zu entziffern versuchte, die auf einem Stuhl am anderen Ende des Raumes lag. Manchmal zog er seine Uhr auf. Sehr oft ging er im Raum auf und ab und blieb schließlich auf einem Bein stehen, um zum Fenster hinauszublicken. Manchmal griff er sogar zu einem anderen Buch. Nachdem er eine Weile darin gelesen hatte, waren die Schuldgefühle groß genug, daß er das erste Kapitel in Angriff nehmen konnte.

Er nahm das *Verlorene Paradies* auf und blickte verstohlen nach allen Richtungen, um zu sehen, ob jemand bemerkt hatte, welch ein Prachtstück er da in Händen hielt. Doch niemand hatte Notiz genommen. Sein Nachbar, der Paläograph, hatte das Kinn auf die untere Kante seines Lesepultes gelegt und schnarchte laut. Flower ließ das *Verlorene Paradies* wieder sinken und schaute zum Fenster hinaus. Er sah zu, wie ein Gärtner am Exeter die Kante eines Rosenbeetes abstach, und beneidete ihn um seine Zufriedenheit, als er damit fertig war. Dann betrachtete er die Bilder. ›Narcissus Marsh, Archiep. Armach. olim Coll. Exon‹ ... Was für komisch-pfiffige Gesichter diese Bischöfe hatten, sinnierte er. Ob sie wohl, als sie Modell saßen, wirklich ihre Finger so gehalten hatten? Nein – zuerst wurde das Gesicht gemalt, und die Accessoires kamen später nach Schema F dazu.

Flower verrenkte sich fast den Hals, damit er den Wasserspeier sehen konnte, der unterhalb seines Fensters herausragte. Hatten die mittelalterlichen Steinmetzen in ihren Wasserspeiern nicht immer jemanden karikiert? Doch, wahrscheinlich den Rektor von Balliol oder so, um 1500 herum. Flower sah sich die Zunge und die steinernen Zähne genauer an. Konnte man womöglich auch die Karikatur von jemandem aus dem heutigen Lehrkörper herausdeuten? Flower zerbrach sich den Kopf, wem der Wasserspeier am ehesten ähnlich sah.

Teufel, es war Fairlight! Dieselben Lippen. Und das lange, wabblige Kinn.

Flower seufzte, stützte den Kopf in die Hände und dachte an Balboas Beine. Bei Gott, solche Beine gab es in ganz Oxford nicht noch einmal. Zugegeben, das Mädchen in dem grünen Pullover an der Buchausgabe hatte auch ein hübsches Paar vorzuweisen, aber Balboa, das war eine ganz andere Kategorie. Flowers Kinn lastete nun schwerer auf seiner Hand. Der Rest von ihr wäre auch eine ganz andere Kategorie – wenn ich jemals Gelegenheit bekomme, es herauszufinden, solange der verfluchte Fairlight in seinen verfluchten Stiefeln steckt . . .

Es gab einen heftigen Knall, als das Kinn des schlummernden Paläographen von seinem Lesepult rutschte und auf die Tischplatte schlug. Flower rüttelte sich aus seiner Lethargie auf und streckte die Hand wieder nach dem *Verlorenen Paradies* aus. Milton, dachte er, mein Aufsatz. Die aufgestaute Angst hatte nun das erforderliche Quantum erreicht, um den Arbeitsbeginn nicht länger herausschieben zu können. Er raffte all seine Konzentration zusammen, heftete die Augen auf das Buch und schlug es auf.

Einige Augenblicke lang war das leise Schnarchen des Paläographen, dem es gelungen war, seinen Kopf wieder auf das Pult zu wuchten, das einzige Geräusch, das zu hören war. Dann sagte Nicholas Flower laut und vernehmlich: »Gütiger Himmel!«

Er sagte es mit dem plötzlich verwirrten, kleinlauten Tonfall, den Menschen, die sich für blasiert halten, annehmen, wenn sie wirklich überrascht sind.

Flower sah noch einmal nach dem Buch, dann blickte er auf, schaute wieder hinunter auf das Buch. Dann sagte er zum zweiten Mal: »Gütiger Himmel!«, diesmal vollkommen tonlos.

Bei Flowers erstem Aufschrei hatte der alte Paläograph sich aufgerichtet, nun starrte er den jungen Studenten an, und in seinen Zügen spiegelte sich alles an Neugier, was er noch aufzubringen imstande war.

Zum dritten Male blickte Flower hinunter auf das Buch, das aufgeschlagen vor ihm lag, und sein Herz begann bei diesem Anblick zu schlagen wie ein Schmiedehammer. Ihm war, als sei ihm mit einem Male der Boden unter den Füßen weggezogen worden.

Der Stapel leerer Blätter, den jemand zwischen die Deckel des Ledereinbands gestopft hatte, um den Zwischenraum aufzufüllen, lag auf seinem Schoß verstreut, wohin er gefallen war; und von dem kostbaren vergilbten Manuskript – dem materiellen Zeugnis der ureigenen Stimme Miltons – waren nur ein paar Fetzen Pergament geblieben. Das war alles, was der Unbekannte zurückgelassen hatte, der die Seiten herausgezerrt, herausgerissen, herausgerupft hatte.

Kapitel 2

Am Vormittag, wenn die Sonne scheint und die Silhouetten der Reisenden mit ihren Koffern in scharfen Schatten auf die Bahnsteige wirft, kann man in einem leeren Erster-Klasse-Abteil eine Ruhe und einen Frieden finden, die nirgendwo sonst zu haben sind. Autumn streckte sich in seiner Ecke aus und zögerte das Entzünden seiner Pfeife noch hinaus, damit er jedes dieser Vergnügen für sich genießen konnte; und als der Zug sich in Bewegung setzte, ließ er sich noch einmal die Unterredung durch den Kopf gehen, die er am Morgen mit dem Polizeichef gehabt hatte.

»Wir haben damit gerechnet«, sagte der Commissioner und faltete die Hände unter dem Kinn.

»Lesen Sie die Zeitungen? Aber gewiß tun Sie das, und Sie lesen sie gründlich.«

Autumn las niemals Zeitung, weil er der Ansicht war, daß nichts als Lügen drinstanden.

»Dann wird Ihnen nicht entgangen sein« – Autumn nickte bestätigend –, »wie häufig etwa seit 18 Monaten von mutwilligen Zerstörungen in Bibliotheken – Vandalismus – die Rede war. Bibliotheken allerorten, auf dem Kontinent und in Amerika. Ich habe hier einen Ausschnitt.« Er wühlte in Papieren in einer Schublade. »Na, macht nichts, ich habe die meisten Einzelheiten noch im Kopf. Der jüngste Fall war im – ähm – dem – ähm.« Er schnippte mit den Fingern, und Autumn wand sich nervös auf seinem Stuhl. »Na, das werden Sie doch noch wissen, diese Papiere und Bücher, theologischer Kram, die aus der Vatikanischen Bibliothek verschwunden waren. Einige Tage später tauchten sie mitten auf dem Petersplatz wieder auf« – der Commissioner hielt wiederum inne, und Autumn nickte –, »als Häufchen Asche.«

Autumn nickte eifrig. »War das nicht . . .?«

»In der TIMES«, fuhr der Commissioner fort, der nicht daran dachte, Autumn so billig davonkommen zu lassen, »gab es einen Leitartikel. Einen sehr guten Leitartikel. Aber war« – er faßte Autumn fest ins Auge –, »war die TIMES wirklich auf der richtigen Spur?«

Autumn errötete. Er hätte nicht einmal sagen können, was ein Exemplar der TIMES kostete.

»Das ist doch gerade der springende Punkt. Warum sind sie verbrannt worden? In aller Öffentlichkeit? Aber bedenken Sie – lassen Sie uns gemeinsam die anderen Vorfälle bedenken. Leiden: Mathematische Abhandlungen und ein paar alchemistische Traktate, zerfetzt, in kleine Stücke gerissen, und die Stücke dann mit Reißnägeln an die Universitätspforte geheftet.«

»Reißnägel«, sagte Autumn.

»Hübsche Idee, nicht wahr? Dann war da der Brand – nur ein kleines Feuer, Sie werden sich erinnern – in der Manuskriptsammlung der John-Hopkins-Universität. Und ein zweites Feuer in Yale. In Yale schlugen die Flammen schon höher. Die Zeitungen haben über beide Brände berichtet. Und es gab – Sie werden vielleicht nicht alle Artikel gelesen haben –, es gab weitere Vorfälle in mindestens einem Dutzend Institutionen dieser Art. Überall.

Und jetzt hier. Jetzt geht es auch bei uns los. In Oxford. Wie gesagt, wir haben damit gerechnet.«

Als der Commissioner auf die andere Seite des Schreibtisches kam, fürchtete Autumn, er werde ihn nun an den Ohren ziehen und sich von ihm wiederholen lassen, was bisher gesagt worden war. Der Commissioner, der an der London School of Economics Politikwissenschaft gelehrt hatte, lauerte bei den Tintenfässern an einer Ecke des Tisches.

»Soweit die Fakten. Wie aber haben wir sie zu deuten? Sehr massiert aufgetreten – das ist offensichtlich. Und die Bücher sind in aller Öffentlichkeit vernichtet worden. Das gibt einem zu denken.«

Unvermittelt zwinkerte der Commissioner Autumn zu.

»Was würden Sie tun« – die zwinkernden Augen wandten sich ab –, »was würden S i e tun, mein lieber Autumn, wenn Sie das Land in Aufruhr versetzen wollten, wenn Sie den Leuten wirklich Angst machen wollten?«

Das war der Ton, den der Commissioner im Hörsaal anzuschlagen gepflegt hatte: Ein Billardspiel mit dem Innenminister bei einer Wochenendgesellschaft hatte ihn für den Yard gewonnen und der London School abspenstig gemacht.

»Die Pubs schließen«, meinte Autumn.

Der Commissioner lachte.

»Gute Idee. Aber nun ernsthaft. Wie würden Sie es anstellen, Leute aus dem Gleichgewicht zu bringen, einem ganzen Land das Gefühl zu geben, daß das Leben aus den Fugen geraten ist?«

»Na, wahrscheinlich würde ich hier und da eine Atombombe werfen.«

»Das kann ich mir vorstellen«, sagte der Commissioner mit einem bösartigen Grinsen, »und Sie würden nichts damit erreichen. Bomben zerstören nur an der Oberfläche, innerlich bleiben die Menschen unverändert.«

»Na, ich weiß nicht.«

»Wirklich, es ist so! Sie können ganze Städte dem Erdboden gleichmachen, im Inneren erschüttern Sie die Menschen damit nicht. Die äußere Welt mag verschwinden, aber sie wissen immer noch, wo sie selbst stehen. Warum? Weil es einen Magnetpol gibt, der dem einzelnen hilft, sich selbst im schlimmsten Inferno zurechtzufinden.«

Autumn überlegte, ob der Commissioner wohl ein religiöser Mensch war.

»Ein Magnetpol namens ›Tradition‹. Nicht die Tradition, die die Parteien auf ihre Fahnen schreiben. Ich meine jene Tradition, die sich des Vergangenen bewußt ist, einen Sinn für das Vergangene, der jedem von uns« – der Commissioner rang um ein passendes Bild –, »jedem von uns seine persönlichen Koordinaten innerhalb der Zeit gibt. Unsere persönlichen Koordinaten in der Zeit.«

Der Commissioner hob einen Finger.

»Geschichtsbewußtsein ist die Grundlage jeder Sicherheit; jeglicher politischer Sicherheit, meine ich. Um den Menschen das Gefühl zu geben, das Leben zerfalle ihnen sozusagen unter den Händen, muß man ihre Tradition zerstören. Bomben helfen da nicht«, verkündete der Polizeichef warnend, »doch es gibt subtilere Mittel.«

»Aber ich habe nicht die Absicht, irgend jemanden zu verunsichern, Sir –«

»Aha«, jubelte der Commissioner, als er sah, daß das Gespräch einen klassischen Verlauf nahm, »natürlich haben Sie das nicht, mein Lieber, aber es gibt eine Menge Leute, die anderer Meinung sind. Leute, die etwas gegen Regierungen haben. Revolutionäre. Ein Gefühl der Geborgenheit ist der größte Feind des Revolutionärs, sein Haupthindernis. Er muß dafür sorgen, daß die Leute ins Schleudern geraten, damit sie ihm zuhören. Ein Mensch, der den Boden unter den Füßen verloren hat, klammert sich an jeden Strohhalm. Ihnen den Boden unter den Füßen wegziehen, damit fängt für den Revolutionär alles an. Sie gefährden Ihre Geborgenheit. Kurz gesagt, die Zielscheibe ist die Tradition.«

Der Commissioner, der sich beschwörend vorgebeugt hatte, lehnte sich nun wieder zurück.

»Verzeihen Sie mir«, sagte er, »daß ich über etwas so Komplexes so daherschwätze.«

Da habe ich ihn wohl unterschätzt, dachte Autumn.

Der Commissioner fuhr fort: »Verstehen Sie nun, warum die Bücher in aller Öffentlichkeit vernichtet wurden? Es hätte ja keinen Sinn, der Tradition – einem bestimmten, konkreten Aspekt der Tradition – einen Schlag zu versetzen, wenn die Leute die Zerstörung nicht *sehen* könnten, nicht wahr? Es kam nur in die Zeitung, weil es etwas Besonderes war. Verstehen Sie?«

»Und es waren immer alte Bücher?«

»Sehr alt und sehr kostbar. Unersetzlich. ›Unser kulturelles Erbe.‹« Der Commissioner grinste bei diesen Anführungszeichen. »Unser Kulturgut, verstehen Sie. Darauf haben sie es abgesehen.«

Der Commissioner schwieg. Dann sagte er:

»Man muß das im Zusammenhang betrachten. Der einzelne Angriff dieser Art ist nur ein Mosaikstein in einer Kampagne, die ein *Klima* schaffen will, ein Klima der Verunsicherung. Einem solchen Angriff läßt man dann Propaganda folgen, Streiks, Züge, die ihren Fahrplan nicht einhalten, Versorgungsengpässe – alltägliche Unannehmlichkeiten. Und natürlich braucht das alles Zeit. Wie lange, frage ich mich, wird es wohl gedauert haben, bis die Herren von der Presse sicher sein konnten, daß junge Damen in Ohnmacht fielen, wenn Mr. Crosby sang?«

»Aber kümmern sich die Leute denn wirklich um –«

»Tradition? Sie können gar nicht anders, mein Lieber. Sie tun es instinktiv. Warten Sie nur«, sagte der Commissioner, »warten

Sie nur, bis es in den Kunstgalerien losgeht. Eines Morgens liest jemand in seiner Sonntagszeitung von der zerfetzten *Mona Lisa*, dem schrecklichen Feuertod des *Lachenden Kavaliers* oder dem total zerstörten *Abendmahl* – dieser Jemand war vielleicht noch nie in seinem Leben in der Tate Gallery, aber ich halte jede Wette, daß ihm an diesem Sonntag der Appetit vergangen ist. Oh ja«, sagte der Commissioner, »das ist ein Reflex – genauso, wie einem schwindlig wird, wenn man im Kreis herumgedreht wird. Dagegen kann man gar nichts machen.«

»In den Kunstmuseen wird es auch losgehen?«

»Aber gewiß. Es wundert mich sogar, daß sie nicht dort angefangen haben. Bei Bildern reagieren die Menschen stärker als bei Büchern. Andererseits ist eine Bibliothek natürlich ein uneinnehmbares Bollwerk, nicht wahr? Bibliotheken haben etwas Dauerhaftes, sie sind jederzeit da. Sakrosankt. Da stiftet es Verwirrung, wenn man erkennt, daß sie doch nicht ... Oh ja«, fuhr der Commissioner fort, »Bibliotheken, Kunstmuseen, dann versuchen sie es vielleicht mit einem Bauwerk. Eine schwierigere Aufgabe, so ein Bauwerk, aber überaus lohnend, wenn es gelingt. Stellen Sie sich vor, Buckingham Palace würde in die Luft gesprengt. Deshalb habe ich gesagt, daß Bomben nützlich sein können –«

»Guy Fawkes«, bestätigte Autumn.

»Ganz genau.« Der Commissioner strahlte. »Damals gab es ein konkretes Ziel, aber die Grundidee, das Parlament in die Luft zu sprengen, hatte viel größere Tragweite.

Und dann« – der Commissioner leckte sich die Lippen – »folgt der Bürgerkrieg. Der Angriff auf das Traditionellste an der Tradition – die Ordnung! Ah, das lohnt sich wirklich.«

Er saß auf der Tischkante, spielte mit den Münzen in seinen Taschen und ließ die Beine baumeln.

»Dr. Johnson sagt, keine Katastrophe des öffentlichen Lebens habe jemals einen Mann von seinem Mittagessen abgehalten. Aber eigentlich meinte er damit die Katastrophen der a n d e r e n. Tief im Innern sind wir alle von Tradition durchdrungen; die Tradition zerstören, das heißt: alle Wegweiser ausreißen. In einer Welt, in der es keine Richtungen mehr gibt, laufen die Menschen kreuz und quer durcheinander.

Dann kommen die Fragen auf, die Fragen, die zu stellen bis dahin niemand die Zeit hatte: Was ist eigentlich dieses Leben ...?

Und die Antworten (wie jeder Revolutionär weiß) haben ihren Preis – Unabhängigkeit...«

Der Lärm der Autohupen und Motoren von Whitehall erfüllten den Raum, als der Commissioner verstummte.

»Nun gut«, sagte er energisch, »wir haben zwei Fälle von Buchvandalismus in Oxford. Der eine wurde von einem jungen Mann entdeckt, der eine Handschrift des *Verlorenen Paradieses* aufschlug und feststellte, daß sämtliche Blätter herausgerissen waren. Als die Leute von Bodley nachsahen, fanden sie noch eine Reihe anderer im selben Zustand. Und gestern abend kam es zu einem zweiten Vorfall. Eine Dame – eine recht merkwürdige Dame, wie mir scheint, deren Angewohnheit es ist, abends mit dem Teleskop zum Fenster hinauszuschauen – bemerkte einen Lichtschein jenseits der Kirche St. Mary's, der sich als kleinere Ausgabe des Scheiterhaufens vom Petersplatz erwies.«

»Ich fahre also mal runter.«

»Sprechen Sie besser von ›rauf‹, mein lieber Freund. Natürlich denkbar, daß diese beiden Vorfälle in keinerlei Verbindung zu den Ereignissen der letzten 18 Monate stehen. Das müssen Sie selbst herausfinden. Aber so wie die Dinge liegen, werden wir das nicht der Ortspolizei überlassen. Schon gar nicht jetzt, mit diesem Chaucer. Wer immer die Bücher vernichtet hat, wird nichts unversucht lassen, den in die Finger zu bekommen.«

Selbstverständlich hatte Autumn von diesem Chaucer gehört.

»Wie hieß es doch gleich?«

»*Book of the Lion.* Stand in allen Zeitungen. Das Gedicht, das man in Ewelme ausgegraben hat. Die größte literarische Entdekkung seit – seit –« Es schien nicht gerade das Spezialgebiet des Commissioners zu sein. »Sogar im WORKER stand ein Artikel – ›Höfische Liebe, meine Güte!‹, und es kam im Fernsehen. Großes öffentliches Interesse, deshalb ist die Gefahr ja so groß, wenn die Geschichte in Oxford mit den anderen zusammen –«

»Wo befindet sich der Chaucer jetzt?« fragte Autumn.

»Bei dem Mann, der ihn entdeckt hat. Keine Angst, dort ist er in Sicherheit. Ich kenne diese Gelehrten« – der Commissioner lächelte das Lächeln eines weltgewandten Mannes –, »er wird das Buch hegen und pflegen wie ein krankes Kind.«

»Na, dann will ich mich mal auf den Weg machen.«

»Um Hotels brauchen Sie sich nicht zu kümmern, der Vizekanzler bringt Sie in seinem eigenen College unter. Ich glaube, er will uns im Auge behalten. Ein ziemlich griesgrämiger Zeitgenosse. Immerhin wohnt der Bibliothekar von Bodley im selben College, Warlock, das kann vielleicht von Nutzen sein.«

Er begleitete ihn zur Tür.

»Es wird eine Erfahrung für Sie sein«, meinte der Commissioner. »Oxford. Na«, fügte er mit einem Anflug von Humor hinzu, »passen Sie bloß auf, da klauen sie den Polizisten gern die Helme.«

Als der Zug den Bahnhof von Reading verlassen hatte, steckte Autumn seine Pfeife an und beglückwünschte sich wieder einmal zu seiner kleinbürgerlichen Herkunft, die es ihm auch heute noch, in mittleren Jahren, ermöglichte, sich an einfachen Dingen zu erfreuen, etwa an einer Bahnfahrt Erster Klasse auf Kosten seines Arbeitgebers.

Er hatte den Darlegungen des Polizeichefs gern gelauscht. Sie waren hochintellektuell gewesen und sehr interessant. Man hatte sich außerordentlich kultiviert unterhalten. Aber ein wenig unruhig war er schon. Die Theorie klang wirklich überzeugend. Und doch – ein Verbrecher mit philosophischen Neigungen – dem es auf die Stimmung ankam – wenn man sich das vorstellte! Faszinierend –

Die Tatsache bleibt, daß mir so etwas noch nie begegnet ist, sagte sich Autumn. Ich bin einfache Verbrechen gewöhnt. Leute, die ihre Frau umbringen, weil sie sich mit dem Installateur eingelassen hat...

Aber verdammt, hast du denn gar keine Phantasie? Solche Sachen kommen vor. Gott, was wird man engstirnig, wenn man den ganzen Tag über mit nichts anderem als Raub, Mord und Vergewaltigung konfrontiert wird. Das sind die wahren Berufskrankheiten bei Leuten wie uns – wir haben so viel mit kriminellen Kreisen zu tun, daß wir selbst anfangen zu denken wie Kriminelle. ›Motiv‹, das heißt für uns bloß Geld oder Sex...

Doch so sehr er sich auch bemühte, seiner Phantasie freien Lauf zu lassen, Autumn wurde seine Nervosität nicht los. Mit einem Seufzer gab er jenem tadelnswerten Laster nach, das zu meistern er schon vor Jahren jegliche Hoffnung hatte fahren lassen, und legte die Füße auf den Sitz gegenüber.

Nein, dachte er, das mit dem Geld und dem Sex, das stimmte eigentlich nicht. Was ich meinte, war vielmehr, daß die Erfahrung lehrt: Die meisten Verbrechen haben konkrete, persönliche Motive und keine philosophischen. Und wenn der Commissioner recht hat, dann sind die Burschen, die hier dahinterstecken, ausgesprochen philosophisch veranlagt. Ich will damit nicht sagen, fuhr Autumn in seinem Selbstgespräch fort, daß ich den Gedanken des Commissioners einfach verwerfen sollte. Ich stelle nur fest, was mich daran ein wenig irritiert.

Und nachdem er nun seinen eigenen Motiven auf den Grund gegangen war, schmauchte Autumn zufrieden seine Pfeife und dachte an Oxford.

Seine Erfahrungen mit Universitäten beschränkten sich bisher auf Bootsrennen und die akademischen Aktivitäten der Londoner Universität am Abend des Guy-Fawkes-Tages. Als Bobby hatte es zu seinen Aufgaben gezählt, darauf zu achten, daß die Jungs ein vernünftiges Gleichgewicht zwischen Randale und guter Laune wahrten. Ohne mit der Wimper zu zucken, war er den übermütigen Wissenschaftlern entgegengetreten, wenn sie mit hingebungsvoller Häme *Lloyd George knew my Father* anstimmten.

Über Professoren wußte er nicht das Geringste. Während der Zug an jedem kleinen Bahnhof zwischen Didcot und Oxford hielt, versuchte Autumn, sie sich vorzustellen. Aber er kam nicht weiter als bis zu dem Gesicht eines ältlichen Zuhälters, den er kannte und der eine bemerkenswerte Ähnlichkeit mit dem Proctor in *Ein Yankee in Oxford* hatte.

Welche persönlichen Beweggründe waren es, die Professoren umtrieben? Hmmmm. Autumn schaute zum Fenster hinaus, als der Zug in den Bahnhof einfuhr. Er hatte gehofft, die verträumten Turmspitzen zu sehen, doch alles, was er sah, waren Gasometer. Er stieg aus, mit ihm etliche übernächtigte junge Männer und einige ältere Herren mit Krawatten, die nach einem anstrengenden Wochenende in den Fernseh-Talkshows zurückkehrten, um ihre Vorlesungen zu verschieben.

Autumn gab dem Kontrolleur seine Fahrkarte und trat hinaus auf die Straße, um nach einem Taxi Ausschau zu halten.

»Bum, alter Knabe«, rief jemand.

Autumn blickte sich um. Ein Mann in einem Kamelhaarmantel kam auf ihn zu.

»Bum, alter Knabe«, wiederholte der Mann.

Ein Taxi fuhr vor, und Autumn hielt inne, eine Hand am Türgriff.

»Bum, alter Knabe«, sagte der Mann im Kamelhaarmantel zum dritten Mal, schüttelte ihm die Hand und fügte hinzu: »Von der KNELL.«

Kapitel 3

»Ist eigentlich ganz und gar nicht mein Ressort, alter Knabe«, sagte Mr. Bum und stieg zu Autumn in das Taxi, »aber unser Kriminalreporter sitzt gerade für 18 Monate ein.«

Autumn wandte sich an den Fahrer: »Zur Polizeiwache.«

»Und da ich sowieso in der Gegend war, hieß es, ich soll gleich bleiben, als die Sache mit dem Scheiterhaufen von gestern abend bekannt wurde.«

»Sie waren schon hier?«

»Jawohl, alter Knabe. Kam her, um ein Porträt von dem Typ zu schreiben, der den Chaucer ausgegraben hat. Ich glaube, der Kerl geht mir absichtlich aus dem Wege. Nicht zu fassen« – Mr. Bum schüttelte den Kopf wie ein Pferd, das von Fliegen geplagt wird –, »nicht zu fassen, wie weltfremd manche von diesen Burschen sind.«

»Haben Sie ihn denn überhaupt schon zu fassen gekriegt?«

»Er hat mich für heute abend ins Warlock College zum Essen eingeladen, aber ich weiß nicht, ob er mitspielt. Seit drei Tagen klebe ich schon an ihm, habe sogar einen Vortrag über eine Rundreise auf den Hebriden über mich ergehen lassen, und ich kann nicht gerade behaupten, daß ich für Geographie schwärme.«

Autumn blickte zum Fenster hinaus. Auf der Straße wimmelte es von Fahrrädern und bunten Hemden und hübschen Röcken. Und die Sonne schien.

»Ich kann diese Kulturheinis nicht ausstehen, alter Knabe«, vertraute ihm Mr. Bum an, »die sind überhaupt nicht mein Fall. Normalerweise betreue ich um diese Jahreszeit die Badeorte an der Südküste, aber die Mutter vom Chefredakteur ist gerade nach Margate gezogen, da macht er es diesmal selber –«

Mr. Bum starrte finster zum Fenster hinaus.

»Das sind seltsame Menschen«, sagte er, »sehr seltsam . . .«

Mr. Bum starrte aus dem Fenster, als treibe er Studien an einer urtümlichen, auf Bäumen lebenden Gesellschaft, zu der er in Pidgin-Englisch sprechen mußte, wenn er sie mit seinen großstädtischen Gedanken vertraut machen wollte. Das Taxi hielt an der Ampel am Carfax.

»Immerhin«, bemerkte Mr. Bum, »soll das Essen dort nicht schlecht sein.«

Das Taxi bog nach rechts ab.

»Daß die diese alten Bücher rausgeschmissen und verbrannt haben. Verdammter Vandalismus, alter Knabe. Aber warum« – er musterte Autumn neugierig – »sie deswegen den Yard zugezogen haben? Wenn Sie mich fragen, das waren betrunkene Studenten, die einfach nicht genug zu tun hatten . . .«

Sie kamen an Christ Church vorbei, und plötzlich erregte etwas Autumns Aufmerksamkeit. Nicht Mr. Bums Worte waren es, sondern ein dicker Mann in einem braunen Anzug. Der Mann kam eben hastenden Schrittes aus dem Eingang von Christ Church, vielleicht hatte er vom Fluß herauf die Abkürzung durch den Innenhof genommen. Seine Weste trug er ganz aufgeknöpft.

»Wenn Sie mir irgendwas sagen können, alter Knabe. Einen Hintergrundbericht habe ich schon beisammen, verträumte Turmspitzen, blaublütige Undergraduates –«

Der dicke Mann blieb an der Bordsteinkante stehen. Es war etwas Unpassendes an seinem Aufzug – der kühne Knick in der Krempe seines Hutes –, doch wirklich bemerkenswert an ihm war die Zielstrebigkeit in seinem Ausdruck. Sie fiel auf, weil sie so überdeutlich war: als ob er sich fehl am Platze fühlte, aber wild entschlossen sei, sich davon nicht irritieren zu lassen.

»Sie lassen mir keine Ruhe, ich soll etwas Sensationelles –«

Autumn warf einen letzten Blick durch das Rückfenster des Taxis und sah, wie der dicke Mann die Straße überquerte, ein Auge auf seine Füße gerichtet, eins auf seine Nase. Wo zum Teufel hatte er ihn schon gesehen?

»Oh«, sagte Autumn, als Bum nicht lockerließ, »ja, natürlich. Das Problem ist bloß, daß ich selber nicht mehr weiß als Sie. Ich werde gleich ein Wörtchen mit unserem Mann vor Ort reden: Wenn irgend etwas im Busch ist, lasse ich Sie es wissen.«

Einige Sekunden darauf hielt das Taxi vor der Polizeiwache. Als Autumn ausstieg, war er noch immer in Gedanken bei der Frage, wo er den dicken Mann schon einmal gesehen hatte.

Die Sonne ging zwischen den Wasserspeiern und Zinnen unter, und über das kurzgeschorene Gras des Summerhouse-Hofes zogen seltsame scheckige Schatten. Lange Lichtstrahlen ließen die verschiedenen Farben des Steins aufleuchten, und Autumn, der zum ersten Mal Warlock betrat, stand vor einem Stilmischmasch, der ans Delirium grenzte.

Aubreys biographische Skizze über William Warlock, den Gründer und Wohltäter des College, ist kurz und bündig: »Von Wuchs war er klein, wohl kaum fünf Fuß. Er sagt, er wollt mehr Münzen schlagen, aber das war nichts nütz. Er hatte eine rote Perruque an. Sir John Coventry sagt, er habe viel unter Schwären zu leiden habt. Sein College ist exotisch; es sollt alles in seinem Bauwerk sein, als da sind Pagoden und dergleichen mehr. ›Sie sollten prahlen, und mehr war da nit.‹«

Noddy Warlock war in der Restaurationszeit Schatzkanzler gewesen, seine Amtsperiode war durch eine Folge vollkommen neuartiger und durch die Bank katastrophaler Finanzstrategien gekennzeichnet gewesen; unmittelbar nachdem sein Projekt gescheitert war, die Staatsfinanzen durch das einfache Mittel zu sanieren, Halfpenny-Münzen aus Blei zu prägen, hatte Noddy sich nach Dorking zurückgezogen und sich ganz dem Verfassen von Gelegenheitsgedichten gewidmet.

Doch die Dichtkunst füllte ihn nicht aus (nur ein Werk – *Praescriptum einer Land-Oekonomie, beim Anblicke von Box Hill in der Ferne* – findet sich heute noch in den Anthologien), und Noddy, ein wohlhabender Mann, beschloß, sich ein dauerhafteres Monument zu errichten. Er stiftete Warlock und leitete höchstselbst die Bauarbeiten.

»Pah, Sir«, schmollt eine abschätzige Maskierte in Shadwells *Dienstbare Tugend oder Die Magd im Schranke*, »Euer Vers, wie Ihr jämmerlich den einen zwischen den anderen Stil setzt, hat mehr Erker und Zinnen und Türmchen als das neue College in Oxford...«

Das Bild war trefflich. Warlock ist ein Denkmal der gesamten Architekturgeschichte. Was Noddy ausließ, fügten spätere Generationen hinzu. Zu jedem angelsächsischen Torbogen gibt es einen normannischen Turm, zu jeder dorischen Säule eine korinthische, eine ionische, eine Kompositsäule und eine toskanische. Ziergiebel und Brüstungen lugen aus gerundeten Strebbögen hervor und verlieren sich zwischen Rundbögen, Winkelsteinen, barocken Tür- und Fensterpfosten, Gewölbesteinen und maurischen Kuppeln. Zinnen sind über die Dächer verstreut wie Konfetti, und im Summerhouse-Hof steht gar eine Pagode.

Was Kreuzgänge angeht, ist Warlock weltführend; es heißt, Mrs. Radcliffe (die einmal für ein Wochenende zu Besuch war) habe die Kreuzgänge von Summerhouse gesehen und noch am selben Nachmittag mit der Niederschrift ihres *Udolpho* begonnen. Fresken und Statuen wetteifern um Raum zwischen den Dachkanten und Giebeln, Wasserspeier blicken mit verzerrten Gesichtern von Architraven und Simsen herab. Bis zum 19. Jahrhundert hatte die Bandbreite der Stile ein solches Ausmaß erreicht, daß Sir George Gilbert Scott das Handtuch warf und statt dessen nach London ging und das Albert Memorial baute.

Abgesehen von den Fellows, die aus dem Fonds des College bezahlt wurden, schien niemand eine besondere Vorliebe für Warlock zu haben, als es erst einmal vollendet war, es blieb ein Graduiertencollege in der Art von All Souls. Dann und wann kamen Undergraduates, die in anderen Colleges die Aufnahmeprüfungen nicht bestanden hatten, nach Warlock, aber es waren nie mehr als ein halbes Dutzend, die gleichzeitig dort wohnten.

Einige Minuten lang stand Autumn im Innenhof und gab sich alle Mühe, den Eindruck des Gebäudes zu verdauen. Dann folgte er dem Pförtner über den Summerhouse-Hof zum Gästezimmer.

Es war sieben Uhr, die College-Diener kamen aus Cowley und Folly Bridge angeradelt. Rugbyspieler sangen aus vollem Halse einsilbige Lieder, während sie aus der Badewanne stiegen, und weit draußen in den nördlichen Stadtteilen ließen Dons, die sich ihre wachsende Vorfreude nicht anmerken ließen, ihre Familien bei Fischkonserven zurück und stürmten frohgemut zu den Bussen der Linie 4. Die Zeit des Abendessens war gekommen.

Das war doch etwas anderes als die Polizeikantine, ließ Autumn sich behaglich durch den Kopf gehen. Das Abendessen war zu Ende, und die Dons von Warlock delektierten sich am Dessert. Der Professor zu seiner Linken reichte Autumn einen Nußknakker, und er knackte eine Nuß.

»Ich muß mich nochmals entschuldigen, daß der Rektor nicht zugegen ist«, sagte der Gelehrte, ein Mann namens Undigo, der beim Dinner den Vorsitz gehabt hatte, »aber wie ich bereits andeutete, ist das durchaus keine Seltenheit.«

Manchip, der Rektor von Warlock und Vizekanzler der Universität, galt als impulsiver Mann. Es kam oft genug vor, daß er Gäste zum Abendessen einlud und dann selbst nicht erschien. Der Grund dafür (da war man sich im Common Room einig) war ebenso in seiner Boshaftigkeit wie in seiner Vorliebe für das Abpausen von Messinggrabplatten zu suchen. Diesem Hobby ging er per Fahrrad in entlegenen Dorfkirchen nach, und manchmal blieb er tagelang ohne Vorwarnung verschwunden.

»Es gibt nur vier Dinge, die ihn wirklich interessieren«, warf mit zittriger Stimme ein uralter Mann namens Falal ein: »Gynander, Grabplatten, Kreuzworträtsel und Gehässigkeiten. Ha, ha, ha!«

»Reichen Sie den Port weiter, Humphrey«, ermahnte ihn darauf Undigo. »Ihr Fassungsvermögen ist nicht mehr das alte.«

»Und dazu«, fuhr der Alte fort, »ist er das beklagenswerte Opfer einer Obsession.« Er ließ seinen triefäugigen Blick in die Runde wandern. »Er will«, eröffnete er Autumn, »Frauen als Undergraduates zu dieser Universität zulassen. Undergraduates, bei meiner Seele, das hat er tatsächlich vor. Eine Idee, die uns alle zutiefst schockieren muß. Zu dieser Universität Frauen zuzulassen wäre eine Katastrophe, deren Ausmaß sich nur mit dem Untergang Trojas vergleichen ließe.«

»Das ist ja nun wirklich empörend«, trompetete eine tiefe Stimme. »Über Frauen reden, als ob sie gar nicht existierten. Empörend.«

Das war Pearl Corker, die mannhafte Miss Corker von Walpurgis Hall. Unter dem Tisch hatte sie die Beine breit gespreizt, und ein mit Gummiband gesichertes Bein ihres wollenen Schlüpfers lugte hervor. Sie war Undigos Gast.

»Mein lieber Humphrey«, schaltete sich ein Gelehrter mit strengen Zügen und silbernem Haar ein; Christelow, der das Chaucer-Gedicht entdeckt hatte. »Sie wissen genau, daß Frauen ebenso zur Universität dazugehören wie Sie selbst. Manchip sähe es einfach nur gern, wenn mehr Frauen hierherkämen.«

»Ah, so ist das also. Sehr einleuchtend, ohne Zweifel.« Falal wurde ironisch. »Wenn es Manchip gelänge, Oxford auf die angedeutete Weise zu kontaminieren, würde ich ihn erschießen. Jawohl, das würde ich tun. Mit meinen bloßen Händen«, fügte er hinzu.

Christelow lachte.

»Die Art, wie Sie sich weigern, den Tatsachen ins Auge zu sehen, erinnert mich an die beiden Männer aus Christ Church. Der eine wettete mit dem anderen um fünf Pfund, daß es kein College namens Wadham gebe.«

»Und wer hat gewonnen?« fragte Undigo mit Grabesstimme.

Autumn lächelte.

»Ich muß Ihnen erzählen«, sagte Christelow, »wie ich einmal mit Manchip Golf gespielt habe. Ich dachte, ich nutze die Gelegenheit und lasse mir etwas über seinen Lieblingsdichter erzählen. Ich fragte ihn also beim Abschlag: ›Sagen Sie, Rektor, was für ein Dichter ist das eigentlich, dieser Gynander?‹ ›Oh‹, antwortete er mit seiner tiefen Stimme, ›ein hochinteressanter Dichter.‹ ›Gewiß‹, beharrte ich, ›das hatte ich nicht anders erwartet. Aber‹, sagte ich, ›was für eine Art Dichter ist er?‹ ›Ja, Christelow‹, antwortete Manchip und schlug beherzt zu, ›ist Ihnen eigentlich klar, daß nur noch sechs Gynander-Fragmente erhalten sind?‹ ›Tatsächlich, Rektor?‹ entgegnete ich. ›Aber was für ein Dichter ist er denn nun eigentlich?‹ ›Und‹, fuhr er fort, während er eine Furche nach der anderen in den Rasen drosch, ›es gibt eine Konstruktion, die nicht weniger als zweimal in jedem dieser Fragmente auftaucht und sonst nirgends in der griechischen Literatur. Na, wie finden Sie das, hm?‹ ›Hochinteressant‹, erwiderte ich. ›Aber, Rektor, was für ein Dichter ist denn Gynander nun?‹ ›Überraschend sorglos mit den Genera‹, sagte er, während sein Ball im Grün landete und auf der anderen Seite wieder hinunterrollte. ›Ja‹, sagte ich, ›aber was für ein Dichter ist er?‹ ›Ah‹, antwortete er, als ich meinen Ball in den Bunker schlug, ›Sie interessieren sich für die sensationelleren Aspekte der Literaturwissenschaft . . .‹«

»Er ist ein Trottel.«

Diese Worte sprach ein rotblonder Naturwissenschaftler mit Nickelbrille.

»Er schämt sich, weil sein College so klein ist, er ist arrogant und hat keinerlei Manieren; ich verstehe nicht, ich habe noch nie verstanden, warum wir uns so etwas gefallen lassen –«

Undigo funkelte ihn an.

»Sie sprechen wie ein Hausierer, dem eine Herzogin die Tür gewiesen hat, Rankine. Manchip mag bisweilen unangenehm sein, aber er ist es wenigstens mit Stil. Ohne ihn wäre Warlock ein ungleich langweiligerer Ort.«

Sie hoben die Tafel auf und begaben sich hinüber zu den Sesseln, wo sie allesamt Platz nahmen.

Autumn fühlte sich wohl. Er durchlief eben jene halluzinatorische Phase nach dem Abendessen, die die meisten Besucher in einem Senior Common Room befällt und in der das Opfer das Leben eines College-Dons als das einzig erstrebenswerte auf Erden empfindet.

Es war eine große Abendgesellschaft, und außer Christelow, Rankine, Undigo, Falal und Miss Corker waren zugegen: Bum (der alle Getränke außer dem Whisky abgelehnt hatte); McCann, ein großgewachsener Schotte mit grauem Teint und dunklen Augen, der Bibliothekar in Bodley war und der den ganzen Abend über neben Pearl Corker gesessen und ihr zugehört hatte, als ob er Material für eine neue und sensationelle Ausgabe des *Monströsen Regiments* sammle; Fairlight, der Vertreter des New Criticism; und Clapp, Dozent für Militärgeschichte. Alle, ausgenommen Miss Corker, wohnten in Warlock.

Fairlight meinte gerade: »Wäre das nicht ein Spaß, wenn sich herausstellt, daß es Manchip ist, auf den der Inspektor es abgesehen hat? Daß er sich in die Bodleian hineinschleicht und die Regale mit den neueren Romanen in Brand steckt?«

»Würde mich gar nicht wundern«, sagte Clapp, der stocksteif in seinem Sessel saß. »Ein Mann, der die College-Türen den Russen öffnet, ist zu allem fähig. Das ist doch ein Russe, der Undergraduate, den wir dieses Trimester bekommen haben. Hat alles Manchip eingefädelt. Schreckliche Aussichten, alles voll hier mit Russen. Und alles von Manchip ausgeheckt.«

Clapp leerte ein Glas Portwein. Er war ein kleiner Mann und trug einen enganliegenden Zweireiher, der wie eine Uniform geschnitten war.

»Also wirklich, Clapp, Sie können ihn doch nicht einfach als Russen bezeichnen. Er ist bloß russischer Abstammung.«

»Ich denke, Manchip hatte seinen Spaß daran, überhaupt irgendeine Art Russen hierher zu holen«, sagte Undigo. »Was meinen Sie dazu? Ich persönlich fand es amüsant. Obwohl Archangel wahrscheinlich niemals weiter in Richtung Rußland gekommen ist als bis zum Highgate Pond. Daraus könnte man doch eine feste Einrichtung machen. Rhodes-Stipendiaten aus Rußland, wie wäre das? Großartig! Eine liberale Atmosphäre kam dem slawischen Temperament seit jeher entgegen; sie würden sich amüsieren, wenn ich ihnen Geschichten von meinem Vater erzählte, wie er die Karbunkel an Marx' Hintern, derentwegen das *Kapital* eine so qualvolle Lektüre ist, mit Zugpflastern behandelte. Und wir würden darauf bestehen, daß Rankine seine Vorurteile für sich behält. Er glaubt nämlich« – Undigo grinste den rothaarigen Wissenschaftler an –, »Archangel sei ein Spion.«

»Keineswegs«, fuhr Rankine ihn an. »Wie ich Ihnen gesagt habe, Undigo, halte ich dies für einen unklugen Präzedenzfall. Landlauf, landab warten englische Jungs darauf, daß sie hier einen Platz bekommen, und da ist es eine Schande, die Studienplätze an Ausländer zu vergeben, dazu noch an Ausländer, die womöglich unerwünscht sind.«

»Hört, hört«, brummelte Clapp.

»Oho«, frohlockte Undigo, »das sind also die Früchte Ihrer liberalen Erziehung. Finden Sie Ausländer nicht allesamt unerwünscht? Rankine, Rankine, mir scheint, Sie sind auf Parteiversammlungen gewesen.«

»Es gibt einen Unterschied zwischen witzigen Bemerkungen und schlechtem Benehmen«, empörte sich Rankine. »Sie in Ihrem Alter sollten ihn eigentlich kennen. Gute Nacht.«

Er stand auf und ging hinaus.

»Witzige Bemerkungen! Meine Güte. Mache ich wirklich witzige Bemerkungen? Fanden Sie das auch?«

Fairlight, der Vertreter des New Criticism, hatte sich hinüber zu dem Radio in einer Ecke des Raumes begeben, um der Aufzeichnung seines Vortrags ›Ad-hoc-Wortbildungen bei Akenside‹ im Dritten Programm zu lauschen. Nun kehrte er zurück.

»Gütiger Himmel, Manchip bringt wirklich die Leute in Rage, was? Der arme alte Rankine, er kann es Manchip einfach nicht verzeihen, daß er Lord Pinner abgelehnt hat.«

Fairlight, blond und um die 40, setzte sich auf den Fußboden. Sein Tweedanzug sah wie eine riesige Wollsocke aus.

»Aber wir sind doch nicht alle Erbonkel hier in unserer Runde, Fairlight«, sagte Undigo. »Wir müssen uns durchschlagen, so gut es eben geht. Wenn Rankines Lord Pinner sein eigenes College gründet, dann wüßte ich nicht, warum Rankine sich nicht Hoffnungen auf den Rektorenposten dort machen sollte. Patronage. Ist das denn so ehrenrührig?«

»Fänden Sie es denn nicht unglaublich *moche*, das Rektorat eines College anzunehmen, dessen Stiftung mit dem Exitus von

Millionen unsterblicher Seelen erkauft wäre? Lord Pinner hat sein Vermögen schließlich mit Latexprodukten gemacht.«

»Ein Hoch auf die Empfängnisverhütung«, tönte Pearl Corker.

»Ein entsetzliches Geschäft«, beharrte Fairlight. »Aber Manchip ist in solchen Dingen der reinste Katholik. Aus Pinners College wird nie was, solange Manchip sein Veto einlegt.«

»Geben Sie mir lieber eine Zigarre, Henry«, schlug Miss Corker vor, »und lassen Sie den Inspektor seine Geschichte von dem Fall mit dem gespaltenen Kinn erzählen.«

Der Butler kam mit einer neuen Karaffe herein, stellte sie ab und ging dann hinüber zu Undigo.

Bum öffnete den Mund und wollte etwas sagen. Er war den größten Teil des Abends damit beschäftigt gewesen, jene Splitter aus seinem Verstand zu lesen, die die ungehobelten Gemeinplätze, welche seine Zeitung von ihm erwartete, dort hinterlassen hatten. An Stellen, die er für Gesprächslücken hielt, hatte er zum Sprung angesetzt, aber jedesmal hatten sich die Lücken, noch während er im Sprung war, in fest verschlossene Tore verwandelt.

Bevor er es erneut versuchen konnte, sagte Undigo zum Butler: »Kann das denn nicht warten?«

»Ich fürchte nein, Sir.«

Undigo folgte dem Butler hinaus, und als er einige Minuten später zurückkehrte, machte er einen verwirrten Eindruck.

»Dimbleby«, wandte er sich an den Butler, »holen Sie das Opernglas aus meinem Schreibtisch, und bringen Sie es mir hinunter in den Hof. Eine sonderbare Sache«, erläuterte er den anderen, »wirklich höchst merkwürdig. Ein Studentenulk vielleicht... Würden Sie wohl mit hinauskommen und – ähm – einen Blick darauf werfen? Nur einen Augenblick –«

Der Innenhof lag im Dämmerlicht. Der Pförtner stand neben Undigo und starrte zu dem gewaltigen Schattenriß der Kapelle empor. Die architektonischen Feinheiten waren im Dunklen nicht zu erkennen, doch die Statuen, die wie in einer Parade rings um den Dachrand marschierten (leicht bekleidete Grazien aus dem Regency, hannoveranische Senatoren mit Schriftrollen), schritten aufrecht über den immer finsterer werdenden Himmel.

»Also, Henry, wo ist denn nun Ihre alberne Mondfinsternis?« fragte Miss Corker.

»Ein Studentenulk... also, ich weiß nicht... Christelow, zählen Sie doch bitte die Statuen auf dieser Seite.«

»Eins, zwei – aber das sind ja –«

»Vielleicht wollen Sie einen Blick durch das Glas werfen, Sir?« fragte der Butler.

Undigo ergriff das Fernglas und peilte das Dach der Kapelle an. Er richtete es auf die erste Statue, dann auf die nächste. Er gelangte ans Ende der Brüstung und fing noch einmal von vorn an.

Er reichte das Glas an Autumn weiter.

»Schauen Sie sich das an.«

»Ein Ulk, ein Schabernack, eine Renaissance der Romantik«, trällerte Fairlight. »Sentimentale Verse in der *Isis*, Gedichte über Türme –«

Mit Hilfe des Fernglases ließen sich die Grübchen der Grazien deutlich ausmachen. Autumn stellte immer wieder scharf und nahm sich eine Statue nach der anderen vor. Bei Nummer drei hielt er inne.

Das war keine Grazie, war nie eine gewesen. Das Gesicht war männlich. Und zu dem von Natur aus griesgrämigen Gesichtsausdruck hatte sich noch ein weiterer gesellt. Der Ausdruck der Überraschung.

Es war Manchip, doch diesmal würde es keine peinliche Situation geben. Er war mausetot.

Kapitel 4

Sie ließen Manchip im gleißenden Licht eines Scheinwerfers an der Seite der Kapelle herab. Die steinern gerunzelten Stirnen und die Grübchen der Statuen wirkten fahl und frostig in dem weißen Licht, während der Jüngste aus ihrer Mitte an Sockel und Brustwehr vorbei zum Rasen hinunterpendelte und sich dabei sanft um die eigene Achse drehte. Er war stocksteif.

Zwei schwitzende Konstabler drehten noch einmal langsam die Winde, und Manchips Talar umwickelte seine Gestalt wie eine Fahne die Fahnenstange, wobei die beiden weißen Enden des Halstuchs, das er als Vizekanzler trug, über seine Wangen strichen, als ob der Tod ihn selbst tätschelte.

Die Dinge hatten sich überstürzt, und unter den Zuschauern war die Verstörung beträchtlich. Die Reaktionen der Dons, die sich hinter dem Suchscheinwerfer zusammendrängten, wurden immer ernster; und ein gewisser zaghafter Humor unterstrich dies eher noch. Selbst Autumn, von Berufs wegen gegen schockierende Ereignisse gefeit, stellte fest, daß er nicht immun war gegen die Plötzlichkeit dieses Vorfalls. Er war die kleine Wendeltreppe hinaufgeklettert, die auf das Kapellendach führte, war vorsichtig auf den schmalen Steg am Fuße der Ziegel hinausgetreten und zu dem Toten hinübergegangen. In Manchips Rücken steckte ein Obstmesser – aus seinem eigenen Besitz –, und er wurde mit zwei Holzsparren aufrecht gehalten. Er stand mit hochgezogenen Augenbrauen und geöffnetem Mund da – überrascht.

Er war auf dem Dach ermordet worden: Zu diesem Schluß kam Autumn, als er wieder hinunterstieg. Hätte man ihn anderswo getötet und hinaufgehievt, so wären an den Wänden oder auf der Treppe Spuren zu finden gewesen.

»Dieses Dach«, sagte Fairlight, »war ein Tick von ihm. Er behauptete, es sei die einzige Stelle, von der aus man einen vollständigen Blick auf Oxford habe. Allen Leuten lag er in den Ohren, sie sollten mit ihm hinaufsteigen und es sich ansehen –«

»Aber dann war er wieder froh, daß niemand es tat.« Undigo fröstelte in der Abendluft. »Typisch für ihn. Er wollte immer gern der einzige sein. Ziemlich anstrengend, der Aufstieg.«

Manchip lag auf dem Bauch im Gras, das Heft des Messers stach aus seinem Rücken hervor und funkelte im Scheinwerferlicht.

»Am Ende«, meinte Autumn, »hat er dann doch noch jemanden dazu überreden können ...«

Polizeiärzte waren eine Errungenschaft, die sich auf der örtlichen Wache nicht hatte durchsetzen können. Dorcas, der Inspektor am Ort, von der Dringlichkeit der Situation ein wenig überfordert, hatte den Inhaber des Königlichen Lehrstuhls für Medizin verständigt. Das Spezialgebiet des Professors waren seelische Traumata, doch unter den gegebenen Umständen schlug er sich wacker.

»Der Tod trat letzte Nacht oder heute am frühen Morgen ein. Ein Stich ins Herz von unterhalb des linken Schulterblattes.«

Der Professor untersuchte den Leichnam noch einmal.

»Ts, ts«, murmelte er und schüttelte den Kopf, als habe einer seiner Studenten am Formalin genippt, »der arme Manchip. So ein unangenehmer Mensch. Ein Minderwertigkeitskomplex, aus vielfältigen Gründen entwickelt. Ah – Tod, der große Psychiater, Inspektor, nur ein einziger Besuch –«

Er schüttelte ihnen die Hand, und dann flatterte er entsetzt davon in Richtung Norham Gardens.

»Wenn man sich vorstellt, daß es niemandem aufgefallen ist«, bemerkte Rankine, der Wissenschaftler, den das Licht geweckt hatte und der nun im Morgenrock dabeistand, »daß er sich am hellichten Tage dort oben befunden hat, den langen ganzen Tag über –«

»Ah, das ist ja das Raffinierte daran, Sir«, sagte der Pförtner. »Wer rechnet schon damit, daß da oben einer steht. Wenn man 'n flüchtigen Blick hochwirft, sieht man nur Statuen. Die Statuen da oben, die sieht man tagein, tagaus. Man gewöhnt sich dran. Das fällt dann überhaupt nicht mehr auf, wenn da eine mehr steht. Reiner Zufall, daß ich das bemerkt hab' –«

»Vollkommen richtig«, bestätigte Christelow, »und ich kann mir nicht vorstellen, daß da oben zwischen Brüstung und Steg genug Platz ist, um eine Leiche zu verstecken. Das war raffiniert, ihn aufrecht hinzustellen –«

»Und wer immer es war«, sagte Autumn, »hat einen ganzen Tag Vorsprung, wenn der Doktor recht hat. Aber im Augenblick können wir nicht mehr tun. Am liebsten wäre es mir, wenn Sie nun alle zu Bett gingen.«

Der Innenhof leerte sich.

Inspektor Dorcas kehrte mit Manchips Leiche in einem Krankenwagen zur Wache zurück, die beiden Konstabler schalteten den Suchscheinwerfer ab, und Autumn, nachdem er dem Pförtner aufgetragen hatte, um elf Uhr am nächsten Vormittag alle zu einer Befragung zusammenzurufen, begab sich in das Gästezimmer, schluckte drei Aspirin und legte sich schlafen.

Zunächst konnte Autumn, als er am nächsten Morgen erwachte, das alles gar nicht glauben. Er richtete sich in seinem Bett auf und sah zum Fenster hinaus: Die Wasserspeier und Türmchen von Warlock wirkten in dem fahlen Sonnenlicht wie krümeliger Käse; ein Mann im Talar und Doktorhut wandelte gemächlich auf dem grünen Rasen auf und ab; in der Ferne dröhnte ein Rasenmäher; eine Uhr schlug.

Sein Unglauben verflog, und an seine Stelle trat panischer Schrecken, die Art von Schrecken, die einen Examenskandidaten befällt, wenn er die Prüfungsaufgabe gelesen hat und ihn die Überzeugung schwindlig macht, daß er nicht die geringste Ahnung hat. Autumn hatte diese plötzliche und grenzenlose Hilflosigkeit schon früher verspürt. Doch dann fiel diese Empfindung wieder von ihm ab.

Als er über den Summerhouse-Hof hinüber zur Pförtnerloge ging, war seine Verwunderung schrulliger Spekulation gewichen. Ein Vizekanzler! Man hätte annehmen können, ein so hohes Amt böte Schutz vor den abwegigeren Gefahren des Lebens. Autumn grinste und wiederholte diesen Satz noch einmal. Doch die ganze Zeit überlegte er: Haben die Bücher etwas damit zu tun?

Der Pförtner war ein Mann namens Tantalum.

»Das einzige College in der Universität, wo man nicht reinklettern kann, und die ham's oft genug probiert, da wette ich drauf. Mit Leitern und Steigeisen und allem, aber da ist nichts zu machen. Die Fenster sind sogar vergittert. Und nur eine Tür. Diese hier. Wissen Sie, was man da bräuchte?« Er lehnte sich vor zum Inspektor, randvoll mit guter Laune. »Da bräuchte man 'n Hubschrauber. Ich meine«, fuhr er fort, »natürlich würde keiner vom

Lehrkörper einsteigen, aber wir ham vier Herren« – das Wort war Autumn in dieser Bedeutung nicht geläufig, aber er wußte instinktiv, daß Undergraduates gemeint waren –, »die vielleicht ... He!«

Letzteres brüllte er mit ohrenbetäubender Lautstärke, wobei der Angerufene nirgends zu sehen war.

»Wenn sie nach zwölf kommen, müssen sie ans Tor klopfen, und dann kassier' ich 'ne Strafe. Nach zwölf Uhr fünfzehn müssen sie zum Rektor. He!« brüllte er zum zweiten Mal.

»Allesamt«, beantwortete Tantalum Autumns nächste Frage. »Die waren alle hier in der Nacht, in der, wie der Doktor sagt, Manchip umgebracht worden ist. Alle Professoren, die vier Undergraduates, ein Gast, Lord Pinner, und Mr. Diamantis, der Sekretär des verstorbenen Vizekanzlers. He!«

Ein halbverhungerter Jüngling mit geröteten Fingerknöcheln trat aus der Pförtnerloge.

»Der Junge aus Botley« – Tantalum wies mit dem Kinn auf den Jüngling – »war nach Hause gegangen. Mein Gehilfe.«

Tantalum zählte alle Personen auf, die am fraglichen Abend in Warlock zugegen gewesen waren, und Autumn kritzelte die Namen auf ein Blatt Papier.

»Dr. Undigo, der Senior Fellow – wird jetzt wohl Rektor werden. Der Reverend Bow-Parley; der hat Zimmer hier, aber eigentlich wohnt er mit seiner Frau die Woodstock Road runter. Mr. Rankine und sein Gast Lord Pinner. Dr. McCann, der Bibliothekar von Bodley. Mr. Christelow, Mr. Shipton, Professor Falal – eigentlich ist der ja kein richtiger Professor mehr, ist jetzt pensioniert. E-me-ri-tus, wie sie das nennen. Colonel Clapp, der Schatzmeister, und die vier Herren: Mr. Flower, Mr. Dogg, Mr. Egg und Mr. Archangel. Außerdem Mr. Diamantis, den habe ich eben schon erwähnt. Die waren alle hier. Der Junge« – wieder deutete er mit dem Kinn auf ihn – »zählt nicht, der war nach Hause gegangen, zusammen mit den anderen Dienstboten.«

In einem Punkt ließ Mr. Tantalum sich nicht beirren.

»Aber Sie können doch gewiß«, beharrte Autumn, »nicht mit Sicherheit sagen, daß jeder, der im Laufe des Tages das College betreten hat, es tatsächlich auch wieder verließ.«

»Ich seh' sie kommen, ich seh' sie gehen. Jeder, der an dem Tag kam, ist auch wieder gegangen.«

»Wie können Sie da so sicher sein?«

»Was meinen Sie wohl«, formulierte Tantalum als schweres Rätsel, »wozu ich hier sitze, Sir?«

»Der sitzt hier, damit er an der Tür aufpaßt«, erklärte der Junge aus Botley.

»Da hat er recht«, bestätigte Tantalum, verblüfft von soviel Scharfsinn, »da hat er recht.«

»Vielleicht wissen Sie nicht, wozu ein Pförtner in Oxford da ist, Sir«, fuhr Tantalum fort. »Wir kennen jeden, und wir sehen alles. Deswegen sitzen wir hier. Niemand kommt durch diese Tür hier, ohne daß ich ihn sehe; niemand geht raus, ohne daß ich ihn sehe. Das ist wie ein Naturgesetz, könnte man sagen.«

»Und wenn e r sie nicht sieht, dann seh' ich sie«, fügte der Junge aus Botley hinzu.

»Aber das braucht er natürlich nicht, weil es nicht vorkommt, daß ich jemanden nicht sehe.«

Autumn beschloß, ihm zu glauben. Der Täter mußte also im College gewesen sein, einer der Bewohner –

»Inspekto-o-oor!«

Jemand grüßte vom anderen Ende des Hofes. Es war Christelow. Er kam herübergelaufen.

»Puh! Da sind Sie ja. Störe ich? Gut. Es handelt sich nur um eine Kleinigkeit. Aber es liegt mir ziemlich auf der Seele –«

Sie verließen die Loge.

»Wenn wir einen Blick hineinwerfen könnten, dann könnte ich mir Gewißheit verschaffen. Das Buch, mein *Book of the Lion*, ich habe vielleicht gestern abend davon gesprochen? Ja«, Christelow nickte knapp, »das Chaucer-Manuskript. Meine Entdeckung – eigentlich habe ich es ja nicht entdeckt, ich habe es nur als das erkannt, was es war.«

Er lachte, zufrieden, aber doch nervös. »Manchip hatte es sich von mir ausgeliehen, und ich habe es noch nicht zurückbekommen. Mir kam der Gedanke – Sie sprachen von den Theorien Ihres Polizeichefs – Revolutionäre –«

Oh Gott, stöhnte Autumn innerlich, während sie den Kreuzgang entlangwandelten, warum hat er das nicht vorher gesagt?

Bow-Parley, der Geistliche, saß im Garten der Rektorswohnung und genoß würdevoll die Morgensonne, als Christelow und Autumn durch den engen Torbogen eintraten. Christelow machte den Inspektor mit ihm bekannt. Bow-Parley war am Vorabend beim Dinner nicht dabeigewesen.

»Ich bin untröstlich, daß ich nicht verfügbar war, Sie willkommen zu heißen, doch Ihre Zeit ist zu kostbar für meine Entschuldigungen. Wie könnten wir an Fragen der Etikette denken in einem so traurigen Augenblick? Die traurige Nachricht hat bereits die Runde gemacht, es ist bekannt geworden –«

Wenn man sich mit dem Reverend Cyprian Bow-Parlcy unterhielt, gewann man den Eindruck, daß er seine Hände wie Fühler kreisen ließ, eine hochempfindliche Vorrichtung, durch die er Kontakt mit der Welt des Körperlichen aufnehmen konnte. Er klammerte sich an den Arm desjenigen, den er ansprach, als fürchte er, daß die kleinste Unterbrechung dieses Kontaktes zur sofortigen Auflösung des materiellen Bow-Parley führen würde und er sich (kristallin und ätherisch) irgendwo unter der Decke wiederfände.

»Sie gehen Ihrer Pflicht nach. Aber gewiß, eine düstere Notwendigkeit, die Sorgfalt des Gesetzes erfordert es, verlangt es. Ein winziges Beweisstück, die Augen weit offen für jedes Detail –«

Seine Art zu reden hatte etwas Kreisendes, Enzyklopädisches.

»Ich habe Manchip das Buch überlassen, und nach diesem schrecklichen Vorfall mache ich mir gewisse Sorgen –«

»Das ist weise gedacht. Sie sollten nicht länger zögern. Und warum«, fuhr der Geistliche fort, »nicht Shiptons Beispiel folgen? Es ist noch keine zwei Minuten her, daß er hier vorbeikam, und ich bin mir gewiß, ja, ich darf wohl sagen, gewiß, daß er zu Manchips Wohnung unterwegs war. Ich würde natürlich keine Vermutung wagen, weswegen er dorthin wollte.« Er zwinkerte mit den Augen, entwaffnend in seiner Kurzsichtigkeit. »Vielleicht verfügt er über – ähm – Informationen?«

»Shipton?« fragte Autumn.

Christelow hörte kaum, was gesagt wurde. Sein Verstand holperte über dieses neue Thema wie ein Wagenrad über einen Stein. Er war zu sehr mit seinen eigenen Angelegenheiten beschäftigt.

»Was? Oh, der Geograph.«

Shipton, ein dunkelhaariger junger Mann, kam eben wieder heraus, als sie Manchips Wohnung erreichten.

»Hallo.« Er war kurz angebunden. »Sie hier, Christelow? Habe mir ein paar Aufsätze zurückgeholt, die ich ihm geliehen hatte.« Von Autumn hatte er schon gehört.

»Wir wollen nach dem Chaucer sehen.«

»Ich würde mich freuen«, sagte Autumn mit ruhiger Stimme, »wenn Sie mir genau sagten, was Sie aus der Wohnung mitgenommen haben.«

»Mein Eigentum.« Shiptons dunkles Haar hing ihm in einer wirren Strähne in die Stirn. Er hielt ihnen die Papiere hin. »Aufsätze, von mir. Er war ja immer ganz versessen darauf, die Arbeiten anderer zu lesen. ›Gegen den Fluch des Spezialistentums.‹«

Shipton verstummte.

»Ein gehässiger alter Knabe, der in alles seine Nase steckte«, sagte er dann.

»Sollten wir nicht der Blindheit des Vergessens gestatten, ihren Mohn auszustreuen?« fragte der Geistliche, als sei das ein Gedanke, der ihm eben erst gekommen war.

Autumn räusperte sich und glitt an dem dunkelhaarigen jungen Mann vorbei ins Zimmer. Im Gehen bemerkte er noch, wie sich die Blicke Shiptons und des Pfarrers trafen. Für einen Augenblick nur berührten sie sich. Dann ging der junge Mann hinaus in den Garten. Wer haßt da wen? fragte sich Autumn.

Christelow durchkämmte Manchips Wohnzimmer wie ein Mann, der einen Kragenknopf verloren hat; er beugte sich hinunter, um unter Sofas zu spähen, er nahm Bücher auf, öffnete Schubladen, dann ging er ins Schlafzimmer und Eßzimmer und untersuchte sie in der gleichen Weise. Autumn folgte ihm auf dem Fuße, griff dann und wann nach einem Buch und bückte sich ein- oder zweimal, um irgend etwas am Boden zu inspizieren. Christelow kam wieder zurück in das große Zimmer, wo die Bücherregale wie Kletterpflanzen an den Wänden entlangwucherten. Er hatte sie beim Hereinkommen flüchtig durchgesehen und musterte sie nun noch einmal sorgfältiger.

»Heiliger Bimbam, hier ist es ja.«

Christelows Stimme überschlug sich beinahe.

»Er hat es in einen Schutzumschlag gesteckt. Wie raffiniert von Manchip, ausgesprochen raffiniert.«

»Das ist es?« fragte Autumn.

»Hier.«

Autumn ließ sich den schmalen, vergilbten Quartband von Christelow reichen; der strahlte wie ein glückliches Kind. Autumn schlug ihn auf; er schien unversehrt zu sein. Er las:

»Caste now your royal eie on everich hond,
How plein disordinaunce is in your lond . . .«

Autumn betrachtete die Lücke, die das Buch im Regal hinterlassen hatte. Er nahm zwei oder drei benachbarte Bände heraus und fuhr gedankenverloren mit dem Finger über die Staublinien, die zwischen ihnen zurückgeblieben waren.

»Jemand hat hier nach etwas gesucht. Sehen Sie den Staub da?«

»Proben für das Labor, ein verräterisches Staubkorn«, flötete Bow-Parley.

»Die Kanten der Bücher decken sich nicht mit den Staublinien«, sagte Autumn geistesabwesend.

»Das entscheidende Detail! Ein Talent, das Sie mit Chaucer gemein haben«, rief Bow-Parley, »aber könnte nicht Manchip selbst –«

»Wenn er es war, dann hat er auch eine Menge anderer Dinge hin- und hergerückt.« Autumn war pikiert. »Stühle, Tische, das Büffet, das Bett dort drinnen. Jemand hat nach etwas gesucht und dann alles sorgfältig wieder an seinen Platz gestellt – und doch nicht sorgfältig genug. Vielleicht hatte er es auf den Chaucer abgesehen. Ein Glück, daß die Dienerschaft nicht Chaucers Auge für das Detail hat, sonst hätte sie vielleicht hier Staub gewischt.«

»Meine Güte«, murmelte Christelow und blätterte in dem schmalen Band, »wenn man sich das vorstellt, daß er wieder verlorengegangen wäre –«

»Gar nicht auszudenken«, bestätigte der Geistliche. »Übrigens, ich würde diesen Chaucer gern selbst einmal lesen. Als ich ihn neulich abends durchblätterte, hatte ich den Eindruck, daß die Phantasie des Dichters von der Allegorie eher eingeengt wurde als befreit –«

»Aber gewiß, Sie müssen es lesen. Was mich angeht, ich würde es über die *Duchess* stellen, jedoch nicht so hoch einschätzen wie den *Romaunt*. Die Verse sind von beispielhafter Klarheit. Ich werde mich glücklich schätzen, Ihre Meinung zu hören –«

Der Pfarrer schlenderte durch das Zimmer.

»Ich frage mich«, sagte er, »warum die Durchsuchung so ordentlich vorgenommen wurde? Einbrecher sind selten so rücksichtsvoll, nicht wahr? Man liest von ausgeleerten Schubladen, der Inhalt überall verstreut –«

»Das liegt doch auf der Hand. Wenn derjenige, der das Zimmer durchsucht hat, auch derjenige war, der Manchip umgebracht hat, dann war es in seinem Sinne, daß das Verbrechen so lange wie möglich unentdeckt blieb. Wenn jeder gewußt hätte, daß das Zimmer durchwühlt worden war, wäre sofort Alarm geschlagen worden.«

»Da spürt man den Fachmann. Gewiß, gewiß.«

Bow-Parley nahm das griechische Wörterbuch des Toten.

»Nun gut«, sagte Autumn, »wir müssen sehen, daß wir weiterkommen.«

»Ein Mann mit vielfältigen Interessen«, säuselte Bow-Parley, »ein vielseitig begabter Mann. Wüßten wir nicht, wer er war, so hätte uns sein Interesse an den geographischen Aufsätzen Shiptons vielleicht verwundert. Wir wären erstaunt gewesen, hätten nachgesonnen: Warum geographische Essays? Doch wie die Dinge liegen, können wir uns auch fragen: Warum keine geographischen Essays, warum nicht«, lachte er fröhlich, »die Essays von Shipton?«

Autumn warf einen Blick hinüber zu Bow-Parley, doch aus den Augen hinter den ungefaßten Brillengläsern sprach nichts Faßbareres als das Wohlwollen der Anglikanischen Kirche.

»Ich glaube, und ich will wirklich nicht schlecht über ihn reden, daß es eher Neugier war als breitgefächerte Interessen«, meinte Christelow mit sanfter Stimme.

Ein lautes, ächzendes Geräusch drang von draußen herein. Es war Ischariot, die große Uhr von Warlock, die sich anschickte, elf zu schlagen. Die drei Männer gingen durch den Garten zurück in den Kreuzgang. Der Rest der College-Belegschaft bewegte sich in einer Prozession über den Summerhouse-Hof in Richtung Hall. Autumn und die beiden anderen folgten ihnen.

»Daß das College zur Tatzeit vollkommen von der Außenwelt abgeschlossen war, führt uns zu einer offensichtlichen Schlußfolgerung.«

Autumns Stimme hallte durch den Saal und wurde von der hohen Decke zurückgeworfen.

»Der Täter befand sich innerhalb dieser Mauern, war allen den hier an jenem Abend Anwesenden bekannt. Ich möchte, daß jeder, der glaubt, er könne auf irgendeine Weise behilflich sein – vor allem jeder, der glaubt, in der fraglichen Nacht etwas gesehen oder gehört zu haben –, sich unverzüglich meldet. Im Laufe des Tages wird Inspektor Dorcas von der Oxforder Stadtpolizei jeden von Ihnen befragen. Ich hege keinen Zweifel, daß mit Ihrer Mithilfe der Fall binnen kürzester Zeit aufgeklärt sein wird.«

Oder, fügte er in Gedanken hinzu, während die betretene College-Belegschaft im Gänsemarsch hinausging, nach sehr langer Zeit. Ich brauche etwas zu trinken.

Professoren sterben, und kein Hahn kräht danach. Der Rest der Welt macht weiter, als sei nichts geschehen: Christelow sorgt sich um seinen Chaucer, der Pfarrer hat nichts anderes zu tun, als seine Nase in anderer Leute Angelegenheiten zu stecken, Shipton denkt an seine geographischen Aufsätze. Autumn hatte von alldem die Nase voll, als er hinüber zum Randolph ging.

Neugier. Hatte der Geistliche das mit Absicht gesagt, hatte er versucht, jemanden anzuschwärzen? Immer wieder war er auf diese Essays gekommen. Shipton . . .

Die Wohnung. Die war gründlich durchsucht worden. Hatte jemand den Chaucer gesucht? Und dann fiel Autumn ein: Vielleicht wollte dieser Jemand eben diesen Eindruck erwecken, um von irgend etwas anderem abzulenken?

Autumn überquerte Cornmarket, als tanze er ein Menuett; er kam voran, wenn der Verkehr es zuließ, und er zog sich zurück, wenn es zu wild wurde. Während er hüpfend den Motorrollern auswich, überlegte er, ob Vizekanzler wohl auch in die Kategorie ›Hort der Tradition‹ fielen. Sie wurden nicht oft ermordet. Verkäuferinnen aus Wimbledon wurden ermordet oder Handelsvertreter oder Hausfrauen oder Polizisten. Die unbedeutenden unsterblichen Seelen. Aber keine Vizekanzler. Nur sehr selten hat man es mit einem ermordeten Vizekanzler zu tun, und noch seltener auf dem Dach einer Kapelle. Als er die Schwingtüren des Randolph aufstieß, war Autumn beinahe entrüstet. Normalerweise brauchte man doch nur eine Beschreibung in Umlauf zu bringen oder ein Geständnis zu protokollieren.

Bum erblickte ihn, ehe Autumn noch zurückspringen konnte.

»Sher-her-lock höchstpersönlich. Einen großen Gin für meinen Freund, den Ordnungshüter, Miss. Setzen Sie sich, alter Knabe, setzen Sie sich.«

Der Mann der Feder war bester Laune.

»Ein Knüller: ›Eine Leiche zum Dessert‹. Und der Rest von Fleet Street hat keine Ahnung.« Bum kicherte, dann rülpste er.

»Die wollten mir nicht glauben, alter Knabe. Hab's telefonisch durchgegeben. ›Dessert?‹ fragten sie. ›Buchstabieren Sie.‹ Als ich dann zu dem Clou kam, daß die Statue 'ne Leiche war, dachten sie, ich bin besoffen. Meinten, ich soll 'n Aspirin nehmen und wieder zu der Blumenausstellung gehen. Die Telefonannahme, wissen Sie. Nicht gerade gebildet.«

Autumn bekam seinen Gin und trank die Hälfte davon.

»Und?« fragte er, »wie geht's nun weiter?«

»Das will ich von Ihnen hören, alter Knabe. Jackie Sharpshoot will irgendwas Menschliches von Ihnen, morgen, für die vierte Seite –«

»Mir ist nicht allzu menschlich zumute.«

»Das ist doch alles nur eine Frage der Phantasie –«

»Tatsächlich?«

»Bei diesem Fall, meine ich. Entspannen Sie sich, und gehen Sie die Möglichkeiten durch. Ist der Mörder in einer Ganovenclique zu suchen, die die Moral der Studenten untergraben will? Hatte der Vizekanzler Prüfungsergebnisse frisiert und wurde deshalb erpreßt?«

»Meine Güte.«

»Na, Sie müssen ein wenig Ihre Phantasie spielen lassen, oder etwa nicht, alter Knabe? In meinem Beruf ist das genau das gleiche –«

»Bottom, alter Knabe –«

»Bum, alter Knabe –«

»Bum, alter Knabe, da haben Sie vollkommen recht. Ich bin der Überzeugung«, und Autumn senkte seine Stimme, »der festen Überzeugung, daß Manchip in Wirklichkeit Festus Hooley war, der mächtige Anführer eines fernöstlichen Geheimbundes. Ja, das paßt alles zusammen: die chinesische Dschunke, die auf der Isis festgemacht hat, die mandschurischen Seeleute drüben am Ende der Bar, wie sie Reisschnaps verlangen –«

»Ich glaube, das sind farbige Studenten –«

»Verkleidungen, unglaublich raffiniert. Eine böse Geschichte, Carruthers.«

»Bum, alter –«

Doch Autumn war bereits fort.

Kapitel 5

Mrs. Spectre war eine uralte und wunderliche Dame, und sie lebte in einem sehr hohen Haus an der High Street, gleich gegenüber der Kirche St. Mary the Virgin. Sie nannte ein Signalhorn und ein Teleskop ihr eigen, deren sie auch unbedingt bedurfte, war doch Mrs. Spectres Haus eine Festung und ihre eigene Wohnung im obersten Stockwerk ein Beobachtungsposten. Dort hielt sie rund um die Uhr Wache, stets auf der Hut vor den kleinen Männern. Niemand – nicht einmal ihr Mieter, Mr. Singh, ein indischer Gentleman, der seine Tage im Kampf mit dem Kursus ›Perlen der Literatur‹ zubrachte, welcher ihn in wöchentlichen Sendungen eines Fernlehrinstituts in Tring erreichte, und auch nicht ihre Tochter, eine Frau in mittleren Jahren –, niemand also hatte jemals die kleinen Männer gesehen: Doch das gab eher zu Neid Anlaß denn zu Zweifeln.

Mrs. Spectre war es gewesen, die das Feuer auf dem Radcliffe Square bemerkt hatte, und Autumn hatte Bum sitzengelassen, als ihm das wieder eingefallen war. Nun klingelte er an Mrs. Spectres Tür.

Als er den Arm sinken ließ, hielt ein Bus am Randstein, und noch durch das Quietschen der Bremsen hörte er jemanden rufen: »Zwei Seelen – ein Gedanke!« Mr. Bum konnte man nicht abschütteln.

»Wie ich höre, soll die alte Dame eine recht schrullige Person sein«, bemerkte Bum und läutete ein zweites Mal. »Das hätten Sie mir auch sagen können, daß Sie hierher wollten. Mir diesen Bären mit den Dschunken aufzubinden. Stellte sich heraus, daß die farbigen Jungs Medizinstudenten waren.«

Sie warteten.

Die Tochter, Miss Spectre, öffnete ihnen die Tür.

»Wollen Sie nicht hereinkommen?«

Die Hälfte ihres Haars hatte Miss Spectre in Lockenwickler gelegt; ja, es kam selten vor, daß bei Miss Spectre nicht die Hälfte ihres Haars in Lockenwickler gelegt war. Sie schien ständig damit beschäftigt, für ein festliches Ereignis Toilette zu machen, das niemals stattfand. Manche behaupteten, es sei das Begräbnis ihrer Mutter.

Autumn und Bum nahmen auf dem Roßhaarsofa im Wohnzimmer Platz. Bum pfiff durch die Zähne. Plötzlich tauchten Miss Spectres Lockenwickler wieder im Türrahmen auf.

»Die Parole heißt ›pukka‹«, sagte sie und verschwand wieder. Bum machte große Augen.

»Plemplem?«

»Das Haus steht unter Belagerung, zumindest glaubt ihre Mutter das.«

»Schon wieder Dschunken, was?« Mr. Bum zwinkerte ihm zu, doch verunsichert.

Der Fußboden erzitterte, als jemand draußen die Treppe hinunterkam. Dann tat sich die Zimmertür auf, und Mrs. Spectre stand auf der Schwelle.

»Pukka«, verkündete sie.

»Pukka«, bestätigte Autumn.

»Pukka«, murmelte Bum.

»Ausgezeichnet«, donnerte die Dame.

Sie ging hinüber zu einem Lehnstuhl, und ihre Tochter folgte ihr.

Sie ließ sich nieder und sagte: »Rühren, Lola.«

Eine kurze Pause trat ein.

»Waffenreinigen«, erklärte Mrs. Spectre. »Ich habe meine Arbeitskluft an. Alte Sachen.«

Autumn warf einen verstohlenen Blick auf die eleganten, wallenden Gewänder der alten Dame. Sie erinnerte ihn ein wenig an die Kindermädchen bei Dickens.

»Alte Sachen«, wiederholte die Dame, diesmal lauter.

»Wie bequem und geräumig«, platzte Bum heraus, dann wurde er feuerrot. Mrs. Spectre beachtete ihn überhaupt nicht.

»So. Sie sind also von der Polizei. Der Arm des Gesetzes will mir Beistand leisten. Wurde auch Zeit.«

Autumn errötete ein wenig.

»Sobald wir ein wenig mehr über die Lage wissen, Ma'am.« Er hustete.

»Die Lage könnte nicht eindeutiger sein. Die kleinen Männer.« Mrs. Spectre hielt inne.

»Könnten wir nicht ungestörter reden, wenn Ihr Bursche sich zurückzöge?« fragte sie.

Bum saß mit offenem Munde da.

»Ein verläßlicher Mann, Ma'am«, entgegnete Autumn und wagte nicht, zu ihm hinüberzublicken.

»Permanente Belagerung. Ein Zermürbungskrieg. Aber sie greifen nicht an, solange ich auf dem Posten bin. Mein Teleskop.« Sie tätschelte es. »Darauf verlasse ich mich. Voll und ganz. Und ein paar Sandsäcke. Natürlich«, fügte Mrs. Spectre in dem süffisanten Tonfall hinzu, den Hausfrauen anschlagen, um Kaufleute zu tadeln, »wissen wir, woher sie kommen.«

Bum, inzwischen das reinste Nervenbündel, ließ seinen Bleistift fallen.

»Vom Fernsehen, in ihrem Lieferwagen.«

Eines Abends war ein Philosophiestudent, der seinerzeit bei ihr gewohnt hatte, von einem Besuch im Hause seines Tutors im Norden Oxfords zurückgekehrt, wo er sein Kolloquium damit zugebracht hatte, mit philosophischem Gleichmut eine Gameshow im Fernsehen anzusehen, deren Regeln auf ›Himmel und Hölle‹ basierten und bei der sein Tutor gegen ein enormes Honorar als Schiedsrichter auftrat. Mrs. Spectre hatte sich erkundigt, woher er jetzt komme. »Ich habe ferngesehen«, hatte er geantwortet. »Und was ist das«, erkundigte sie sich, »Fernsehen?« Der Philosophiestudent, ein ungeschickter Mensch, hatte darauf erwidert: »Nun, wissen Sie, Mrs. Spectre, es ist ein Kasten, und er hat ein kleines, rechteckiges Loch, und in dem Loch können Sie die kleinen Männer sehen –« »Da kommen sie also her«, hatte sie festgestellt.

Mrs. Spectre musterte nun Mr. Bum mit gestrengem Blick.

»Sind Sie vom Fernsehen?«

»Ich bin von der KNELL«, antwortete Bum und jonglierte mit seinem Bleistift.

»Eine Gastwirtschaft?«

Autumn räusperte sich.

»Wie ich höre, Ma'am, sind vorgestern abend die Flammen hochgeschlagen?«

»Im wahrsten Sinne des Wortes. Irgendein Ablenkungsmanöver. Im ersten Augenblick dachte ich, sie werfen Nebelkerzen.«

»Haben Sie die kleinen Männer, ähm, bei dieser Gelegenheit zu Gesicht bekommen, Ma'am?«

»Man sieht sie doch nicht, mein lieber Commissioner. Ihre Tarnung ist erstklassig. Man kann nur« – sie riß die Augen weit auf – »seine Augen offenhalten.«

»Sie haben überhaupt niemanden gesehen?«

»Niemanden. Ich habe ins Horn gestoßen und war selbst im Handumdrehen unten auf der Straße. Aber sie waren schon in Deckung gegangen und ließen das Feuer niederbrennen. Ich nehme an, es war ein Warnsignal. Keine Verwundeten.«

Alle schwiegen.

»Natürlich«, ergriff Mrs. Spectre wieder das Wort, »wissen wir, wie sie aussehen.«

Sie machte eine effektvolle Pause, dann senkte sie ihre Stimme zu einem volltönenden Baß: »Fette Hintern, Glatzköpfe, und sie tragen Blazer.«

Miss Spectre fuhr sich in die Lockenwickler.

»Einmal hat einer Mutter auf der Straße angesprochen, um sie zu interviewen. Sie hatten eine Kamera und alles . . . Als er fertig war, sagte er: ›In meinem eigenen Namen und im Namen unserer Zuschauer möchte ich mich ganz herzlich bedanken‹, und Mutter zog ihm eins mit ihrem Horn über, knapp hinter dem Ohr. Damit hatte er nicht gerechnet, was, Mutter?«

Bum stieß sich mit dem Bleistift ins Auge.

»Wie ich höre«, sagte Mrs. Spectre, »kann man sich, wenn man einen Apparat besitzt, eine Vorrichtung montieren lassen, die das Fernsehen für immer zum Schweigen bringt. Ich persönlich hielte das nicht für fair. Ich bevorzuge Feuerwaffen, aber Lola, das dumme Kind, kauft immer nur Platzpatronen.«

Autumn kaute an seinen Lippen.

»Sie sind also die Verstärkung. Sie werden tun, was Sie können. Ich habe mehrere Briefe geschrieben.«

Sie erhob sich und klemmte das Teleskop unter den Arm.

»Zurück auf meinen Posten. Wir wollen ja nicht«, sagte sie und warf dabei einen skeptischen Blick auf ihre Tochter, »daß Lola vergewaltigt wird.«

Als sie hinaus auf den Flur wollten, blieben Bum und Autumn gemeinsam in der Türe stecken.

»Pukka«, bemerkte Mrs. Spectre korrekt zum Abschied.

»Pukka. Wunderbares Wetter«, stimmte ihr indischer Mieter ein, der eben zur Haustür hereinkam. »Das englische Wetter bietet eine angenehme Vielfalt zu jeder Jahreszeit.«

»Pukka«, sagte Autumn.

»Pukka«, sagte Bum.

Sie gingen hinaus.

»Da soll mich doch der Teufel holen!« rief Bum, als sie wieder auf dem Bürgersteig standen. »Und das, wo auch die Pubs noch geschlossen sind. Ich werde Feuerzeugbenzin trinken müssen.«

Bum bestieg einen Bus und hielt sich an der Stange fest, die Stirn an das kühle Glas gepreßt. Autumn stand unschlüssig am Rinnstein.

Er wollte eben die Straße überqueren, als ein junger Mann mit einem Studentenumhang sein Fahrrad an der Bordsteinkante abstellte und sagte:

»Sie sind der Polizist?«

»Der bin ich.«

»Hab' Sie gleich erkannt, weil Sie so verdattert aussehen.«

»Ich habe ernsthaft überlegt, ob ich Sie darum bitten soll, mir über die Straße zu helfen.«

»Hab' vom Pförtner erfahren, daß Sie mich sprechen wollen.«

»Dann sind Sie Flower. Stimmt. Reine Routinesache.«

»Ach, großartig! ›Reine Routinesache‹, das sagt man also wirklich. Na, um Himmels willen, Inspektor, ersparen Sie mir die Routine hier auf der Straße. Kommen Sie mit zu mir.« Flower stieg wieder auf sein Fahrrad und rollte neben dem Inspektor her, einen Fuß auf dem Bürgersteig.

»Ich verstehe gar nicht, warum so etwas nicht schon früher geschehen ist. Die ganze Intelligenz hier, auf so engem Raum zusammengepfercht. Sie gehen sich gegenseitig auf die Nerven. Fürchterlich kultiviert, jeder reißt sich zusammen, aber dann und wann ... Die Streitereien während der Fakultätssitzungen. Symptomatisch.«

»Streit gibt es überall.«

»Schon. Aber hier, nichts als Menschen, die auf ihren Hintern sitzen und ihren Intellekt pflegen. Sie können ihre überschüssige Energie nirgendwo abreagieren, so wie Leute in Büros und dergleichen das tun. Sie haben einfach nichts Praktisches zu tun.«

Flower schwankte gefährlich auf seinem Fahrrad.

»Und die Eitelkeit. Wenn man so eng aufeinanderhockt, entsteht eine Menge davon. Größenwahn. Da würde es mich gar nicht wundern, wenn ab und zu ... All die Eigenbrötlerei, die Absonderlichkeiten. Sie verstehen das doch. Vielleicht ist es ein armer kleiner Kerl, dem sie die Lehrbefugnis verweigert haben – fühlt sich ausgestoßen, schleicht sich hin und macht dem Vizekanzler den Garaus, als so eine Art symbolische, wie sagt man da –«

»Das kommt immer darauf an, wie man die Dinge sieht«, sagte Autumn.

Flower trug sein Fahrrad durch die Pforte, und sie gingen über den Hof zu seinem Zimmer.

»Ich wohne mit Egg zusammen. Egg ist rund um die Uhr damit beschäftigt, seine Rugbyschuhe einzufetten.«

Am Fuß der Treppe blieb Flower stehen, wühlte in seiner Tasche und holte einen langen Ohrring aus blaßlila Glas hervor, den er sich ans Ohr steckte.

»Objektives Korrelat für Eggs untadelige Haltung«, erklärte er. Sie gingen die Treppe hinauf.

Er öffnete eine Tür, und Autumn fand sich in einem Zimmer, das aussah wie hundert andere solcher Zimmer. Die Tapete war gelb, es gab zwei altmodische Sessel, die in einem recht strengen Kastanienbraun neu bezogen waren, und ein Sofa aus demselben Stoff. Weiter standen darin ein dunkelbraunes Büffet, zwei flekkige Tische (einer rund, einer quadratisch) und ein großes, aus groben Brettern gezimmertes Bücherregal, das nicht ganz mit Büchern vollgestellt war. Schmutzige Teetassen vom Vortag waren im Kamin aufgetürmt, und auf einem Teller lagen noch die Überreste von Eccles Cakes. Mitgliedskarten diverser Universitätsclubs standen auf dem Kaminsims, dazwischen hatten eine große Teekanne Platz gefunden, die Fotografie eines Mädchens, etliche Tabakspfeifen, eine kleine Emailtafel mit der Aufschrift ›Défense de se pencher au dehors‹ sowie eine Porzellanfigur aus dem 18. Jahrhundert. An den Wänden hingen drei oder vier Bilder, und wenn Autumn nicht schon gewußt hätte, daß sich zwei Studenten dieses Zimmer teilten – Egg, der andere Bewohner, hatte sich bei ihrem Eintreten vom Sofa aufgerappelt, wo er *Bulldog Drummond* gelesen hatte –, dann hätten die Bilder es ihm verraten.

Eines befand sich über dem Kamin, eine monochrome Masse von Formen, Rhomben, Achtecken und Kreisen auf dunklem Grund. Seitlich davon, neben dem Fenster, hing eine farbige Szene, die aus der Weihnachtsnummer des BROGUE ausgeschnitten worden war; das Bild trug in großen Buchstaben die Unterschrift *Ein Trunk zum Ausritt*. Ein Gemälde nach demselben Geschmack, eine in Brauntönen gehaltene Studie eines einsamen Wanderers, der sich über einem ersterbenden Feuer unter den Augen seines treuen Schäferhundes Räucherfisch röstete, zierte die Wand. Ihm zur Seite hing ein Salvador Dalí. Am heftigsten prallten die Geschmäcker an der Wand gegenüber dem Fenster aufeinander, wo eine Karikatur Sir William Joynson-Hicks' von Spy direkt über einer pechschwarzen Büste mit dem Titel *Anathema* thronte.

»Also«, sagte Flower, »das ist Egg. Mein Kumpel Egg. Sehr modebewußt, unser Egg. Er wollte alle Möbel mit schwarzem Kattun überziehen –«

»Red doch nicht so einen Blödsinn«, erwiderte Egg.

». . . wohingegen mein eigener einfacher Geschmack sich eher für das herzerweichende Abbild jenes Schäferhundes dort erwärmt.«

»Das verdammte Bild gehört mir«, protestierte Egg.

»Egg, ich möchte dir Inspektor Autumn vorstellen. Egg ist der Besitzer der bestgefetteten Rugbystiefel der Welt, Inspektor.«

Egg schüttelte Autumn die Hand. Er hatte große rote Hände; er trug einen karierten Anzug mit engen Hosen.

»Schon mit einem flüchtigen Blick«, fuhr Flower in der Manier eines Führers in der Nationalgalerie fort, »könnte sogar ein Mann auf einem galoppierenden Pferd erkennen, daß Egg vom Lande kommt. Die meisten Menschen, die Egg kennt, s i n d Männer auf galoppierenden Pferden.«

»Die reiten eben, du Holzkopf«, entgegnete Egg. Eggs Gesicht hing zu beiden Seiten des Kinns herab, als ob er Bonbons lutschte.

»Nur zu, Inspektor. Fragen Sie. Kümmern Sie sich nicht um meinen Kumpel, der wird kein Wort verstehen, solange wir uns an Polysyllabeln halten.«

Autumn setzte sich.

»Nein«, sagte er. »Erzählen Sie mir, was Sie wissen. Ich habe keine speziellen Fragen.«

»Sie waren bei Mrs. Spectre? Ich habe schon überlegt, ob sie bei dem Freudenfeuer neulich auch diesen Kerl gesehen hat.«

»Nein.«

»Dann muß er fix gewesen sein. Sie hat Habichtsaugen und ein Teleskop; ihr entgeht so schnell nichts. Über m e i n e Geschichte wissen Sie natürlich schon Bescheid, die Sache mit dem Buch.«

»Das muß ein Schock für Sie gewesen sein, oder?«

»Mir brach der kalte Schweiß aus.«

»Natürlich«, sagte Autumn, »wissen wir nicht, ob es einen Zusammenhang zwischen dieser Sache mit den Büchern und dem Mord gibt.«

»Es kommt einem so vor, als würden sie zusammenhängen. Irgend jemand schleicht herum, bringt Vizekanzler um die Ecke, zündet Bücher an –«

»Das war ein komischer Kauz, dieser Manchip, nicht wahr?«

»Oh ja, allerdings. Ein Original, wie man so schön sagt.«

»Bolschewist«, meinte Egg.

»Oh, lieber Himmel, nein«, rief Flower begeistert, »gibt es tatsächlich noch jemanden, der dieses Wort benutzt?«

»Mr., wie heißt er gleich, Undigo schien ihn zu mögen.«

»Aber ja. Auch ein – ha, dies unglaubliche Wort! – Bolschewist«, sagte Flower. »Er hat Stanley Matthews den Ehrendoktor verschafft, stimmt's, Egg?«

»Tatsächlich?« Egg war überrascht. »Verdammt anständig von ihm.«

Flower brüllte vor Lachen.

»Und sein Papa hat die Karbunkel –«

»An Marx' Hintern«, bestätigte Autumn nickend. »Ja, davon war gestern abend die Rede. Der junge Marx furunkulös«, fügte er hinzu und fragte sich, ob er wohl den richtigen Undergraduate-Ton traf. »Stimmt, er hat sich für Manchip eingesetzt.«

»Ich wette, die anderen sind über ihn hergezogen, nicht wahr?« fragte Flower. »Außer Fairlight natürlich!«

Zum ersten Mal während ihrer Bekanntschaft erlebte Autumn, daß Mr. Flower in Wut geriet. Er hatte sich Eggs Rugbyschuhe von dem schwarzen *Anathema* gegriffen und schleuderte sie jetzt in den Kamin neben die Überreste der Eccles Cakes.

»Du Saukerl«, brüllte Egg, »die habe ich gerade erst eingefettet!«

»Fairlight, nein, niemals Fairlight. Der würde Manchip niemals schlechtmachen, da können Sie Gift drauf nehmen. Die meisten mochten Manchip nicht, er war unsympathisch, aber Fairlight hätte ihm den Hintern geküßt und sich auch noch dafür bedankt. Manchip, müssen Sie wissen, hatte die ausschlaggebende Stimme bei der Wahl des neuen Englischprofessors auf dem Rockinge-Lehrstuhl; er hatte Fairlight wissen lassen, daß er für ihn stimmen wollte. Der einzige weitere Kandidat war Bow-Parley, unser guter alter Hansdampf in allen Gassen, und den konnte Manchip nicht ausstehen. Es gab einen Riesenaufruhr bei der Wahlversammlung. Manchip sollte sich bis zum Ende der Woche überlegt haben, wem er seine Stimme geben wollte. Oh nein, bei Fairlight brauchen Sie nicht darauf zu warten, daß der etwas Schlechtes über ihn sagt. Ein Jammer natürlich, weil er damit nicht mehr zu den Verdächtigen zählt.«

»Oh, das weiß man nie«, brummte Autumn. »Aber woher wissen Sie so gut über die internen Querelen in dieser Berufungssache Bescheid? Das ist doch bei Undergraduates eigentlich nicht üblich, oder?«

Autumn war verblüfft, als Flower errötete.

»Wir – Fairlight und ich – haben eine gemeinsame Freundin. Eine junge Dame. Er erzählt ihr alles, und sie erzählt es mir – um vor mir damit zu prahlen. Ein albernes Schulmädchen, Inspektor«, Flowers Aussprache wurde immer affektierter, je verlegener er wurde, »eine gewisse Balboa Tomlin.«

»Scharfes kleines Luder«, bemerkte Egg.

»Eine Leiche auf einem Kapellendach ist mir noch nie begegnet«, meinte der Inspektor taktvoll.

»Ich bin sicher, das wird ihn ans Messer liefern«, sagte Flower. Er lehnte sich in seinem Sessel zurück und hielt inne, wie ein junger Mensch, der den Verstand eines älteren abschätzt, auf eine überhebliche Weise unsicher, ob das, was er zu sagen hat, auch ankommen und angemessen gewürdigt werden wird.

»Was ich meine, ist – es ist ein Indiz für eine bestimmte Art von Persönlichkeit, nicht wahr? Sich solche Umstände zunutze zu machen – das ist der Schlüssel. Es handelt sich nicht einfach nur um Exzentrik, wenn jemand so etwas auf dem Kapellendach inszeniert. Eher zeugt es von einer enormen Geistesgegenwart; und ein solcher Verstand, na, der muß doch auffallen.«

»Schon möglich.«

»Ich will damit nicht sagen, daß es so offensichtlich wäre, daß Sie uns nur alle in eine Reihe aufstellen müssen, um den Täter sofort zu identifizieren. Schließlich ist es Spezialistenarbeit« – das gab Flower gerade noch zu –, »aber ich wette, es wäre deutlich zu erkennen.«

Als Autumn wieder an der Tür stand, sagte Flower: »Noch etwas möchte ich sagen. Ich fürchte mich. Als ich dieses Buch aufschlug, und alle Seiten waren fort, da habe ich es mit der Angst zu tun bekommen. Mir war, als hätte mich jemand an den Füßen durch die Luft geschleudert und dann plötzlich losgelassen. So ein Gefühl, als ob alles durcheinanderwirbelt – und jetzt noch Manchip. Ehrlich gesagt, das macht mir eine Gänsehaut.«

»Mir ist auch ganz schön flau zumute«, fügte Egg hinzu.

»Auf Wiedersehen«, sagte der Inspektor

In der Pförtnerloge warteten zwei Briefe auf Autumn; er nahm sie mit in die Teestube an der Ecke.

Während er auf den Tee wartete, las er einen der Briefe. Er war von seiner Frau. Schon kamen ihm die Nachrichten aus Ruislip wie aus einer anderen Welt vor. Daß seine Frau die Kletterrosen zurückgeschnitten hatte, war nicht weiter bemerkenswert; aber daß es überhaupt Kletterrosen gab und daß sie zurückgeschnitten wurden, kam ihm auf den ersten Blick sonderbar vor. Autumn überflog den Rest des Briefes, und am Ende der langen Liste von Berichten darüber, wie oft sie sich über den Zaun hinweg mit dem Nachbarn unterhalten hatte, dessen Radio den Hund zum Bellen brachte, wie sie mit dem Anstreicher einen Waffenstillstand geschlossen hatte, weil dessen Rechnung den verbindlichen Kostenvoranschlag bei weitem überschritten hatte, sowie zahlreichen guten Wünschen persönlicher und liebevoller Art fühlte Autumn sich nicht mehr ganz so sehr wie ein Mann, der plötzlich in einer exotischen Wüste die Wirklichkeit aus den Augen verloren hat.

Er nahm einen Bissen Toast, riß den zweiten Umschlag auf und zog einen einzelnen Bogen Papier hervor. Mit einem Stöhnen ließ er das Blatt auf das Tischtuch fallen. Es war ein anonymer Brief, und er bestand nur aus einem einzigen Satz, den jemand aus ausgeschnittenen Zeitungsbuchstaben zusammengeklebt hatte. Er lautete: FRAGEN SIE DIM NACH DER NOTIZ.

»Sonst noch was?« fragte die Serviererin.

»Würde mich gar nicht wundern«, antwortete Autumn rauh.

Kapitel 6

Autumn verließ die Teestube und schob das Blatt Papier in die Tasche. Als er auf die Straße trat, bemerkte er Dorcas, den Inspektor der Ortspolizei.

»Sie haben Marmelade am Mund, nein, da«, beschied ihn Dorcas. Autumn wischte sich die Lippen.

Dorcas war ein kleiner, rundlicher Mann mit einem sorgenvollen Gesicht und einem Schnurrbart, der aussah wie eine feuchte Zahnbürste. Unter dem einen Arm trug er eine Aktenmappe, unter dem anderen ein in braunes Papier gewickeltes Päckchen. Seine Finger waren voller Kugelschreiberflecken.

»Ich bin mit den Befragungen soweit fertig«, sagte Dorcas, als sie zusammen in Richtung Warlock spazierten. »Habe die Aussagen hier.« Er fuchtelte mit der Hand, die die Aktenmappe umklammerte. »Führt natürlich alles zu gar nichts. Selbst bei klarem Verstand bleiben und die anderen dazu bringen, daß sie sich an das Wesentliche halten – kaum zu schaffen. Gefällt mir gar nicht. Der Fall hier, meine ich. Ganz und gar nicht. Durcheinander, alles nur Durcheinander. Unangenehm. Man weiß, daß man nichts anderes tun kann als Fragen stellen; wir können immer nur Fragen stellen, aber man hat nicht den Eindruck, daß es wirklich zu etwas führt, oder? Ich muß sagen«, sein kleiner Schnurrbart zuckte, bis es aussah, als vollführe er eine Kreisbewegung, »ich habe noch nie an einem so vertrackten Fall gearbeitet wie diesem. Nie. Da kommt eine Wespe, nein, da«, bemerkte er.

»Alle waren auf ihren Zimmern, behaupten sie. Tja, meine ich, kann gut sein, aber woher sollen *wir* das wissen? Rankine sagt, Lord Pinner war bei ihm, sie haben Whisky getrunken, aber wie –?«

»Haben Sie mit allen gesprochen?« fragte Autumn.

»Zu Fairlight bin ich noch nicht gekommen.« Dorcas' Schnurrbart ging wieder in Startposition, und er pflückte Autumn ein

Haar von der Schulter. »Ich bin übrigens früher mal zum Abendessen dagewesen. Wer zum Teufel war es, frage ich mich?«

Als sie das Portal passiert hatten, ließ Autumn sich von seinem Kollegen die Akte geben und überflog die Aussagen. Dorcas schaute ihm dabei zu.

»Na? Sagt Ihnen das irgendwas? Dieser verdammte Russe gefiel mir gar nicht. War ausgesprochen grob, als ich ihn verhörte. Bei der GPU wäre er nicht so ungeschoren davongekommen.« Dorcas war sauer. »Aber schauen Sie sich das hier an. Ich wüßte nur zu gern, wie er das in die Finger bekommen hat.«

Inspektor Dorcas errötete ein wenig, als er Autumn das braune Päckchen reichte.

»Schund und Schmutz. Aus der Bodleian Library hat er das nicht, das kann ich Ihnen versichern.«

Autumn wickelte das Buch aus. Es war noch druckfrisch.

»Alle Wetter«, rief er, »*Die Memoiren der Fanny Hill*. Haben Sie es gelesen, Inspektor?«

Dorcas' Schnurrbart rotierte.

»Ich habe einen Blick reingeworfen. Schlimmer als die Postkarten in Brighton. Hab' ihm erklärt, daß ich es beschlagnahmen muß. Schließlich ist er ja hier nicht mehr in seinem verfluchten Rußland.«

Dorcas warf Autumn einen Blick zu, und sein Schnurrbart hüpfte und drehte sich nun im Takt. »Was meinen Sie, wer so was schreibt?« Doch Autumn schien nicht zuzuhören.

»Nein«, sagte Autumn, »vernichten Sie es nicht. Halten Sie es einfach für eine Weile fest.«

Dorcas trat von einem Bein auf das andere.

»Was soll ich denn damit anfangen? Ich habe eine Menge junger Konstabler unten auf der Wache. Und ich kann es doch nicht mit nach Hause nehmen.«

»Wir geben es Tantalum zur Aufbewahrung.«

Autumn steckte den Kopf zum Logenfenster hinein und überreichte dem Pförtner das Päckchen.

»Und jetzt«, wandte Autumn sich wieder an Dorcas, »wer ist Dim?«

»Wie bitte?«

Tantalum kam heraus, um eine Notiz aufzuhängen, die den Zeitpunkt für Manchips Trauergottesdienst, der am folgenden Tag in der Kapelle stattfinden sollte, bekanntgab. »Das wird wohl

Mr. Fairlight sein, Sir«, sagte er. »Heißt Dimoke mit Vornamen, und seine Freunde nennen ihn Dim.«

»Tatsächlich? Na, wir wollten ja ohnehin zu ihm. Vielleicht können Sie uns sagen, wo wir seine Wohnung finden?«

»Ich kann sogar noch was Besseres tun, Sir. Ich kann Ihnen sagen, wo Sie ihn finden.«

Tantalum blickte vom einen Inspektor zum anderen, mit jenem Ausdruck kaum unterdrückten Überschwangs, den sich die einfachen Schichten auch in ungewöhnlichen Situationen selten verkneifen.

»Seine Wohnung liegt auf der anderen Seite vom Hof, aber da ist er nicht. Er ist unten in Walpurgis. Gewöhnlich ist er zum Tee da, mit einer Miss Tomlin, einer sehr sympathischen jungen Dame.«

Also machten sie sich auf nach Walpurgis Hall, dem größten und modernsten unter den Frauencolleges. Als sie Carfax erreichten, das Zentrum der Stadt, wo die High Street in die hektische Geschäftswelt von St. Ebbe's übergeht (ein Ödland aus Schuhläden, kleinen Pubs und Amerikanern), bogen sie linker Hand in die St. Aldate's ein und gingen die sanft abfallende Straße hinunter, wo Christ Church aristokratisch seine große weiße Nase in den Himmel reckt und Pembroke so tut, als bemerkte es das gar nicht.

»Vorsicht, da will ein Kinderwagen vorbei«, sagte Dorcas und hüpfte neben Autumn her. »Hoppla. Haben Sie irgend etwas gegen diesen Fairlight in der Hand? Wir sollten zusammenarbeiten.«

Autumn zeigte ihm den Brief. Dorcas gab ihn eilig zurück.

»Dim. Ja, das wird er wohl sein, denke ich mir. Aber das überlasse ich ganz Ihnen, alter Freund. Das ist etwas für Sie. Ich kann mich nicht erinnern, daß ich jemals in so eine Geschichte verwikkelt gewesen wäre, lieber Gott, nein.«

Sie betraten Walpurgis durch ein aus roten Backsteinen gemauertes Portal, und Autumn drückte recht zaghaft eine Glastür auf, die in das Büro der Pförtnerin führte. Dorcas blieb unter dem Torbogen stehen; er wußte nicht, was er mit seinen Händen anstellen sollte, und spitzte die Lippen, als wollte er gleich zu pfeifen anfangen. Das Territorium war angsteinflößend weiblich.

Noch in dem Augenblick, in dem er das Büro betrat, begriff Autumn, daß er überstürzt gehandelt hatte. Die Pförtnerin hatte noch den elektrischen Rasierapparat in der Hand, mit dem sie ihr Kinn bearbeitet hatte. Es lag mehr als nur Kühle in den Auskünften, die sie Autumn gab; und sie waren noch keine drei Schritte von ihrer Türe entfernt, als der Apparat bereits wieder verächtlich brummte.

Die beiden Polizisten überquerten den einzigen Innenhof von Walpurgis, über Rasenflächen und Spazierwege mit Abfalleimern und Tennisplätzen an jeder Ecke. Hier gab es nichts Kurioses, nichts Enges, nichts Mittelalterliches: Walpurgis war weitläufig und luftig und modern und ausschließlich für große, normale, eifrige, rotbeinige junge Frauen mit Brille erbaut.

Hierhin kamen die Töchter von Komikern der BBC und Dekanen ländlicher Gemeinden, Londoner Zeitungsverlegern und Finanzinspektoren, von Romanciers und Polizisten (die Tochter des Polizeichefs war auf Walpurgis), Kommissionären und ehemaligen Radschas. Sie brachten drei Jahre auf Walpurgis zu, knackten die harte Nuß des *Beowulf* und meisterten Fishers Annalen, ruderten im Damenachter, spielten Cleopatra für den Theaterverein der Universität und wurden zu neun oder zehn Abschlußbällen ausgeführt; und auch am neunten oder zehnten Morgen war ihre Ehre noch unangetastet.

Viele von ihnen waren eben dabei, sich auf frohgemute und damenhafte Weise zu entspannen, indem sie Tennisbällen nachsprangen. Andere tranken auf dem Rasen Tee und umringten etliche dünne junge Männer; im Kontrast zu diesen dünnen jungen Männern machten die Damen einen dermaßen kannibalischen Eindruck, daß es verwunderlich war, daß die jungen Männer nicht in alle Richtungen davonsprengten und um ihr Leben rannten.

Die beiden Inspektoren schritten weiter über den großen Hof; sie hielten sich auf dem breiten Pankhurst Way, und Dorcas meinte: »Ist Ihnen schon aufgefallen, daß es bei solchen Institutionen für Damen niemals von außen zugängliche Toiletten gibt?«

Autumn schüttelte den Kopf.

»Wirklich, niemals.«

Sie marschierten schweigend weiter.

»Merkwürdig –«

Reihen quadratischer Fensterflügel, einer wie der andere, von Blumengardinen eingerahmt, durchbrachen den roten Backstein von Walpurgis. In jedem der Fenster war deutlich die Rückseite einer Postkartenreproduktion von van Goghs *Sonnenblumen* zu erkennen. Von Zeit zu Zeit wurden Fenster aufgestoßen, und feuchte Unterwäsche erschien auf den Brettern. Autumn und Dorcas verfielen in immer tieferes Schweigen, das ihnen zum Schutzwall wurde.

Plötzlich begann Dorcas, Autumn hinüber an den Rasenrand zu drängen, denn eine merkwürdig gekleidete Gestalt näherte sich ihnen auf einem Fahrrad.

Das Wesen trug jene kurze Ausgabe von Turnhosen, die Ruderer bevorzugen, einen Wollpullover, einen in der Art der giraffenhälsigen Frauen Borneos mehrfach um den Hals geschlungenen Schal, einen Bubikopf und einen Zwicker; in einer Hand hielt es ein Megaphon.

»Sieh mal einer an, die Herren von der Polizei!« gellte das Wesen und fiel fast vom Rad, als es ihnen mit dem Megaphon zuwinkte. »Ist doch keines von meinen Mädels in Schwierigkeiten?«

Autumn schluckte das höfliche ›Sir‹ herunter.

»Nein, Ma'am, wir sind nur auf der Suche nach einem Herrn.«

»Verraten Sie es mir nicht. Fairlight. Ich weiß schon. Die Gemächer der Studentin Tomlin befinden sich dort drüben.« Sie wies ihnen die Richtung. »Ein verdammter Dummkopf, der Mann. Über kurz oder lang wird er sie in Schwierigkeiten bringen, und dann ist hier der Teufel los. Warum kann er nicht rudern?«

Sie schwang sich wieder auf ihr Rad und warf Dorcas einen gestrengen Blick zu. »Sie leiden unter Magenbeschwerden, stimmt's? Versuchen Sie es mal mit einem 20-Meilen-Marsch und zwei Flaschen Bier.«

Dorcas glotzte ihr nach.

»Eine gebildete Frau. Ich danke Gott, daß *mein* Mädchen auf die Stenographenschule geht.« Ihre Absätze hallten auf dem gebohnerten Parkett, als sie das Gebäude betraten. Junge Frauen huschten mit kochenden Wasserkesseln von einer Tür zur anderen: Die Korridore waren erfüllt von einem Aroma, das zu gleichen Teilen aus Bohnerwachs, Kosmetika und süßen Geheimnissen bestand.

Als sie Balboas Tür erreichten, hörten sie dahinter jemanden singen.

»Da sollten wir lieber laut anklopfen«, sagte Dorcas verlegen, »und dann eine Weile warten.«

Autumn klopfte an die Tür.

»Herein«, ließ sich eine Männerstimme vernehmen, und sie traten ein. Sie fanden Fairlight, der konzentriert in einen Spiegel starrte, um seine Zähne zu begutachten. Hinter einer weiteren Tür wurde noch immer gesungen, und ein plätscherndes Geräusch aus derselben Richtung legte die Vermutung nahe, daß Balboa ein Bad nahm.

»Ich habe Sie schon gesehen, als Sie mit Corker sprachen«, sagte Fairlight grinsend und wandte sich von dem Spiegel ab. »Sieht sie nicht genau wie Boris Karloff aus, ein Boris Karloff, der rudert? Ich träume davon, sie auszukochen und die Essenz in Pillenform an entkräftete Sportlehrerinnen auszugeben.«

»Wer ist da?« trällerte Balboa aus dem Badezimmer.

»Die Polizei«, brüllte Fairlight und schüttelte sich vor Lachen bei diesen Worten.

»Sag ihnen, sie sollen dich erst verhaften, wenn ich dabei bin und zuschauen kann«, rief Balboa, dann sang sie weiter.

»Tirra lirra«, sang Balboa, »tirra lirra lirra«, und seifte mit Gusto eine olivfarbene Brust ein, so daß daraus das ansehnliche Bild eines mit einer Kirsche gekrönten Eiskaffees entstand.

Balboa sang tonlos wie ein kleines Kind, in einem hohen Diskant und mit heiserer Stimme. Sie trällerte und zwitscherte, und dabei schrubbte sie ihren Körper, einen Körper, der etwa so gebräunt war wie altes Pergament, aber gewiß nicht dunkler.

Ihr blondes Haar hatte sie zu einem Pferdeschwanz hochgebunden, der bei jedem Triller auf- und abwippte, sich schüttelte, wenn sie mit der lila Seife in ihre Achselhöhlen fuhr, und sich ihr um den blassen Nacken legte, wenn sie sich nach vorn beugte, um sich jede ihrer Zehen einzeln vorzunehmen.

Die Wirkung dieses blonden Haars war merkwürdig. Für sich genommen hätte es als durchaus ansehnliches Strohblond gelten können: Kurzgeschnitten hätte man darin Tennis spielen können. Doch zusammen mit der olivbraunen Haut – na, bei einer so olivbraunen Haut war an Tennis nicht zu denken, denn eine solche Haut konnte sich einfach nicht an die Regeln halten. Im Kontrast zu dem braunen Körper wirkte das Haar heller, wie Sand oder ausgebleichtes Brausepulver. Und auch die Haut profitierte von diesem Gegensatz: Der Umbraton allein wäre vielleicht nicht von weiter her gekommen als von Hampstead, doch dieses Haar machte sie zu einem exotischen Wesen.

Besser hätte es ihr gar nicht ergehen können, denn schon seit vielen Jahren gilt eine internationale Familie als Basis jedes wirklichen gesellschaftlichen Erfolges in Oxford. So kam es, daß Balboa sich niemals auch nur im geringsten hatte anstrengen müssen.

Ihr Vater war Balboa Jack Tomlin, und zu seiner Zeit war er mit Abstand der bekannteste Mädchenhändler gewesen, der sich auf der Ramblas in Barcelona seine Schuhe hatte putzen lassen. Einige der altehrwürdigsten Häuser Südeuropas hatten ihre Versorgung ganz in Jacks Hände gelegt. Er besaß eine so verbindliche Art, daß die Töchter von Kleinstadtindustriellen dahinschmolzen und sich mit dem Gefühl, gewissermaßen ausgezeichnet worden zu sein, in ihr Schicksal fügten.

Und doch hatte er kaum Zeit gefunden, nach dem goldblitzenden Lächeln, das er Balboas Mutter zugeworfen hatte, einen Zahnstocher anzusetzen, bevor sie, kretische Taschenspielerin, die sie war, ihn umgarnt hatte.

Für eine Weile war das Paar noch in Barcelona geblieben, aber Jacks Zauber war verflogen. Seine kretische Braut hatte seinen Stolz mit derselben Leichtigkeit in ihrer goldenen Hand zerdrückt, mit der sie ein Taschentuch verknautscht hätte; und ohne diese Arroganz war er hilflos wie ein Seiltänzer, der plötzlich von Höhenangst befallen wird. Den Madames entlang der spanischen Küste und im Norden bis hinauf nach Marseille verging ihr Lächeln, wenn die Bootsladungen aus Barcelona an ihren Kais anlegten: Por Dios! protestierten sie; die Waren waren das Frachtgeld nicht wert, geschweige denn die Vermittlergebühr.

Die Karriere eines Mädchenhändlers ist höchst lukrativ, abwechslungsreich und kurz. Jack dachte angestrengt nach, überwand alle Eitelkeit und begriff, daß seine Zeit vorüber war. Es war nun der Punkt gekommen, sein Vermögen in ein ehrbares und womöglich einträgliches Geschäft zu investieren und sich zur Ruhe zu setzen.

Ein Restaurant sollte es sein. Jack war für das linke Ufer gewesen, doch seine Frau sagte nein, die South Bank sei das Richtige, denn gewiß gebe es einen Markt für Tortillas und Abondigas unter den halbgebildeten Habenichtsen, die für einen Platz auf der Galerie des Old Vic anstanden.

Doch den Kunden behagte das Öl nie so recht, sie zogen (wie Jack in einem Augenblick soziologischer Einsicht begriff, der ihm ein Vermögen einbringen sollte) Bratfett vor.

Aus der Entscheidung, die in jenem Augenblick fiel, erwuchs ein Imperium. Das Aroma der Tomlin-Imbißbuden breitete sich triefend von Tooting hinüber nach Streatham aus, von Collier's Wood nach Clapham, und erfüllte bald, als Bude auf fettige Bude eröffnet wurde, auch den letzten Winkel von Südlondon.

Jack muß bisweilen der Gedanke gekommen sein, daß Fish and Chips für den Londoner Süden ein Überdruckventil gegen das unmoralische Leben waren: Die machtvolle, instinktive Sehnsucht nach seinen Waren entsprach auf eine urtümliche, kannibalische Weise derjenigen, die die Seeleute des Vieux Port auf neapolitanische Jungfrauen verspürt hatten.

Bald hatte der ›Hygienische Tomlin-Kartoffelchip‹ (›Nimm die von Tomlin – die sind rein!‹), heute aus keiner gepflegten Bar mehr wegzudenken, das ganze Land in seinen Bann gezogen, und Jack war selbst ein wenig überrascht, daß er plötzlich zum Golfspiel nach Sunningdale fuhr.

Balboa war im Haus der Tomlins in Chertsey zur Welt gekommen, eine Woche nach Jacks Erhebung in den Adelsstand, und sie war nach so unglaublich prüden Grundsätzen großgezogen worden, daß (wie Jacks Gemahlin gern zu sagen pflegte) diese nur von einem Zuhälter ersonnen sein konnten. Nach Chertsey und einer Klosterschule in Belgien war es kein Wunder, daß Balboa Oxford, so wie es ihr nun in der Badewanne vor ihrem geistigen Auge erschien, als die zarte Flamme einer Kerze empfand, die die erstaunliche Mischung ihres Blutes erwärmte und befreite.

»Wir müssen das tun, Ihnen diese Fragen stellen. Obwohl ich mir nicht vorstellen kann«, sagte Dorcas zu Fairlight, »daß Sie es uns verraten würden, wenn Sie den Vizekanzler umgebracht hätten.«

Dorcas hatte seine Befragung mit recht magerem Ergebnis abgeschlossen. Fairlights Bericht über sich selbst und alles, was er zur fraglichen Zeit unternommen hatte, war nicht mehr und nicht weniger aufschlußreich gewesen als die Aussagen aller anderen.

Balboa kam aus dem Badezimmer, in schwarzen Hosen und Weste. Fairlight stellte die beiden Polizisten vor.

Autumn wandte sich an Fairlight: »Das war Pech für Sie, Manchips Tod, nicht wahr? Er hatte sich doch für Sie eingesetzt bei der Neubesetzung dieser Professur?«

Ein Teil von Fairlights Selbstsicherheit fiel von ihm ab wie eine schlecht eingepaßte Scheibe aus einem Buntglasfenster.

»Ja, schon«, gab Fairlight zögernd zu, »ja, stimmt.«

»Seine Stimme war die ausschlaggebende, wenn ich es recht verstehe.«

»Richtig, ganz richtig.«

»Und die hätte er ja nicht dem anderen Kandidaten gegeben, dem Reverend, nicht wahr?« Dim schien merkwürdig nervös zu sein. Außer wenn er den Verdacht hegte, daß jemand sich über seinen Vornamen lustig machte, sah man ihn selten in diesem Zustand. Daß Autumn von Manchips Absichten wußte, konnte ihn nicht überraschen, denn Fairlight selbst war nicht müde geworden, im Senior Common Room von Warlock darüber zu reden.

»Nein, das hätte er nicht«, antwortete er knapp.

»Na«, meinte Autumn mit einem höflichen Lächeln, »da hätten Sie also allen Grund gehabt, ihn am Leben zu lassen. Immer vorausgesetzt«, fügte er munter hinzu, »die Situation war tatsächlich so, wie Sie sie uns beschrieben haben.«

»Warum sollte sich etwas verändert haben?«

Autumn hob die Augenbrauen.

»Verändert?«

»Da gab es keine Änderung. Ich war sein Mann.« Fairlight schien verärgert, und er war bleich im Gesicht. »Manchip wollte, daß ich den Lehrstuhl bekomme. Jetzt ist er tot.«

Fairlight breitete die Hände aus. Eine Geste der Resignation. Er meinte es wirklich ernst. Doch schon eine Sekunde später setzte er demonstrativ eine gleichgültige Miene auf – ein Gesichtsausdruck, den er zuweilen zeigte, wenn er sich kleine Scherze über ›Dim‹ gestattete.

Balboa sprach. Ihre Stimme hatte ein Timbre und eine Tonhöhe – hoch und entschieden und klar, doch dabei alles andere als laut –, nach der man sich umdrehte.

»Vielleicht sind die Polizisten jetzt fertig, und wir können irgendwo Tee trinken.«

Dorcas reagierte ohne Verzug auf den Tonfall, der ihn und seinen Kollegen so bestimmt die Treppe hinunterwarf.

»Es ist unvermeidlich, Miss, das müssen Sie verstehen. Die Fakten. Ein gewisses Maß an Unannehmlichkeiten, aber unter den gegebenen Umständen –«

»Miss Tomlin ist eine intelligente junge Dame und versteht bestens«, sagte Autumn und lächelte. »Wir werden Sie noch bis zum Tor begleiten.«

»Eine Eskorte«, hauchte Miss Tomlin.

Gemeinsam verließen sie das Gebäude und traten hinaus auf den Hof.

»Man könnte meinen«, sagte Fairlight, als die Köpfe der Mädchen auf dem Rasen sich ihnen zuwandten, »so ein Dozent sei ein Filmstar. Es ist immer das gleiche, Inspektor, bei den Vorlesungen erwartet man fast, daß aus marineblauen Höschen angewärmte Autogrammbücher gezogen werden. Wenn McCann über die Moral der Restaurationszeit herzieht, dann gibt es, wie ich von meinen Schülern höre, gewisse Damen, die sich in die erste Reihe setzen, nur um von ihm bespuckt zu werden.«

Sie näherten sich dem Tor, und Autumn überlegte, wie er seine Frage am besten loswerden konnte. Wenn der Schuß danebenging, wollte er einen geordneten Rückzug antreten.

»Die sorgfältigen Ermittlungen im Detail, der geduldige Vergleich scheinbar unzusammenhängender Fakten, das ist es, was bei der Polizeiarbeit zählt«, meinte Dorcas mit recht kummervoller Stimme.

»Das muß schrecklich für Sie sein«, flötete Balboa.

Direkter Angriff, dachte Autumn, ist das Richtige. Irgendeine Reaktion muß ja kommen. Aber nicht zu dick auftragen.

Das breite, bleiche Gesicht der Pförtnerin lauerte am Ausgang. Sie verschwand in ihrem Büro und schlug die Tür hinter sich zu, und zurück blieb nur ein strenger Geruch nach Rasierwasser.

Ganz gelassen sagte Autumn: »Kann ich mal einen Blick auf die Notiz werfen?«

Fairlights Kopf fuhr so blitzartig herum, daß er sich den Nacken verrenkte, und er rieb die schmerzende Stelle. Sein Gesicht war hochrot angelaufen.

Dorcas' Augen suchten den Horizont nach einem Bus ab. »Ich habe keine Ahnung, wo die bloß immer sind.«

»Notiz? Du hast dir Notizen gemacht?« Balboa reagierte rasch. Ihr Blick wanderte von Fairlight zu Autumn, ein Soldat, der die Situation auf dem Felde abschätzt.

Fairlight hatte wieder seine normale Gesichtsfarbe angenommen. »Notiz?« entgegnete er ruhig. »Meinen Sie, Manchip hätte es mir schriftlich gegeben? Es gab lediglich eine mündliche –«

Doch Autumn, nachdem er in dem Moment, in dem er die Frage stellte, einen raschen Blick auf Fairlight geworfen hatte, hielt nun ebenfalls nach Bussen Ausschau.

»Da ist einer«, rief er jetzt und trat einen Schritt vor auf die Straße.

»Schnell!« Die beiden Polizisten liefen.

»Danke«, rief Autumn noch über die Schulter zurück, »für Ihre Hilfe. Wir wissen das sehr zu schätzen.« Er winkte kurz und sprang dann auf den schon angefahrenen Wagen.

Als der Bus die sanfte Kuppe der Folly Bridge erreicht hatte, warf Autumn, der sich neben seinem Kollegen an der Stange festhielt, einen Blick zurück. Fairlight und Balboa standen noch immer an der Stelle, an der sie die beiden so überstürzt verlassen hatten. Autumn konnte sehen, wie sie sich umwandten und langsam davongingen.

Jawohl, dachte Autumn. Jawohl.

Kapitel 7

»Wonach haben Sie ihn da gefragt?«

Dorcas tat so, als mühe er sich, von seinem Standort auf der Plattform aus dem Schaffner das Fahrgeld auszuhändigen. Der Bus hielt vor dem Rathaus, und Dorcas sprang Autumn nach, die vier Pence noch immer in der Hand.

»Nach dem Brief, den ich erhalten habe.«

Der Blick des Schaffners verlor sich im bunten Verkehrsgewimmel des Cornmarket. Dorcas sah auf die Uhr.

»Nur noch zehn Minuten bis zum Zellenrundgang.« Energisch klemmte er Autumn die Aktenmappe unter den Arm. »Die gebe ich besser Ihnen. Wir sollten uns wohl auf morgen vertagen, was? Und dann, ähm, besprechen wir alles.« Seine Abende verbrachte er gewinnbringend; seine Frau organisierte Whistpartien, und er war ein Meister in diesem Spiel. »Braucht alles seine Zeit. Na, bis morgen dann. Das Kittchen wartet auf mich.« Und mit diesem friedhofsfinsteren Versuch eines kollegialen Scherzes verabschiedete er sich.

Autumn warf nun gleichfalls einen Blick auf seine Uhr: halb sechs. Er erinnerte sich an einen Vorlesungsplan, den er in Warlock gesehen hatte. McCann mußte eben dabei sein, sich über die Moral der Restaurationszeit zu ereifern. In 20 Minuten war die Vorlesung zu Ende, und dann konnte er sich von ihm ein wenig durch die Bodleian führen lassen.

Autumn bog in die High Street ein und begab sich raschen Schrittes zu den Examination Schools, wo die Vorlesungen stattfanden.

Hatte Fairlight reagiert? Keine Frage. Verbarg er etwas? Es hatte ganz den Anschein.

»Tod, Katastrophen, Skandale, Mo-hord«, rief leidenschaftlich ein Zeitungsverkäufer vor einem Bankgebäude, als sei all das ihm höchstpersönlich zugestoßen. Autumn wäre beinahe vor Schreck zur Seite gesprungen.

Immer dasselbe am ersten Tag, dachte er, während er die Alfred Street überquerte – zu nervös. Er sah die hohen Spitztürme von St. Mary the Virgin und wechselte auf die andere Seite der High Street, um einen Blick auf die Stelle zu werfen, an der das Feuer gebrannt hatte. Als er den Radcliffe Square betrat, ergoß sich das Sonnenlicht über die grauen Pflastersteine, so daß jeder einzelne Stein einen eigenen Schatten warf, und der ganze Platz wirkte wie ein verkleinertes Modell einer unbekannten Landschaft. Autumn umrundete auf dem spärlichen Rasen die Radcliffe Camera und kam zu einer Stelle unterhalb eines Fensters, wo die Steinplatten braun verfärbt waren.

Nachdenklich fuhr er mit der Schuhspitze über die rußige Oberfläche und dachte dabei an Mord: auf den South Downs, wo der Wind durch die Ginsterbüsche heulte, in walisischen Dörfern unter den Abraumhalden, in Seebädern (wie oft es Seebäder waren!), in Maidenhead, Coventry. Morde haben ein Aroma, befand er, das allen gemeinsam ist, und man sucht immer wieder nach denselben Dingen – Selbstsucht und Furcht.

Inspektor Autumn seufzte, als er zurück zur High Street schlenderte. Nach solchen Dingen in Oxford zu suchen führte zu nichts. Aber vielleicht hat der Commissioner doch recht, und die Zerstörungen und auch der Mord sind die Taten altruistischer, wenn auch irregeleiteter Menschen.

Ich wünschte, ich könnte daran glauben, dachte der Inspektor.

»Nur mit Talar, Sir«, bekam Autumn, als er den Vorraum der Schools betrat, von einem kleinen, drahthaarigen Mann zu hören, der ihn an einen Terrier erinnerte.

»Ohne Talar«, antwortete der Inspektor, »Polizei!« Der Terrier musterte ihn argwöhnisch. »Ich treffe mich mit Dr. McCann.« Autumn wühlte in seiner Tasche und holte eine alte Jahreskarte hervor. »Scotland Yard, Scotland Yard.«

»Ah ja, Sir«, sagte der Terrier. »Sie finden ihn im Hörsaal auf der Nordseite.«

Autumns Schritte klangen wie ein ganzer Trupp Soldaten, und er fand, daß die Marmorgänge der Schools eine große Ähnlichkeit mit einer frisch geschrubbten Bedürfnisanstalt hatten. Er fand den Hörsaal, stieß die zweiflüglige Tür auf und suchte sich einen freien Platz in einer der hinteren Reihen.

Die Stimme McCanns wogte auf einem schwarzen Meer von Talaren. Die meisten weiblichen Studenten schienen vorn zu sitzen, aber der Inspektor war zu weit entfernt, um zu erkennen, ob McCann wirklich spuckte.

»Es war also tatsächlich eine Komödie der Sitten, eine Komödie – wenn Sie den Ausdruck gestatten – der schlechten Sitten. Die Dramatiker reflektierten und schilderten den Hedonismus ihrer Zeit. Wir verurteilen sie nicht dafür, wie könnten wir so etwas tun? Denn ein Dramatiker ist, wie jeder andere, ein Kind seiner Zeit. Nein, wenn wir verurteilen wollen, dann müssen wir die Dinge verurteilen, die wir in jenem Spiegel erblicken, die Dirnen und Geschlechtskrankheiten, die Zuhälter und Schläger . . .«

McCann stammte aus Inverness-shire, und der Akzent schien seinen Worten Nachdruck zu verleihen. Ein Mann in einem Scholarentalar, der neben Autumn saß, rutschte anerkennend auf seinem Platz hin und her.

»Eine Handvoll müßiger, aber gebildeter Menschen, die nichts als Zerstreuung im Sinn hatten. Das war England. Und der Rest des Landes, die Millionen, die waren froh, wenn sie nur leben konnten.«

Progressiv, dachte Autumn.

Links und rechts des Inspektors wurde alles begierig aufgesogen. »Nichtsnutzige Dirnen . . . Handvoll gebildeter Menschen . . . Rest des Landes . . .« Kritzel, kritzel, kritzel.

Es schlug sechs, und die Musenquelle hörte auf zu sprudeln. Die männlichen Studenten schlenderten durch die offenen Türen davon, die Hände in den Taschen, und gähnten; die Damen indes waren in ernsthafte Gespräche vertieft. Autumn blieb auf seinem Platz und wartete, daß McCann vorbeikam.

»Bitte!«

Autumn blickte sich um. Hinter ihm stand ein junger Mann mit kantigem Gesicht, abstehenden Ohren und einer randlosen Brille auf der Nase.

»Bitte!« sagte der junge Mann noch einmal, kurz, abgehackt. »Sie sind der Polizist?«

»Gewiß«, antwortete Autumn freundlich.

»Sie respektieren nicht nur das Eigentum, das ist so Sitte in Ihrem Lande, Sie dulden auch keine Korruption?«

»Ich muß«, sagte Autumn, »zu Ihrer nächsten Vorlesung kommen.«

»Bitte!« fuhr der junge Mann ungerührt fort und hob einen Finger. »Nachdem dies nunmehr festgestellt ist, fordere ich Sie auf, Anklage gegen Ihren Kollegen zu erheben oder sich persönlich dafür einzusetzen, ein Buch zurückzuerlangen, das aus meinem Besitz stammt.«

Das muß der Russe sein, dachte der Inspektor.

»Liberalität«, versetzte Autumn und gab dem Gespräch damit eine ausgesprochen didaktische Wendung, »sollte man nicht mit Sittenlosigkeit verwechseln.«

»Das sind Verallgemeinerungen. Das Buch gehört mir.«

Archangel hatte keinen bemerkenswerten Akzent, aber er sprach jedes Wort sehr präzise aus.

»Ich könnte mich dafür interessieren, wo und wie Sie in den Besitz dieses Buches gelangt sind.«

»Seine Herkunft würde Ihr Interesse nicht im geringsten erregen. Ihre Domäne«, sprach der Russe aus Highgate, »ist der Tod.«

»Wessen Domäne«, entgegnete Autumn, der Parodien russischer Dramen auf der letzten Seite des NEW STATESMAN gelesen hatte, »wäre er nicht?«

»Sie werden sterben«, versprach der Russe ohne jeden drohenden Unterton. »Ich ebenfalls. Das ist nicht der Rede wert. Beschäftigen wir uns einstweilen mit meinem Buch.«

»Es ist beschlagnahmt worden.« Autumn fiel wieder ein, wie es in Filmen immer hieß: »Im Interesse der Allgemeinheit. Das – ähm – Zentralbüro wird sich damit beschäftigen. Sie werden eine Vorladung erhalten.«

»Kann ich eine Quittung bekommen?«

»Sie können eins hinter die Löffel bekommen«, sagte Autumn. »Und nun verschwinden Sie.«

McCann näherte sich, und Archangel, nachdem er noch einige Augenblicke lang unschlüssig dagestanden hatte, machte sich davon.

»Gibt es Neuigkeiten?« erkundigte sich McCann.

Wie gut sein Talar und der schwarze Doktorhut ihm standen, dachte Autumn. McCann hatte die Art von Gesicht, die niemals glattrasiert aussieht; es war blaß, und in all den Partien, in denen Haare wuchsen, wirkte es, als sei nicht ein Rasierapparat, sondern ein Pinsel mit einem Hauch stahlgrauer Farbe darübergefahren. Die beiden Haarbüschel oben auf den Backenknochen hatte

McCann stehengelassen; darüber versanken die Augen in tiefen Höhlen. Es war ein langes, kaltes Gesicht, das wirkte wie das eines Dalmatiners, ohne die Flecken, aber mit dem unverwechselbaren Ausdruck lauernder Vorahnung.

»Aber ja«, sagte McCann. »Sie sollten auf alle Fälle einen Blick in das Magazin werfen. Allerdings glaube ich kaum, daß Sie dort viel finden werden, was Ihnen weiterhilft, denn wie Sie gleich sehen werden, ist es keine Frage, daß jeder, der ein wenig vorsichtig zu Werke geht, hineinkommen kann.«

»In das Magazin?«

»Die Terminologie wird Ihnen vielleicht nicht geläufig sein. Das Magazin ist das Bücherlager der Bodleian und befindet sich in den Räumen unterhalb des Radcliffe Square. Sie werden schnell verstehen, daß es unmöglich wäre, eine so immense Zahl von Büchern auf zugänglichen Regalen zu präsentieren. Obwohl so etwas wünschenswert wäre. Ja. In das Magazin hätte jeder hineingelangen können. Wir haben immer geglaubt, daß niemand ein Interesse daran haben könnte, das zu tun. Man kann schließlich nicht ein Shakespeare-Folio stehlen und hoffen, es dann zu verkaufen.«

»Man kann es verbrennen«, murmelte Autumn.

»Auf der Treppe, die von der alten Bibliothek hinunter ins Magazin führt, gibt es eine einfache Holztür, die tagsüber offen blieb, so daß die Angestellten die angeforderten Bücher heraufholen konnten. Und um ehrlich zu sein, ich glaube nicht, daß sie jemals nachts abgeschlossen wurde. *Jetzt* verschließen wir sie natürlich immer.

Selbstverständlich würde jeder, der Bodley mit Büchern verlassen wollte, die augenscheinlich der Bibliothek angehörten, aufgehalten werden. Aber wir sind hier in einer Stadt, in der alle einen Stoß Bücher unter dem Arm tragen. Und wir sind davon ausgegangen, daß niemand Bücher mitnimmt, die ihm nicht gehören.

Ich kann verstehen, *gut* verstehen, daß jemandem, der nicht zur Universität gehört, dieser Mangel an Vorsichtsmaßnahmen leichtsinnig erscheinen muß. Aber Sie müssen bedenken, daß die Verfügbarkeit von Büchern eine der Grundbedingungen unserer akademischen Gemeinschaft ist. Niemand macht sich groß Gedanken darum . . .«

Sie waren hinaus auf die High Street getreten.

»Wir hatten nicht mit irrationalem Verhalten gerechnet. Ich finde, das war keineswegs kurzsichtig. Etwas anderes ist es natürlich, wenn jemand Bücher in die Bibliothek hineinbringt. Er muß sie beim Pförtner hinterlegen und bekommt sie zurück, wenn er wieder geht. Das muß sein, das sehe ich ein.«

McCann stürmte mit großen Schritten voran, als ob die High Street einen steilen Berg hinaufführte. Selbst wenn er gebückt ging, war er größer als Autumn.

Er lächelte abwesend, als der Inspektor das Thema wechselte und auf den Rockinge-Lehrstuhl zu sprechen kam.

»Manchip gab Fairlight den Vorzug. Er mochte Bow-Parley nicht; vielleicht, weil Bow-Parley ein Anhänger Bacons ist; dieser Typ« – McCann warf einen Blick auf Autumn, als wolle er sich vergewissern, daß er imstande war, seinen akademischen Unterscheidungen zu folgen – »hält ja immer zu Bacon. Manchip war überzeugter Anhänger der Hochkirche, und er nahm es sehr genau mit der Religion. Ich habe ihn mehr als einmal sagen hören – schließlich war er ein boshafter Charakter –, daß der Unterschied zwischen Bow-Parleys Mitgliedschaft in der Church of England und seiner Mitgliedschaft bei Brooks darin bestünde, daß er dort bezahle. Das mag ein weiterer Grund für seine Antipathie gewesen sein. Selbst ich als Presbyterianer hatte mehr mit Manchip gemeinsam. Die Abgeklärtheit vielleicht.«

Was für ein unnahbarer Bursche du doch bist, dachte Autumn. McCann war freigebig mit Informationen und redete in einem fort, ohne daß man ihn dazu auffordern mußte, aber alles, was er sagte, war ohne Substanz. Wie eine Schallplatte; der eigentliche Mensch blieb abwesend. Was vermochte ihn aus der Reserve zu locken? fragte sich der Inspektor. Die progressive Moral?

»Aber nun, da Manchip tot ist« – sie betraten eben den Hof an den Divinity Schools –, »ist die Entscheidung schwer vorauszusagen. Fairlight hängt ziemlich in der Luft. Der arme Fairlight«, fuhr McCann mit dem Anflug eines Lächelns fort, »er ist der einzige in Warlock, der Christelow nicht zu seiner literarischen Entdeckung des Jahrhunderts gratuliert hat. Fairlight macht sich nicht viel aus Chaucer oder überhaupt aus jemandem, der schrieb, bevor Mr. T. S. Eliot geboren wurde. Eine unvernünftige Haltung« – McCann schien bei diesen Worten zum Leben zu erwachen –, »die er niemals zu verteidigen gezwungen ist, da er sich niemals offen zu ihr bekannt hat.«

Manchip war nicht der einzige boshafte Charakter, dachte Autumn.

McCann führte ihn durch einen Raum, in dem Besucher Codices und Autographen betrachteten. In einer Ecke gab es eine kleine Theke, wo auf einem Drehständer Postkarten von Bildern des Ashmolean Museum und Ansichten der Stadt Oxford angeboten wurden. McCann stürmte weiter, eine getäfelte Passage entlang. In der Täfelung fand sich eine kleine Tür, die er aufschloß.

»Hier unten« – er wies auf eine schmale Treppe, die in unterirdische Bereiche führte – »ist das Magazin. Es erstreckt sich in einem System von Gängen bis unter den Radcliffe Square.«

»Fein. Dann wollen wir hinuntergehen und einen Blick darauf werfen.«

Es gibt viele Arten von Stille in der Bodleian Library, von dem gedämpften Schweigen der Camera, wo Kreppsohlen quietschen und Juristen schnaufen, bis hin zu der analeptischen Ruhe von Duke Humphrey. Doch keine Stille läßt sich mit der Stille des Magazins vergleichen. Als Autumn und McCann hinabstiegen, drang sie dem Inspektor in die Ohren wie Watte; sie war so greifbar, daß er spürte, wie sein Körper in sie eintauchte wie in Treibsand.

Der Geruch war unbeschreiblich, der Geruch von Büchern, die, seit Jahrhunderten unberührt, aneinandergepreßt standen, schwerer als Bergamotte und Balsam, schal wie der Tod. Als die beiden Männer, einer hinter dem anderen, die gekrümmten Wände aus ledernen Einbänden abschritten, umhüllten der Geruch und die Stille sie wie ein dicker, unsichtbarer Nebel.

Einige Augenblicke später sagte McCann: »Hier sind wir im Zentrum der Anlage. Von hier führen Gänge zur Außenwand, wo ein kreisrunder Umgang das Ganze umgibt. Im Grundriß sieht das ungefähr so aus wie die Speichen und der Kranz eines Wagenrades.«

Die Worte verklangen noch im selben Augenblick, in dem sie gesprochen wurden; die Luft verschluckte alles. Als seien die Bücher neidisch, dachte Autumn, auf jedes Geräusch außer dem unhörbaren Ruf ihrer eigenen Seiten.

»Nicht gerade ein freundlicher Ort.«

Er sah sich in dem gelblichen Licht um, das einzelne, schirmlose Glühbirnen spendeten.

»Oh, ich bin sicher, man findet Gefallen daran, wenn man länger hier ist.«

Sie gingen einen der Gänge hinab.

»Obwohl es tatsächlich ein seltsamer Ort ist«, sagte McCann nachdenklich. »Man kommt selten selbst hier herunter. Bücher, Bücher, Bücher...«

Vor ihnen huschte eine Maus den staubigen Gang entlang und preßte ihren kleinen, dicken Leib unter das unterste Regalbrett.

Sie kamen an das Ende ihres Ganges, dort, wo er auf die äußere Galerie traf. Auf beiden Seiten verloren sich die Bücher Regal um Regal in den Biegungen des gelben Dunkels.

»Jawohl, die Tür oben bleibt ab jetzt verschlossen, und den Schlüssel dazu verwahre ich. Ein Jammer, doch nach Lage der Dinge –«

Autumns Kopf schnellte zur Seite, genauso abrupt, wie McCann im selben Augenblick in seinem Satz innegehalten hatte. Sie standen reglos da. Nach einigen Sekunden wandte sich McCann nach dem Inspektor um. Sehr, sehr leise sagte er dann: »Habe ich da –«

Er brach ab und drehte sich wieder um, um zu horchen.

Die Stille umgab sie und verschloß ihre Ohren wie Samt, tief und sanft. Keiner der beiden rührte sich.

Etwas knarrte. Jenes namenlose Knarren, das man mitten in der Nacht hört. Dann war die Stille tiefer denn je zuvor.

Autumn wandte sich um und eilte mit raschen Schritten zurück zum Mittelpunkt des Magazins. Ein paar Augenblicke lang stand er da, dann, ganz vorsichtig, streckte er seinen Kopf auf die andere Seite der Bücherwand. Der Gang, den er hinunterspähte, lag verlassen.

Er sah sich nach McCann um, der noch an derselben Stelle stand, den Kopf wie ein Vogel auf eine Seite gelegt, und lauschte. Autumn kehrte den Gang hinunter zu ihm zurück. Als er bei McCann ankam, legte der Bibliothekar einen Finger an die Lippen.

Etwas rührte sich, hielt inne, rührte sich wieder. Die Stille tat weh.

»Auf dem Außengang«, rief McCann plötzlich und stürzte davon. Als McCann losrannte, hörte man es irgendwo im Magazin rascheln, doch die stickige Luft nahm dem Klang jegliche Richtung.

Autumn sprang wieder zurück zur Mitte, lief einen der Gänge hinunter, erreichte den Außenkorridor und stieß mit McCann zusammen, der ihm entgegenkam.

»Die andere Richtung, die andere Richtung –«, brüllte der Bibliothekar.

»Verdammt«, sagte Autumn und machte kehrt.

Sie umrundeten gemeinsam einmal die äußere Galerie. Autumn stieß mit dem Ellenbogen an ein hervorlugendes Buch, und es fiel zu Boden wie eine Kanonenkugel.

Sie hielten inne. Nichts zu hören.

Autumn lief wieder zurück zur Treppe und hastete die Stufen hinauf bis zur Tür. Oben blieb er abrupt stehen und sah sich nach rechts und links um. McCann kam hinter ihm die Treppe hinaufgestürmt, preschte an ihm vorbei und hinaus in den Saal mit den Ausstellungskästen.

»Hier nicht!« rief er Autumn zu.

Eine Frau und ein kleines Mädchen standen vor dem Postkartenständer. An den gläsernen Vitrinen betrachteten Besucher die ausgestellten Preziosen.

»Draußen«, sagte McCann.

Autumn folgte ihm zum Ausgang. Ein halbes Dutzend Menschen schlenderte über den Innenhof. Autumn machte kehrt und ging mit langsamen Schritten wieder nach unten. McCann folgte ihm.

»Entwischt«, sagte McCann keuchend, mit zusammengebissenen Zähnen.

Der Inspektor trat an den Schalter und sprach mit dem Aufseher. Nein, er hatte nichts gesehen.

Man schickte nach einem Hausmeister, und dieser und der Aufseher stiegen hinunter ins Magazin, während Autumn und McCann am Kopf der Treppe Wache hielten.

»Ich werde diese Bibliothek schließen lassen, ich werde sie – werde –« McCann bekam vor Wut kaum ein Wort heraus. Autumn war überrascht. Er war so selbstbeherrscht gewesen.

Der Hausmeister und der Aufseher kamen wieder hinauf. Sie hatten nichts gefunden.

»Unerhörtes Benehmen«, sagte McCann, und sein Ausdruck war wieder kalt, die Augen in ihre Höhlen eingesunken. »Wenn noch mehr Bücher fehlen –«

Auf dem Rückweg nach Warlock sprach McCann kein Wort.

Autumn konnte nicht schlafen. Noch am frühen Morgen warf er sich im Bett hin und her, die Augen brannten ihm. Er verfluchte das Mondlicht, das durch das kleine, klösterlich anmutende Fenster fiel, und mehr denn je fühlte er sich wie ein Novize, der an unerforschlichen Runen in seinen Übersetzungsübungen gescheitert war.

Die Ereignisse des Tages erschienen immer und immer wieder vor seinem inneren Auge, und als er endlich einschlief, waren seine Träume phantasmagorisch.

Einmal schien er auf einen gewaltigen Fernsehschirm zu blikken, in dem Balboa in einer Badewanne saß und sich von Dorcas den Rücken einseifen ließ. Hinter ihm erhob sich die Gestalt Fairlights, des Vertreters des New Criticism, zu angsteinflößender Größe. Er brüllte in ein Megaphon: »Unter diesen Umständen, unter diesen veränderten Umständen, unter diesen sehr veränderten Umständen –« Und dann plötzlich tanzte McCann, der Bibliothekar, gemessenen Schrittes eine Gavotte mit Mrs. Spectre, und ihr Kopf schien über seine Schulter hinweg Autumn zuzunicken, wie er ihm bei ihrem Gespräch am Nachmittag zugenickt hatte. Sie sagte etwas, zunächst im Flüsterton, am Ende mit einer Stimme, die tobte und grollte wie ein Gewitter. Sie wiederholte es immer und immer wieder; etwas, das sie Autumn an jenem Tag schon einmal mitgeteilt hatte, etwas, das er vergessen hatte.

»Ja«, sagte Autumn in seinem Traum. »Ja, genau das, das war es, was Sie heute nachmittag gesagt haben. Ich werde es mir merken, ich werde es mir merken, ganz bestimmt.«

»Neun Uhr, Sir«, hörte er den Diener sagen, und verwirrt fuhr der Inspektor in die Höhe. Er war hellwach, die Sonne schien, und er erinnerte sich an kein einziges Wort von dem, was Mrs. Spectre in seinem Traum gesagt hatte.

Kapitel 8

Die großen schwarzen Türen standen offen, und das düstere, verhaltene Requiem der Orgel wogte hinaus zu den Trauergästen, die sich nach und nach auf dem Innenhof versammelten. Wie Pinguine und Flamingos und Eisvögel wirkten sie, gab es doch kein akademisches Gewand, von dem nicht ein Exemplar dabei gewesen wäre: Talare und Überwürfe in allen Farben, Roben in tiefem Purpur hingen von den gebeugten Schultern der Doktoren der Philologie herab, und die dunkelblauen Überwürfe der Philosophen und die Brokatseide der Musikwissenschaftler verstärkten und unterstrichen noch die Stimmung des rituellen Schwarz. Der Kanzler höchstselbst war anwesend, der Earl von Blamis. Er hatte seine nachmittägliche Bridgepartie bei Tight's abgesagt, hatte seine Golfschläger in den Daimler geworfen und war am Morgen aus London herübergekommen. Die Fellows des College und der Sekretär des Toten standen beieinander, und in der Nähe hatten sich die vier Undergraduates zusammengefunden, arme Verwandte in kurzen Studententalaren.

»Wir in Rußland«, flüsterte Archangel, »wir verbrennen sie. Es gilt als hygienisch. Die Vorstellung von der reinigenden Kraft des Feuers findet besonderen Anklang bei denen, die religiösen Sinnes sind. Es wird auch getanzt.«

»Getanzt? Auf einer Beerdigung?« fragte Egg. »Irgendwie traurige Tänze, was? So 'ne Art russisches Ballett?«

»Wunderbar unanständige Tänze«, flüsterte Flower und richtete dabei seine weiße Schleife, ein fertig gebundenes Exemplar. »Die Frauen tanzen sich so in Rage, daß sie alles vergessen und sich die Kleider vom Leib reißen; und dann peitscht man sie mit Bast von alten Wodkaflaschen.«

»An Wodkaflaschen gibt es keinen Bast«, sagte Archangel.

Bum, der metropolitane Journalist, näherte sich ihnen mit gezücktem Notizbuch. »Mitten im Leben«, sagte er ehrfurchtsvoll.

»Ihr jungen Burschen müßt doch den Verstorbenen gut gekannt haben.«

»Er war wie ein großer Bruder für uns alle«, sagte Flower, »immer bereit, seine Halskrause abzulegen und bei einem Scherz mitzumachen. Ob es nun die übermütige Belagerung einer Damentoilette war oder nur eine simple Partie Poker.«

»Er war selbst einmal jung«, nickte Bum verständnisvoll und kritzelte auf ein Blatt Papier.

Mr. Bum war dabei, ein ›Stimmungsbild‹ für die Leserschaft der KNELL zu verfassen. Die Leserschaft der KNELL (hieß es auf der Fleet Street) bestand aus merkwürdig aussehenden Damen, die in Nichtraucherabteilen fuhren.

»Im Herzen ein junger Spund«, sagte Mr. Flower. »Ein großherziger junger Spund. Ich bitte um Nachsicht, wenn ich mir eine verräterische Zähre aus dem Augenwinkel wische.«

»Er war ein älterer Herr«, wandte Archangel ein.

»Was Flower sagen will, ist nur, daß Manchip sich eine jugendliche Ader bewahrt hatte, im metaphorischen Sinne. Nicht wahr, Nicholas?« fragte Orson Dogg, Rhodes-Stipendiat und Student der Psychologie.

Egg sagte: »Plemplem, dieser Flower.«

Der Einzug der Trauergäste in die Kapelle begann.

»Beta«, stufte ein eifriger Altphilologe die intellektuellen Fähigkeiten des Toten ein. »Beta, vielleicht Beta plus. Mit Sicherheit kein Alpha.«

»Er hatte die ausgesprochen ärgerliche Angewohnheit, einem über die Schulter zu blicken und laut das Kreuzworträtsel der TIMES zu lösen«, murmelte Christelow vor sich hin.

Zwei Dinge beschäftigten den Inspektor: die Länge seines Kragenknopfes (das verdammte Ding hatte sich ihm unter seinem steifen Kragen in die Gurgel gebohrt), und der Traum von Mrs. Spectre, an den er sich, so sehr er sich auch anstrengte, nicht mehr erinnern konnte. Dazu kam noch, daß er sich als Versager in seinem Beruf fühlte, wenn er die Beerdigung eines Mannes besuchte, dessen Mörder sich unter den Trauergästen befand. Autumn sah sich um.

Bow-Parleys Gattin ging bei der Prozession in die Kapelle direkt vor dem Inspektor; Bow-Parley war nicht bei ihr, er würde den Trauergottesdienst halten. Julia Bow-Parley war auf eine strenge, nüchterne Art attraktiv, ihr schwarzer Mantel und der schwarze Rock betonten die schlanke Gestalt. Sie trug den Talar eines Baccalaureus der Künste, denn sie gehörte selbst nicht dem Lehrkörper an und hatte nie ihren Magister gemacht. Es hieß, Bow-Parley habe sie als unbezahlten ›Ableiter‹ für seinen niemals endenden Redestrom geheiratet.

Der Inspektor zwängte sich in eine der engen Bankreihen und trippelte mit kleinen Schritten seitwärts hinter Julia Bow-Parley her, bis er seinen Platz erreicht hatte. Man hörte wie ein Murmeln das Rascheln umgeblätterter Seiten, dann brauste die Orgel auf und begann mit dem Eingangslied.

Mörder mochten sie sein, dachte der Inspektor, als er seinen Blick über die Gemeinde schweifen ließ, doch waren sie gleichwohl eine außerordentlich eindrucksvolle Gesellschaft. Sie erhoben ihre Stimmen zum ersten Lied. Als der Gesang in seiner vollen Stärke aufstieg, erfüllte sich, so schien es Autumn, die Kapelle mit Leben, und es war, als wären die Heiligen in ihren Nischen eben erst niedergekniet.

Er hob den Blick über den Rand des Gesangbuches – er sang, ohne dessen zu bedürfen, denn die Verse hatte er vor langen Jahren an kalten Grundschulmorgenden auswendig gelernt – und betrachtete das Sonnenlicht, wie es durch das Ostfenster blutige Flecken auf Manchips Sarg warf.

Der Täter ist in dieser Kapelle.

Shipton sang nicht. Halbherzig hielt er sein Buch in der Hand, seine Lippen bewegten sich nicht. Er schien ganz in Gedanken versunken. Kirchen waren einer der Orte, sinnierte Autumn, wo die Gesichter der Menschen unverhüllt ihre Geschichten erzählten.

Clapp, so makellos herausgeputzt, als erwartete er, daß der Tote ihn höchstpersönlich inspizierte, schielte in sein Buch und verlor immer wieder die richtige Stelle, wenn er seinen eisigen Blick durch die Kapelle schweifen ließ. Vielleicht hält er Ausschau nach jemandem, der einen Knopf offenstehen hat, dachte der Inspektor. Undigo sang ganz entspannt mit häßlicher, tonloser lauter Stimme. Er sang, so vermutete der Inspektor, wie er die meisten Dinge tat: beherzt, mit einer winzigen Spur ironischer Distanz und durchaus mit Genuß.

Falal in der hintersten Bank auf der anderen Seite des Ganges war so alt, daß seine Gegenwart kaum noch zu spüren war. Er sang nicht; vielleicht hatte er den Text vergessen, denn wie sollte ein alter Mann sich an eine solche Kleinigkeit unter so vielen Dingen erinnern? Er studierte die Feinheiten im Schnitzwerk seiner Bankreihe. Und während Autumn zu ihm hinübersah, warf der Professor listige Blicke nach rechts und links, dann zog er ein kleines, silbergefaßtes Vergrößerungsglas aus seiner Westentasche, um sich einen besseren Eindruck zu verschaffen.

Bow-Parley hatte unterdessen begonnen, die Messe zu zelebrieren. Er war in Hochform und glich ohne jeden Zweifel einem Cherub. Damen liebten seine ›Sprechstimme‹, doch niemand liebte sie mehr als er selbst. Es war eine göttliche Fügung, die jeden mit Zufriedenheit erfüllen mußte, daß eine so kultivierte Stimme eine so selbstlose, so angemessene Aufgabe gefunden hatte.

Autumn gebot sich Einhalt; manchmal ging seine Angewohnheit, sich die Gedanken anderer vorzustellen, mit ihm durch.

Mit sanfter Melancholie stimmte der Reverend einen Psalm an. Da Psalmen keine einprägsame Melodie zu haben pflegen, hatten einige, die zuvor das Lied noch vertrauensvoll mitgesungen hatten, nun den Mut verloren, doch Christelow ließ sich nicht beirren und sang mit Gusto – wie Undigo, doch ohne eine Spur von dessen sanfter Ironie. Christelow folgte dem Gottesdienst mit einer Hingabe, die manche Menschen für Dinge aufzubringen vermögen, von denen sie nicht unmittelbar betroffen sind. Hätte er mehr für Manchip empfunden (ging es Autumn durch den Kopf), dann hätte er den Trauergottesdienst nicht einmal halb so sehr genießen können.

Ein großgewachsener Mann mit geöltem schwarzem Haar stand neben Rankine. Er trug keinen Talar, und der Inspektor nahm an, daß es sich um Lord Pinner handelte. Der Lord hatte einen überaus mißlungenen Auftritt: Er versuchte, lässige Förmlichkeit mit persönlicher Bedeutsamkeit zu verbinden, hatte aber im Buch die richtige Zeile nicht finden können und sang nun jedes Wort einen Augenblick, nachdem alle anderen es gesungen hatten. Er machte einen unbeschreiblich schwachsinnigen Eindruck. Lord Pinner sah nicht hinüber zu Rankine, denn dessen Buch war ebenso fest verschlossen wie seine Lippen. Rankine demonstrierte so, wie sehr er sich von allem distanzierte. Ein dämlicher Hund, dachte der Inspektor.

Langsam ließen die vier Träger den langen braunen Sarg hinab in die Gruft, in der Manchip an der Seite seiner Vorgänger die letzte Ruhe finden sollte, an dem Platz, der am weitesten vom Altar entfernt war. Ein Chor aus Diskantstimmen nahm das Motiv auf, und der Klang stieg in die Höhe und vibrierte zwischen den hölzernen Engeln. Noch ein letztes Mal fiel die Gemeinde ein, während Autumn sich mit dem Finger unter den Kragen fuhr, um sich Erleichterung von dem Druck des Knopfes zu verschaffen.

McCann hatte seine großen weißen Hände friedvoll gefaltet und stand düster schweigend inmitten des Chores, der ihn umgab. Wurde bei Presbyterianern überhaupt gesungen? überlegte Autumn. Neben McCann erzitterte Fairlights Haupt, wenn er es mit weit geöffnetem Munde in den Nacken warf, denn Fairlight lebte in dem Glauben, eine angenehme, helle Baritonstimme zu besitzen. Sein Schmettern stach peinlich hervor; er hatte den Inspektor angestarrt.

Die vier Undergraduates standen in einer Reihe wie ein Männerchor mit einem gewissen Hang zum Buffo: Egg, das rote Gesicht schweißüberströmt, produzierte einen brummenden Singsang, Flower begann jeden Vers im Tenor und transponierte sehr fachkundig zum Baß, wenn es zu hoch für ihn wurde, Archangel schwang seinen Wurstfinger im Takt, und Dogg starrte auf der Suche nach Psychosen aufmerksam in die Runde.

Neben Dogg sah man Diamantis, der Manchips Sekretär gewesen war. Jemand hatte Autumn am Morgen auf ihn aufmerksam gemacht. Diamantis sang mit großem Ernst und einem ausgeprägten Gespür für das dem Anlaß Angemessene, ganz der Public-School-Absolvent, der er zu sein schien. Er war jung, sein Gesicht war rund und frisch, das blonde Haar trug er in kurzen Locken.

»Erre-he-he-he-hette ihn«, intonierte der wohltönende Bow-Parley, der gern farbige Akzente setzte. »Erre-he-he-he-hette ihn vor dem Spieße des Einhorns und dem Rachen des Löwen . . .«

Die Stimmung war gut, als sie hinaus ins Sonnenlicht traten. Der Earl von Blamis nickte wohlwollend. Während des Gottesdienstes hatte er über die Abschlagtechnik des Verstorbenen nachgedacht.

»Makellos«, meinte er nun, »obwohl erwähnt sein sollte, daß es ihm half, wenn er den Wind im Rücken hatte.«

Die Trauergesellschaft löste sich nunmehr in einzelne Grüppchen auf, die zum Mittagessen gingen. Der Earl von Blamis begab sich – angemessen genug – in der Gesellschaft eines Bischofs zum

›Mitre‹. Als alle anderen fort waren, blieben die Fellows wie Hausmeister an den Türen zurück.

»Ist Ihnen aufgefallen, wie der Earl sang? Als hätte er beim Singen Toffee, das an seinen Zähnen klebte, absuckeln wollen.«

Undigo lächelte.

Bum kam die Treppe hinunter.

»Na, meine Herren, es gibt doch nichts Schöneres, als dann und wann der ewigen Wahrheiten zu gedenken. Ich kann mich nicht erinnern, daß ich jemals eine geschmackvollere Stimme gehört hätte als diejenige von Reverend Parley, nicht einmal bei der BBC. Ganz wie die Stimme des Kommentators, der bei Staatsbegräbnissen immer vom Dach aus berichtet. Sehr, sehr angenehm, muß ich schon sagen. Ich würde ihn gern in meinem Artikel namentlich erwähnen, es sei denn, Mr. Parley empfände ein wenig harmlose Publicity als unziemlich für seinen geistigen Stand.«

»Ich bin sicher, Mr. Bum, Sie werden feststellen, unser Reverend weiß, was er der Öffentlichkeit schuldig ist. Er ist niemand, der Ihre Leser im Stich lassen würde. Ein Jammer bloß, daß Sie nicht auch den zweiten Herrn namentlich nennen können, den Herrn nämlich, der sich unter uns in der Kapelle befand. Den Mörder.« Undigo lächelte säuerlich.

»Bow-Parley wüßte sicher gern, wer es war«, sagte Shipton, »und sei es nur, ihm für die Gelegenheit zu danken, vor vollem Hause spielen zu können.«

»Shipton ist unmöglich, wirklich«, schimpfte Christelow, als dieser pfeifend, die Hände in den Taschen, gegangen war. »Keine Manieren, keine Manieren.«

Bow-Parley trat aus der Sakristei, und er und seine Frau gesellten sich zu der Gruppe an der Treppe.

»Ich gehe dann«, sagte Christelow. »Ich mag keine Beerdigungen, und es wäre geheuchelt, wenn ich so täte, als ob ich mich vor Kummer grämte. Mittagessen?« fragte er Fairlight.

Als das Paar von dannen schlenderte, stieß Bum Autumn mit dem Ellenbogen an. »Hab' immer noch das verdammte Profil zu schreiben, und der blöde Kerl macht einfach nicht mit. Der hat scheinbar keine Ahnung von Publicity.«

Bow-Parley trat heran, nun wieder ganz Privatmann. In dieser Rolle sah er sich gern als jemand, der den Leuten Tips für das Rennen um drei Uhr dreißig gab oder ihnen im Gasthaus ein Gläschen spendierte.

»Ah, da sind ja alle«, rief er fröhlich und legte wohlwollend den Arm um die Schultern des ersten, dessen er habhaft wurde. »Unsere kleine Pflicht ist erfüllt, und damit soll es gut sein.« Es war ein spirituelles Alka-Seltzer, das allen ihren religiösen Kater vertrieb. »Wir haben die Monumente nicht studiert, noch ihr Studium verschmäht. Kein gewaltig' Werk« – gestenreich skizzierte er seine Worte – »von uralt Großmut –«

»Keines«, sagte Undigo.

Autumn bemerkte, daß Diamantis etwas von ihm wollte. Er trat von einem Fuß auf den anderen, und als der Inspektor ihn fragend ansah, sagte er: »Ich bin Diamantis – ob ich vielleicht – ob ich Sie einen Moment sprechen könnte?«

»Ja. Sollen wir uns zurückziehen?«

»Oh nein, nein, nichts von Bedeutung, das heißt, ich glaube nicht, daß es von Bedeutung ist. Ich dachte nur – nun, es ist so, ich vermisse das Tagebuch des Vizekanzlers.« Diamantis kam ins Stocken, weil er fürchtete, es könne albern klingen. »Natürlich brauche ich das Tagebuch nicht, ich will nur sagen, er hatte eines, und nun scheint es verschwunden zu sein. Ich dachte, das sollten Sie wissen.«

»Was für eine Art Tagebuch?« fragte Autumn.

»Oh, keines von diesen üblichen Taschenbüchern, es war ein großformatiger Band. Sonst wäre mir ja gar nicht aufgefallen, daß es fort ist. Ein richtiges Tagebuch. Er machte jeden Abend seinen Eintrag.«

»Ein Tagebuch«, murmelte der Geistliche, der die Ohren gespitzt hatte, »ein Tagebuch. Manchip führte also Tagebuch. Da muß ein Mensch erst sterben, bevor man ihn wirklich kennenlernt.«

»Er hat es immer seine Kladde genannt«, sagte Diamantis.

»Kreuzworträtsel, Grabplatten, Aufsätze – anderer Leute Aufsätze –« Bow-Parley lachte milde und warf seiner Frau einen Blick zu. »Ach, was hatte der Mann für Interessen, was für ein erfülltes, glückliches Leben. Und dazu eine Kladde, ein Buch für Alltägliches, doch, ah, da fragt man sich, da überlegt man, Alltägliches für wen?«

»Wann ist Ihnen aufgefallen, daß es verschwunden ist?« fragte Autumn.

»Nun, ich habe erst gestern nachmittag mit dem Aufräumen begonnen. Ich dachte«, Diamantis errötete, »Sie wünschen vielleicht, daß alles so bleibt, wie es war. Es muß so gegen drei Uhr gewesen sein, als ich bemerkte, daß es nicht auf seinem Schreibtisch lag. Ich wollte nicht gleich etwas sagen. Wissen Sie, es hätte ja auch wieder auftauchen können. Aber ich habe mich ziemlich gründlich umgesehen, in den Schubladen und überall. Und da dachte ich – heute morgen – ich sage lieber –«

»Aber, aber«, prustete Bow-Parley begeistert, »das ist großartig, fabelhaft. Tagebücher! Man ist ja nicht eben bewandert in Detektivromanen, nur gelegentlich, auf Zugfahrten, den längeren Reisen, liest man sie, doch kennt man den Stellenwert, die – ahm – Schlüsselposition, die Tagebüchern darin zukommt. Oft von entscheidender Bedeutung, stets gegenwärtig. Und siehe da« – er breitete die Arme aus, eine Geste, die humoristisch seinen Mangel an Vertrauen in die Unterhaltungsliteratur entschuldigen sollte –, »so etwas gibt es doch tatsächlich!«

»Scharfsinnig von Ihnen, das zu bemerken«, sagte Autumn zu Diamantis. Diamantis war es augenscheinlich entsetzlich unangenehm, so im Rampenlicht zu stehen.

»Ich dachte einfach, ich sollte es erwähnen. Ich bin auf meinem Zimmer, falls Sie mich brauchen.« Er errötete von neuem – als ob ein Detective-Inspector *ihn* bräuchte – und ging eiligen Schrittes davon.

»Ein netter Bursche«, wandte Undigo sich an den Inspektor, »aber ich fürchte, Manchip hätte ihn mit seiner Fürsorge noch ganz erdrückt. Manchip gab ihm den Posten als Sekretär, als sein Vater – Manchip war der Tutor seines Vaters, glaube ich – vor einigen Jahren sein ganzes Vermögen an der Börse verlor. Als er hierher kam, war er, das kann ich wohl sagen, ein aufgeweckter Junge. Jedenfalls hat er noch nicht gestottert. Ein halbes Jahr bei Manchip, und er konnte keine Tasse Tee mehr trinken, ohne etwas zu verschütten. Nicht wahr, Herr Pfarrer?«

»Leider. Da ist es eine Freude zu sehen, daß wenigstens die Beobachtungsgabe des Jungen ungetrübt geblieben ist. Ja, Inspektor, das Tagebuch.« Bow-Parley lehnte sich in einer seiner typischen Haltungen vor: Er benutzte seinen Arm als Stethoskop und schob Autumn die Faust zwischen die Rippen, als untersuche er ihn auf ein moralisches Herzrasen. »Das Tagebuch, das macht einen nun doch neugierig, man wird keine Ruhe finden, ehe man nicht weiß, ob es eine substantielle Rolle in dieser unglücklichen Angelegenheit spielt. In den Romanen ist es so oft nichts als ein

Trick. Eine Kladde für Alltägliches. Man fragt sich, ist das nicht vielleicht eine wunderbar falsche Bezeichnung? Wir werden es vielleicht niemals erfahren, womöglich ist es bereits vernichtet. Doch Diamantis kann man nur gratulieren, scharfsinnig, äußerst scharfsinnig.«

Bow-Parley verabschiedete sich mit seiner Gattin. Autumn sah ihnen nach und fragte sich, was das wohl für ein Ausdruck auf Julia Bow-Parleys Gesicht gewesen war. Es war mehr als nur Ärger gewesen. Wenn man solche Augenblicke nur hätte konservieren und sich dann noch einmal hätte vorspielen können, immer und immer wieder, bis man dahintergekommen war, was sie bedeuteten.

Jetzt redete Lord Pinner den Inspektor zum ersten Male an.

»Alles im Griff?«

Er sprach bissig, was an eine bestimmte Art von Männern erinnerte, die versuchen, einem die Finger zu zerdrücken, wenn man ihnen die Hand gibt.

»Selbstmord«, sagte Lord Pinner, »für mich gar keine Frage. Genau der Typ.« Und Lord Pinner machte eine Bewegung, als sei sein Arm ein Zauberstab, der alles Leben auf eine Größe reduzierte, die man bequem in die Tasche stecken konnte.

»Kannte ihn wie meine Westentasche.«

»Sie kannten ihn gut?«

»Oh ja, ich kannte ihn gut. Und dazu kommt, daß das, was ich kannte, mir nicht gefiel. Schwachsinnige alte Schulmamsell.« Lord Pinner fixierte den Inspektor und wartete (wie Menschen, die Grobheit mit Aufrichtigkeit verwechseln, es stets tun) darauf, daß Autumn ihm beipflichtete.

»Kurzsichtig und aufgeblasen obendrein.«

Lord Pinner pflegte Exemplare seiner Broschüre *Die moderne Kleinfamilie* an alle Paare zu schicken, die ihre Verlobung in der Times bekanntgaben. Er erhielt zahlreiche heftige Antworten darauf. Außerdem verkaufte er Fernsehgeräte auf Ratenbasis an große Familien in kleinen Wohnungen, ein genialer Versuch (wie Manchip einmal festgestellt hatte), die praktischen Vorteile der modernen Kleinfamilie zu demonstrieren.

Lord Pinner war ein Mann, der stets für alles einen Grund parat hatte; gleich ein Dutzend führte er dafür ins Feld, daß Oxford die Gründung eines neuen College mit naturwissenschaftlichem Schwerpunkt gestatten sollte, zu dessen Stiftung er selbst bereit war und das seinen Namen tragen sollte. Gewisse akademische Kreise hatten befürwortet, ihm seinen Willen zu gewähren, und zeitweise sah es so aus, als stehe Lord Pinner – so sehr er auch überall und immer wieder in Fettnäpfchen trat – kurz vor der Erfüllung seines Traumes.

Es war nun aber Pech für seine Lordschaft gewesen, daß mitten in den Verhandlungen Manchip Vizekanzler wurde. Von diesem Augenblick an hatte sein Projekt praktisch aufgehört zu existieren. Manchip mobilisierte seine Kräfte, die durch nichts zu konterkarieren waren. Es würde keine Pinner Hall geben, nachdem Manchip sein Veto eingelegt hatte. Pinner ließ nichts unversucht: Er hoffte, er schmeichelte, er versuchte Druck auszuüben, er eilte nach London und nahm einen demonstrativen Lunch mit dem Earl von Blamis ein. Dann kam er zurück, um Manchip die frohe Botschaft zu überbringen; Manchip blickte nicht einmal von seiner Lektüre auf.

Der verstorbene Vizekanzler war ein Mann gewesen, dem Partisanentum, Fraktionskämpfe, Streit und Opposition das Blut des Lebens gewesen waren, doch wenn es um Lord Pinner ging, blieben diese Motive sekundär. Manchip verabscheute schlicht und einfach Lord Pinner und alles, was mit Lord Pinner zu tun hatte, mit einem Abscheu, der durch und durch seinem Wesen entsprach. Und daran war nichts zu rütteln.

Selbst Pinner mußte das schließlich einsehen und Trost in geflüsterten Geheimberatungen mit Rankine finden, denn in dem rothaarigen Wissenschaftler war er auf einen Geist gestoßen, der ebenso zu gedanklichen Kurzschlüssen neigte wie sein eigener.

»Selbstmord?« staunte Autumn. »Das ist kaum denkbar, Lord Pinner. Er hatte ein Messer im Rücken.«

»Nun zeigen Sie ein bißchen Phantasie, Mann. Sie werden doch schon mal ein Buch gelesen haben, oder nicht? Kinderleicht, einen Selbstmord so hinzudrehen, daß es aussieht wie Mord. Er läßt sich auf den Rücken fallen« – Lord Pinner fuchtelte wieder mit seinem magischen Arm –, »läßt sich auf den Rücken fallen und hält das Messer dabei hinter sich. Finito!«

Lord Pinner tippte sich an die Stirn.

»Er war schon immer ein seltsamer Heini.«

Kapitel 9

»Nur ein paar Nüsse und ein Gläschen Port in Gesellschaft, hm?«

»Nüsse?«

»Zum Portwein.«

»Ich bin kein großer Freund von Nüssen, Mr. Bum. Nur die wenigsten von uns im Common Room mögen Nüsse. Falal bisweilen –«

Bum seufzte.

»Worauf ich hinaus will, Mr. Christelow – verstehen Sie, das sind die Sachen, die die Leser wissen wollen –, ist die Frage: Führen Sie denn nun das ganz normale, ruhige Leben« – Bum rückte seine Brille zurecht – »des durchschnittlichen Akademikers? Nüsse –«

Pech, ein miserabler Anfang, dachte Bum. Im Verlag war er auf der Suche nach Hintergrundinformationen das Archiv durchgegangen; unglücklicherweise hatte Mr. Sharpshoot Christelows Namen falsch verstanden, und Bums Materialien hatten sich auf einen Professor für osteuropäische Sprachen bezogen. Es war daher kaum verwunderlich, daß Christelow den Journalisten gemieden hatte, denn bei ihrer ersten Begegnung hatte Bum, der sich dafür eigens von einem Cafébesitzer in der Fetter Lane ein paar Sätze hatte beibringen lassen, ihn auf Zypriotisch angesprochen.

»Keine Nüsse, Mr. Bum«, sagte Christelow.

»Dann lassen wir die Nüsse und versuchen es mit Ihrer Jugend. Ich kann mir vorstellen, Sie waren schon als kleiner Junge ein Bücherwurm, nicht wahr, Mr. Christelow?«

»Ich fürchte, ich habe erst mit neun Jahren lesen gelernt.«

Bum atmete tief durch.

»Na, das ist wenigstens ein Clou.«

»Diese Art von Arbeit ist sicher sehr schwierig, Mr. Bum?«

»Man muß schon das gewisse Etwas haben, man muß mit Leuten umgehen können, wissen, wie man's anstellt. Bei Ihnen, Mr. Christelow, hätte ich beinahe zum letzten Mittel greifen müssen.«

»Ihr letztes Mittel?«

»Um zu einem Interview mit Leuten, die mich nicht sehen wollen, zu kommen.« Bum wurde vertrauensselig. »Ich sage ihnen, ich käme wegen ihres Nachrufs.«

»Du lieber Himmel!«

»Dann bin ich drin wie der Blitz, wenn sie das hören. Ich habe schon Bestsellerautoren gesehen, die mit gebrochenem Bein daniederlagen und plötzlich durchs Zimmer hüpften wie Zweijährige. Nur damit ich sehe, wie lebendig sie noch sind. Ein hochangesehener orientalischer Potentat hängte sich tatsächlich mit den Zähnen an einen Messingkronleuchter.«

Der Diener kam mit dem Tee.

»Wie steht es denn mit Hobbies?« erkundigte sich Bum, nun ein wenig entspannter. »Ein hübscher, ruhiger Spaziergang nach einem Tag über den Manuskripten oder vielleicht ein kleines Dartspiel« – er machte eine aufmunternde Geste – »mit den anderen Inhabern königlicher Lehrstühle?«

»Meinen Sie, die spielen?« fragte Christelow verblüfft.

»Ich hoffe es, Mr. Christelow. Das geht den Lesern runter wie Butter, wenn sie erfahren, daß die gebildeten Schichten sich in ihrer Freizeit mit denselben Dingen vergnügen wie sie selbst. Ich wünschte«, sagte Bum und schüttelte voller Bedauern den Kopf, »Sie würden Fußballtoto spielen.«

»Wie ich Ihnen bereits sagte –«

»Oh, da kann man nichts tun, Mr. Christelow; machen Sie sich deswegen keine Sorgen. Lassen Sie mich überlegen.« Mr. Bum schaute von seinem Notizbuch auf. »Irgendwas Ungewöhnliches?«

»Sie fragen so indirekt.«

»Ich meine, haben Sie irgendwelche Vorlieben, die ein gewöhnlicher Mensch als ungewöhnlich empfinden könnte? So etwas wie, lassen Sie mich überlegen, was gibt es da?« Bum tippte sich mit dem Bleistift an die Lippe. »Stierkämpfe, ja, oder das Sammeln von Lokomotivnummern zum Beispiel. Etwas in dieser Art. Es muß etwas Außergewöhnliches sein, verstehen Sie, wirklich außergewöhnlich, denn wenn es etwas ist, daß nur ein wenig pittoresk ist, zum Beispiel Nachtclubs besuchen oder Rolls-Royce fahren, dann werden die Leser neidisch und entwickeln eine Antipathie. Es geht mir um eine außergewöhnliche, warme, menschliche Note.«

»Nein«, entgegnete Christelow nachdenklich, »ich glaube nicht, daß ich Ihnen da etwas bieten kann.«

»Hmm, merkwürdig.« Bum nickte. »Obwohl man so etwas sehr oft in akademischen Kreisen findet. Einmal habe ich ein Interview mit einem Fachhochschullehrer in Porthcawl gemacht, der Nachbildungen des Buckingham Palace aus Aluminiumfolie bastelte.«

Christelow bestrich grübelnd einen Teekuchen mit Butter.

»Eine schwierige Aufgabe, Mr. Bum, für den einfachen Menschen zu schreiben.«

»Bei uns heißt er der Mann auf der Straße, Mr. Christelow. Das klingt so schön anheimelnd und vertraut, das andere läßt zu sehr an Klassenunterschiede denken. Und es hat den Vorteil«, fügte Bum mit gesenkter Stimme hinzu, »daß es nichts bedeutet.«

Es klopfte an der Tür, und der Diener steckte den Kopf herein: »Der Inspektor, Sir.«

Autumn hatte sich schon den ganzen Nachmittag über Sorgen um die Sicherheit des *Book of the Lion* gemacht. Die Ereignisse in Bodley am Abend zuvor hatten ihn wieder daran erinnert, daß Bücher nach wie vor in Gefahr waren, und auch wenn der Polizeichef noch so sehr daran glaubte, daß der Chaucer in den Händen des Mannes, der ihn entdeckt hatte, sicher war, war es doch Autumn, der den Kopf hinhalten mußte, wenn das Buch doch gestohlen wurde.

Er erklärte dies Christelow und war erleichtert, als der keinerlei Einwände hatte.

»Gewiß, gewiß, dafür habe ich vollstes Verständnis, Inspektor. Es wäre überdies unfair Ihnen gegenüber, wenn ich mich weigerte. Bow-Parley hat ihn, aber es wird nicht schwer sein –«

Christelow arrangierte die Einladungskarten, die auf seinem Kaminsims lagen. Er wirkte angespannt, so, als ob ihm noch etwas auf der Seele läge. Er ging zum Fenster – seine Räume lagen im Erdgeschoß – und zog die Vorhänge weiter zurück.

»Ich kann ihn also jetzt gleich holen?«

»Aber ja, gewiß.« Er zögerte. »Ach, zum Teufel«, sagte Christelow endlich, »ich glaube, ich sollte Ihnen noch etwas sagen, auch wenn es sich albern anhört.«

Er schob die Hände in die Taschen und warf beiden, Bum und Autumn, verlegene Blicke zu.

»Ich wollte es eigentlich gar nicht erwähnen; wahrscheinlich war auch alles nur Einbildung.« Er zögerte. »Also, es ist so, ich glaube, letzte Nacht habe ich gehört, wie jemand sich am Fenster zu schaffen machte. Ich habe eine Zeitlang gelauscht, schließlich bin ich aufgestanden und hier in dieses Zimmer gegangen, um nachzuschauen. Natürlich sah ich nichts, und als ich mich heute morgen noch einmal vergewisserte, fand ich ebenfalls nichts, keine Fußabdrücke, keine Kratzer, nichts.« Christelow lachte verlegen. »Ehrlich, ich weiß gar nicht, warum ich Ihnen das erzähle.«

»Ich bin froh, daß Sie es tun.«

Autumn ging nun selbst zu dem Fenster hinüber, schob es auf und lehnte sich hinaus, um das Holz zu untersuchen.

»Nein, Spuren sind keine da, aber das hat nichts zu sagen. Spuren gibt es nur in Kriminalromanen.«

»Also, Inspektor, nehmen Sie nur den *Löwen*. Ich gebe nicht vor, ein Held zu sein.«

»Oh, wunderbar«, sagte Mr. Bum und kritzelte, »menschlich und frei heraus.«

Christelow goß heißes Wasser in eine silberne Teekanne.

»Ja, Bow-Parley hat ihn. Interessiert sich sehr dafür. Zucker? Wirklich sehr. Wie übrigens alle meine Kollegen. Äußerst schmeichelhaft, ich genieße das sehr. Mr. Bum und ich mögen verschiedener Meinung sein, w i e man am besten berühmt wird, aber ich gebe gern zu, in meiner eigenen Art von Berühmtheit sonne ich mich.«

Er lachte.

Unter den Gelehrten in Warlock waren Christelow und Fairlight die einzigen, die bisher noch kein Buch publiziert hatten, und im Mikrokosmos des College-Lebens machen sich diejenigen, die keine Bücher schreiben, immer ein wenig verdächtig. Das Buch eines Mannes ist wie ein Gewerkschaftsausweis. Von Fairlight hieß es – zumindest verbreitete er das selbst –, daß er an einer kritischen Studie über die metaphysische Dichtung und ihr Fortleben in unserer Zeit arbeite. Niemand hatte bisher ein Manuskript gesehen, doch war beobachtet worden, wie Fairlight mit Karteikarten unter dem Arm von seinen Räumen zur Radcliffe Camera ging. Es gab Karteikarten in verschiedenen Farben, aber waren sie stets (behauptete Falal) so gewählt, daß sie zu seinem Anzug paßten. Christelow, der als einer der klügsten Köpfe der Universität galt, veröffentlichte Aufsätze in wissenschaftlichen Zeitschriften, die auf ihre impressionistische Art ausgesprochen stimulierend waren; doch von einem größeren Werk war bisher nie die Rede gewesen. Sein Kommentar zum *Book of the Lion* konnte diese Scharte auswetzen.

»Jawohl«, sagte Autumn, »wir werden es hinter Schloß und Riegel bringen. Wir wollen es ja schließlich nicht wieder verlieren, nachdem Sie sich die Mühe gemacht haben, es für uns auszugraben.«

»Ganz genau. Obwohl ich es, um ehrlich zu sein, nicht gerade ausgegraben habe. Es war einfach nur mein Glück, daß ich es als das erkannte, was es war. Einer meiner Bekannten besitzt eine wundervolle Bibliothek, oder besaß, sollte ich wohl sagen, denn er hat sie verkauft. Als er zu diesem Zweck ein Inventar aufstellte – es ging, soviel ich weiß, um Erbschaftssteuern, die zu zahlen waren –, stieß er auf das *Book of the Lion*. Er hat nicht viel übrig für Bücher, sein Reitstall hätte wesentlich mehr eingebracht, aber den ließ er intakt, aber er war doch klug genug, die Widmung zu lesen, die unverblümt den Verfasser nennt. Er gab das Buch mir. Na, ich hätte natürlich am liebsten sofort gesagt, daß es ein echtes Stück ist. Ich spürte es in meinen Knochen.«

Mr. Bum machte sich eifrig Notizen.

»Das ist 'ne Wucht«, sagte er.

Christelow lachte.

»Doch zunächst einmal war Detektivarbeit gefordert. Chaucer hatte seine Nachahmer, aber was man nicht imitieren kann, ist eine bestimmte Geistesverfassung, die muß schon vorhanden sein, bevor man überhaupt anfängt. Tja, und ich fand Chaucers Geistesart im *Book of the Lion*, seine Einstellung zur Welt, die Toleranz, die Ironie, die niemanden verurteilt.« Christelow nahm einen Schluck Tee.

»Die meisten Chaucer-Gelehrten in England und jenseits des Atlantiks haben inzwischen einen Blick darauf geworfen, ein oder zwei waren mißtrauisch – Coghill fand einige recht merkwürdige Dialektwendungen, und Lewis meinte, die Allegorie sei schwach, und das stimmt, sie ist schwach, kein Dichter ist immer in Bestform, und es ist ein frühes Werk. Doch alle sind sich einig, daß es echt ist.«

Christelow war nun ganz von seiner eigenen Begeisterung mitgerissen.

»Ein kleines Stückchen Detektivarbeit wird Sie vielleicht besonders interessieren, Inspektor: Die Geschichte, die das Gedicht erzählt, liefert uns nämlich den besten Grund dafür, daß es über so viele Jahrhunderte verschollen war. Wir wußten immer, daß es einst ein *Book of the Lion* gegeben hatte, weil Chaucer selbst in der Nachrede zu den *Canterbury Tales* darauf zu sprechen kommt. Wir hatten angenommen, es habe sich möglicherweise um die Übersetzung eines französischen Gedichtes von Guillaume de Machault mit demselben Titel gehandelt. Doch, schauen Sie, diese Annahme war falsch. Das *Book of the Lion* erzählt davon, wie der Löwe, der König der Tiere, vom Tiger abgesetzt wird; der Tiger war heimtückisch, der Löwe schwach. Der Löwe durchwandert die Wälder mit seiner jungen und schönen Königin und beklagt sein Schicksal, aber er unternimmt keinen Versuch, sein Volk um sich zu versammeln, um den Verräter zu vernichten. Am Ende tötet der Tiger den Löwen, das Gedicht schließt damit, daß die Taube die Rebellion beklagt und dem Tiger verkündet, daß seine einzige Hoffnung auf Gnade darin bestehe, daß er ein besserer König werde als der, an dessen Stelle er getreten ist, doch niemals werde ihm seine Todsünde verziehen.«

»Das soll uns eine Lehre sein«, kommentierte Bum andächtig.

»So ist es!« rief Christelow. »Die Geschichte ist nämlich eine Allegorie. Der Löwe war Richard II., der Tiger Heinrich Bolingbroke, und was in dem Gedicht beschrieben wird, ist tatsächlich geschehen. Aber es ist ein frühes Gedicht Chaucers, und Richard wurde erst abgesetzt, als der Dichter schon fast am Ende seiner Karriere war. Das Gedicht war eine Prophezeiung, die sich erfüllte; Chaucer muß gesehen haben, aus welcher Richtung damals der Wind wehte.«

Christelow lehnte sich voller Begeisterung vor.

»Und hier benötigen wir nun den Verstand eines Detektivs. Bolingbrokes Vater war Johann von Gaunt, und Johann von Gaunt Chaucers Gönner. Überrascht es da, daß der Dichter das Gedicht für sich behielt? Warum Chaucer es dann überhaupt geschrieben hat, wage ich nicht zu vermuten, vielleicht wollte er es, unter dem Siegel der Verschwiegenheit, dem jungen Richard zeigen, vielleicht hat er es ihm sogar gezeigt. Eine vorsichtige Warnung, ein höfischer Tadel. Aber wer kann das wissen?«

»Bravo«, sagte Autumn.

»Ich dachte mir, daß es Sie interessieren würde. Ich persönlich nehme an, daß das Gedicht niemals aus den Händen der Chaucer-Familie gelangt ist. In Ewelme wurde es gefunden, und in Ewelme liegt ein gewisser Thomas Chaucer begraben, der als Geoffrey Chaucers Sohn gilt. Faszinierend, nicht wahr? Das Manuskript, das wir haben, ist nicht das Original, es datiert aus dem späten 15. Jahrhundert, aber ich wette jede Summe darauf, daß der Schreiber, der es kopierte, in der Familie von Chaucers Sohn angestellt war. Er wollte nicht, daß ein Gedicht seines Vaters verlorenging, aber er hielt es versteckt; das war vorausschauend von ihm.«

Autumn verstand nun allmählich, warum Undigo ihm Christelow als den beliebtesten Tutor am College vorgestellt hatte. »Sein Trick ist, über seine eigene Person die Aufmerksamkeit seiner Schüler zu gewinnen. Ich gebe vielleicht mehr gute Noten, aber bei ihm macht es Spaß«, hatte er gesagt.

»Meine Güte, Sie kommen zu mir zum Tee, und ich behandle Sie wie meine Schüler!«

»Dann behandeln Sie Ihre Schüler gut«, sagte Autumn und erhob sich. »Ich gehe jetzt hinüber zu Bow-Parley.«

»Sie haben nicht zufällig ein Bild von sich, Mr. Christelow?« fragte Bum und erhob sich ebenfalls. »Am liebsten eins mit Ihrem Doktorhut.«

»Worte, Worte, Worte«, sagte Bum, als sie wieder draußen waren. »Ich werd' sehen, was sich draus machen läßt.« Er wedelte mit seinen Notizen. »Aber ich glaube nicht, daß die Zeitung es nehmen wird.«

Die Luft stand schwül und still, als Autumn sich über den Summerhouse-Hof zur Wohnung des Pfarrers begab. Am Nachmittag war es stickig gewesen, ein gleißender zitronengelber Himmel ohne Sonne. Das Gewitter, das sich schon den ganzen Tag über zusammenbraute, würde nun bald losbrechen.

Keine Antwort. Autumn öffnete die Tür. Es war niemand im Zimmer. Er sah das *Book of the Lion* auf dem Schreibtisch des Geistlichen liegen. Er hatte schon die Hand danach ausgestreckt, als er zögerte. Er sollte ihm wohl besser vorher Bescheid sagen. Er schloß die Tür wieder.

Auf dem Hof traf er Tantalum.

»Der is' rüber nach Burford, Sir, besucht seinen Vetter, den Bischof. Kommt erst spät zurück. Seine Frau is' nach London gefahren, holt ihn hier ab, wenn sie wieder da is'.«

Er würde besser warten. Autumn ging noch einmal in die Wohnung des Geistlichen, und als er wieder herauskam, übergab er dem Pförtner einen Schlüssel.

»Sagen Sie dem Reverend bitte, daß ich Mr. Christelows Buch in seine Schreibtischschublade eingeschlossen habe. Geben Sie ihm den Schlüssel, wenn er kommt, und richten Sie ihm aus, er soll mich bitte gleich anrufen.«

Der Himmel wurde zusehends schwärzer, wie ein häßlicher Bluterguß, als Autumn sich zum Summer Tower begab. Jetzt mußte es jeden Moment losgehen, dachte er, als er zu den Wolken aufblickte. Er ging durch den barocken Torbogen, der wirkte, als ob ein vergeßlicher Bühnenarbeiter ihn dort gegen die Wand gelehnt habe, und stieg hinauf zu seinem Zimmer.

Einige Sekunden lang war der Himmel purpurn, apoplektisch. Dann pitsch, patsch, wie die Schritte eines kleinen Riesen, platschten die ersten schweren Regentropfen auf den Hof. Und in weiter Ferne wogten die Wolken, als stürzten die Himmel unter einem einzigen großen Schlag zusammen; mit einem leisen Poltern, als sei in einem Zimmer über ihm etwas umgestürzt, kam der Donner.

Kapitel 10

Mitternacht. Dreizehnmal schlug Ischariot die Stunde und verriet das College, wie er es seit Jahrhunderten schon verraten hatte. Der Regen peitschte gegen das Zifferblatt, und Ischariot vergoß Tränen.

Autumn schlief fest in seinem hohen Lehnstuhl. Auf einem Tischchen neben ihm lagen drei Seiten seines Berichts an den Polizeichef, an dem er gearbeitet hatte. Der Stift war ihm vor einer Stunde aus der Hand gefallen, und er war zum Klang der furiosen Arpeggien des Regens auf dem Dach eingeschlafen.

Mit einem Mal war er hellwach und hörte den Donner grollen. Doch was ihn geweckt hatte, war das Telefon, das eben zum zweiten Mal klingelte. Die Zunge klebte Autumn noch vom Schlaf am Gaumen, doch er stolperte hinüber zum Apparat und hob den Hörer ab.

»Hallo?«

Der Regen prasselte gegen das kleine Fenster, und Autumn hielt sich das andere Ohr zu. Es meldete sich niemand, doch hörte man am anderen Ende jemanden sprechen. Es klang weit entfernt, als ob er in eine fremde Leitung geraten sei, aber der Inspektor erkannte die Stimme des Pfarrers, der sich in seinen eigenen Räumen mit jemandem unterhielt.

»... nicht gerade anständig«, sagte Bow-Parley gerade und lachte auf. Dann plötzlich wurde seine Stimme lauter, als habe jemand am Lautstärkeregler gedreht. Er sprach jetzt in die Muschel.

»Hallo? Inspektor? Sind Sie das? Bitte um Entschuldigung, aber ich habe Ihre Nachricht von Tantalum erhalten, ja, er hat es mir ausgerichtet, als ich nach Hause kam. Ich hatte gehofft, früher zurück zu sein, aber wenn man mit einem Bischof diniert –« Das volltönende Glucksen des Pfarrers kam am anderen Ende der Leitung nur als blechernes Meckern an. »Ich hätte mich ohnehin bei Ihnen gemeldet, es gibt etwas, das ich Ihnen mitteilen möchte. Wäre es wohl zuviel verlangt, wenn ich Sie bäte, kurz rüberzukommen? Wunderbar, wunderbar. Ich glaube, ich bin mir dessen gewiß« – ein selbstgefälliger Triumph schwang in seiner Stimme –, »daß ich Ihnen etwas zeigen kann, das Sie bei Ihren Ermittlungen entscheidend weiterbringen wird.«

»Gut«, sagte Autumn und begab sich, ohne daß er sich die Zeit nahm, seine Hausschuhe zu wechseln, hinaus und die Treppe hinunter. Er versuchte, durch das Dunkel zu spähen, wo der Regen über den Innenhof peitschte. Wenigstens, dachte er, wird bei einem solchen Monsun die Pagode nicht mehr so fehl am Platze wirken.

Er trat hinaus auf den Kreuzgang, und seine Pantoffeln klapperten auf den Fliesen, als er zur Pfarrerswohnung hinüberging. In ein oder zwei Fenstern brannte noch Licht, und der Regen hing in Schleiern darüber wie Nebel. In den Rinnsteinen gurgelte das Wasser, doch der Inspektor ging trockenen Fußes, von der aberwitzigen Arkade beschirmt.

Die Wohnung des Geistlichen befand sich auf der gegenüberliegenden Seite des Kreuzgangs. Autumn wußte nicht genau, welchen Aufgang er nehmen mußte, und als er näherkam, wagte er einige Schritte hinaus in den Regen, um einen Blick nach oben zu den Fenstern zu werfen. Eines war erleuchtet, direkt über ihm – das mußte es sein.

Er trat durch den Torbogen, schlappte die steinerne Wendeltreppe hinauf und hielt im zweiten Stock inne. Dort hing ein kleines Schild über einer der Türen: ›The Rev. Bow-Parley.‹

Autumn klopfte an und wartete. Als er zum zweiten Mal klopfte, öffnete sich die angelehnte Tür von selbst, und er sah einen kleinen Flur mit einer zweiten Tür am Ende. In dem Zimmer hinter dieser zweiten Tür brannte Licht.

Der Inspektor setzte ein Lächeln auf, um der Überraschung des Geistlichen zuvorzukommen, schritt über den teppichbelegten Flur und steckte den Kopf in das Zimmer am anderen Ende.

Bow-Parley kniete in einer grotesk-unterwürfigen Haltung am Boden, sein Hinterkopf war eingedellt wie die Schale eines Frühstückseis mit rotem Dotter. Sein Kinn ruhte auf der Tischkante, sein Körper war eingeklemmt zwischen Tischbein und Stuhl, von dem er heruntergerutscht war; er lag auf den Knien, die Arme hingen leblos herab.

Den Bruchteil einer Sekunde zu spät fuhr Autumn herum; sein Kopf konnte sich noch um einen halben Grad drehen, bevor das Universum über ihm zusammenstürzte. Er spürte, wie seine Knie nachgaben, doch hatte er das Bewußtsein bereits verloren, ehe er auf den Boden aufprallte.

Ein paar Sekunden lang war alles um ihn dunkel. Dann wurde das Zimmer allmählich wieder vor seinen Augen aufgeblendet, wie eine Szene auf der Kinoleinwand.

»Gott.«

Seine Augen liefen wie die eines alten Mannes, doch es war Blut, und der Raum begann zu verschwimmen, als das Blut ihm in die Wimpern tropfte. Er wollte laufen, doch er torkelte nur und stieß gegen den Türpfosten, er stolperte, verlor das Gleichgewicht und drehte sich wie von selbst herum, als er den Türrahmen zu fassen bekam. Bow-Parleys leblose Augen sahen ihn über die Mahagoniplatte hinweg an: ein dicker toter Gentleman, der über den Tischrand lugte.

Dann fiel Autumn der Schreibtisch wieder ein. Der Schlüssel stak im Schloß. Er drehte ihn um. Das Buch war noch da.

Autumn hastete hinaus auf den Treppenabsatz, dann die Treppe hinunter, die Treppenstufen schienen zu ihm emporzuschnellen wie ein Feuerrad. Er kam unten an, ohne zu stürzen, und rutschte am Geländer entlang, das er in die Achselhöhle geklemmt hatte. Als er den Torbogen erreichte, stand er da wie Samson, die Arme ausgestreckt und die Hände rechts und links gegen die Mauer gestemmt.

Welche Richtung?

Der Regen. Dunkel.

Ist er wieder auf seinem Zimmer? So schnell nicht. Versteckt sich.

Autumn stolperte hinaus auf den Kreuzgang und preßte ein Taschentuch auf den blutenden Schädel. Und im selben Augenblick löste sich eine Gestalt aus den Arkaden vor ihm. Sie rannte, rannte, rannte.

»Du Dreckskerl!«

Autumn brüllte, als er loslief, und mit dem Schwung seiner Schritte hielt er sich aufrecht. Das Dunkel des Kreuzgangs, der Nacht, und dann das Dunkel seines Schwindels, seiner Krankheit, lähmten den Polizistenkörper, legten sich um seine Beine wie Aspik.

Ich kriege ihn.

Ein Regenschwall klatschte durch die Arkade und schlug Autumn ins Gesicht. Er kenterte, schlingerte rückwärts und blieb stehen. Die Gestalt vor ihm war verschwunden.

Fort? Nein. Wohin? Hinter mir.

Autumn machte kehrt, trudelnd wie der Schwimmer einer Angelschnur, der auf der Oberfläche eines Teiches hüpft. Mit der übermäßigen Sorgfalt eines Betrunkenen setzte er einen Fuß vor den anderen und kehrte langsam um, wieder den Kreuzgang entlang.

Ich bin an ihm vorbeigekommen.

Es war nichts zu hören außer dem Rauschen des Regens, und Autumn wußte, daß er noch immer da war, in einem der Eingänge, und wartete.

Und dann rührte sich das Dunkel, und beide rannten wieder. Autumn ruderte mit den Armen, um das Gleichgewicht zu halten, wie Charlie Chaplin in einem Stummfilm. Einer seiner Hausschuhe löste sich und flog im hohen Bogen in die Nacht hinaus.

Er kann nicht davonkommen. Er kann nicht.

Autumn sah, als er schwankend voranhastete, die Gestalt vor sich, nicht als Umriß, aber doch als Bewegung, eine Mutation des Dunkels. Der Abstand zwischen ihnen blieb; in seinem angeschlagenen Zustand vermochte Autumn nicht näher heranzukommen.

Autumn brüllte. Seine Stimme hallte über den Hof. Wenn sie herauskamen, wenn sie ihm halfen, den Mann festzuhalten . . .

Die Bewegung im Dunkeln wurde deutlicher und nahm Formen an. Die Gestalt war stehengeblieben. Autumn arbeitete sich weiter vor, auf sie zu. Die Gestalt zögerte, dann verschwand sie zum dritten Mal in einem der Aufgänge. Aller Schmerz dieser Welt tobte in Autumns Kopf und wollte heraus.

Gott!

Autumn wurde langsamer, als er den Torbogen erreichte, er hielt sich nahe der Wand. Sein Arm schien in Stücke zu zerspringen, als er mit dem Ellbogen den Mauerstein rammte, und das blutverschmierte Taschentuch klebte an seinen tauben Fingern. Er schüttelte es ab, lehnte sich an die Mauer und klaubte eine Streichholzschachtel hervor.

In der Falle. Paß nur auf.

Prasselnd fiel weiter der Regen, trommelte auf die Dächer wie ein endloser Marsch. Das eintönige, gleichmäßige Geräusch ließ alles gedämpft erscheinen, so daß Autumn sich zwingen mußte, seine Gedanken zu konzentrieren.

Er spürte, wie die Kälte der Fliesen durch die Socke seines unbeschuhten Fußes drang, als er ein Streichholz anriß und an die Namenstafel am Aufgang hielt.

Dogg, Flower, Egg, Archangel, las er.

Binnen fünf Sekunden war das Leben zuviel geworden für Orson Dogg, den Rhodes-Stipendiaten und Studenten der Psychologie. Kein Schizophrener hätte einen hysterischeren Schrei ausstoßen können, als ein schwankender schwarzer Geist – blutüberströmt – ihm die Bettdecke wegriß, seinen mit einem Pyjama bekleideten Körper anstarrte und wieder verschwand.

Doch Autumn kam nicht weiter als bis zum nächsten Treppenabsatz; dort setzte er sich auf den kalten Stein, und vor Enttäuschung kamen ihm beinahe die Tränen. Er hatte erkannt, daß er sich in einem Korridor befand, und von diesem Korridor, der rund um alle vier Seiten des Hofes führte, konnte man jedes Zimmer im College erreichen.

Er hatte seinen Mann ganz und gar nicht in die Enge getrieben, sein Mann hatte sich in Luft aufgelöst.

Tantalum schlurfte durch den Regen, in Begleitung des Jungen aus Botley. Sie hatten Autumns Gebrüll gehört.

»Was ist da los?« rief der Pförtner.

Das Gesicht des Jungen aus Botley erschien am Fuße der Treppe. Er sah Autumn und stieß einen Schrei aus.

»Er is' verletzt, Mr. Tantalum, er is' ganz voll Blut, wirklich, alles voll Blut, Mr. Tantalum.«

Die Türen von Archangel, Dogg, Flower und Egg taten sich auf.

»Was zum Teufel –«

Verstummt, dachte der Inspektor wie im Traum, während er auf der Treppe saß, die stattliche Stimme, die wohltönenden Laute; nie wieder würde ein Sonnenstrahl dies stattliche Haupt in einer stillen Kirche krönen. Zermalmt wie eine saftige rote Pastetenkruste.

»Haltet den Mund, haltet den Mund, alle hier«, brüllte Autumn. Er erhob sich.

»Mrs. Bow-Parley«, er hatte sich an Tantalum gewandt, doch kaum den Kopf dabei gehoben, »muß am Tor aufgehalten werden, wenn sie kommt.«

»Also was –«

Wie sehr man einen Menschen einschüchtern konnte, dachte Autumn. Flowers Beherztheit war zerkrümelt wie ein alter Kuchen. Die vier Undergraduates standen da, ein Häufchen Elend unter der trüben Lampe, denn sie begriffen, daß das Leben mit 1000 Meilen die Stunde dahinraste, ohne auch nur die geringste Notiz von ihnen zu nehmen.

»Nein!« Es war ein kategorisches Nein, das jede Frage, jede Unterbrechung unterband. »Sie bleiben alle hier, außer Tantalum, der zurück an die Pforte geht. Und er geht jetzt gleich zurück an die Pforte.«

Tantalum ging – den Blick auf Autumn geheftet, mit offenem Mund.

»Alles voll Blut, Mr. Tantalum, er war ganz voll Blut«, stammelte der Junge aus Botley und sank auf der Treppe zusammen.

Zu den Undergraduates gewandt, sagte Autumn: »Ihre Zimmer.« Er begann bei Archangel, warf danach der Reihe nach in jedes Zimmer einen Blick. Dann sagte er: »Ziehen Sie Ihre Morgenmäntel aus.« Er sah, daß jeder im Schlafanzug war.

Der Inspektor schwankte ein wenig und faßte sich an die Stirn. Ich muß mich im College umsehen, dachte er, bevor ich zusammenklappe.

»Sie vier warten hier.« Darauf ging er hinaus in den Kreuzgang und stieg eines nach dem anderen, ob bewohnt oder unbewohnt, jedes Treppenhaus in Warlock hinauf.

Die Dons waren alle da. Fairlight saß in einer Hausjacke aus grünem Samt im Schneidersitz auf seinem Teppich und spielte mit einem Tonbandgerät: »Haben Sie sich den Kopf gestoßen?«; Shipton zog sich gerade die Schuhe an: »Ich habe den Lärm gehört«; Christelow, der ängstlich aus seinem Bett hochgefahren war: »Hal-lo«; Falal blinzelnd, als das Licht eingeschaltet wurde, das Nachthemd mit Schnupftabak verschmiert: »Ah, eine Schnitzeljagd«; Undigo saß an seinem Schreibtisch; McCann trug eine Nachtmütze: »Also wirklich!«; Clapp mit einem Whiskyglas; Rankine im Bett; Diamantis in der Badewanne; Lord Pinner schnarchend, seine Zähne im Wasser.

Es hat keinen Zweck, dachte Autumn erschöpft, als er Lord Pinners Tür hinter sich schloß; er ist mir entwischt. Er ging wieder auf den Hof zurück, fühlte sich elend und hundemüde. Die Wunde schmerzte höllisch, und das Blut auf seinem Kopf war geronnen. Mir ist es gleich, wer es war, dachte er, im Augenblick jedenfalls. Er trat vor das Tor und übergab sich.

Zu Tantalum sagte er: »Verständigen Sie die Polizei. Sie sollen Beamte und einen Krankenwagen schicken.«

Überall im College gingen die Lichter an, Stimmen hallten über den Hof. Männer kamen in den Kreuzgang und liefen in Richtung Pforte. Es hätten Gespenster sein können. Entsetzen lag in der Luft. Der Regen hatte aufgehört.

»Sie haben ein Gespräch zu mir durchgestellt«, wandte Autumn sich an Tantalum. »Vom Reverend, vor kaum fünf Minuten.«

»Jawohl, Sir.«

»Haben Sie ihn irgend etwas sagen hören? Bevor ich abnahm. Hat er an seinem Ende irgend etwas zu irgend jemandem gesagt? Denken Sie nach!«

Nur mit großer Anstrengung konnte der Portier seinen Blick losreißen, der an Autumns Kopfwunde klebte wie eine Bandage.

»Also, nicht richtig deutlich. Was war's noch? Irgendwas hat er gesagt. Ich hab' was gehört. War es ›umständlich‹ vielleicht?«

»Er sagte ›anständig‹. Zu *wem* hat er das gesagt? Der Name? Haben Sie ihn gehört?«

»Nein, Sir, ich hab' nicht –«

»Haben Sie ihn sonst noch etwas sagen hören?«

»Nein, Sir.«

Es wurde an die Pforte geklopft.

»Öffnen Sie!« befahl Autumn und lehnte sich an die Wand.

Julia Bow-Parley trat raschen Schrittes ein und steuerte sogleich den Innenhof an, da erblickte sie Autumn. Sie erschrak, als sie all das Blut in seinem Haar sah. Ihre Überraschung machte Erstaunen Platz, als er stumm blieb und sie bloß anstarrte.

Dann sagte er es ihr.

Sie entgegnete: »Ich muß mich setzen. Ich gehe in die Pförtnerloge und setze mich.«

Doch sie rührte sich nicht. Ihre Augen ließen nicht von den seinen ab. Es war, als sei dieses Starren für sie eine Rettungsleine, eine dünne Verbindung zur Oberfläche, während ihr inneres Ich in unergründliche Tiefen stürzte.

»Eine Tasse Tee, Madam?« fragte Tantalum.

Die Dons waren dazugekommen und standen schreckensstarr in ihren Morgenmänteln da. Das alles hatte etwas unpassend

Häusliches, die kleine Versammlung von Männern in Hauskleidern, die sich an der Pforte zusammendrängte, als ginge es darum, eine Katze hinauszubefördern.

Ein Krankenwagen hielt vor dem Tor. Zwei uniformierte Polizisten kamen herein. Autumn flüsterte ihnen hastige Anweisungen zu; einer sagte: »Sie müssen sich den Kopf verbinden lassen, Sir.«

Autumn wandte sich an die Dons.

»Das bringt Unglück, meine Herren«, versetzte er, »mehr als sieben Jahre Pech, wenn man einen Polizisten schlägt. Das hätte ich Ihnen vielleicht vorher sagen sollen. Von nun an wird es mir nicht mehr einfach nur darum gehen, der Gerechtigkeit zum Sieg zu verhelfen. Von nun an werde ich es mit Vergnügen tun. Gute Nacht.«

Autumn ging hinaus zum Krankenwagen.

Kapitel 11

»Der hier ist ganz stumpf. Haben Sie mal ein Federmesser?« Autumn gab Dorcas einen seiner eigenen Bleistifte.

Sie saßen am High Table in der leeren Halle. Der Saal war dunkel und kühl und sehr karg, und die kalte, langgestreckte Eichenplatte, an der sie sich befanden, ließ die beiden Männer winzig erscheinen wie ein zu großer Anzug.

»Tut weh, was? Ganz schöner Schlag, den Sie da abbekommen haben. Ich kann mir gut vorstellen, wie sich der Dreckskerl von hinten heranschleicht, den Schürhaken in der Hand, und – zack!« Dorcas gab einen vibrierenden Laut von sich, dann zuckte er die Schultern. Im nachhinein bedeutete ihm Autumns nächtliches Abenteuer nicht mehr als das Ausfallen seiner abendlichen Whistpartie.

»Ich glaube, wir rufen sie lieber herein«, sagte Dorcas, den die Größe des Tisches und die Leere des Saales beklommen machten.

Autumn lehnte sich auf dem Rektorsstuhl zurück, die Ellbogen auf den Armlehnen, und faltete die Hände unter der Nase, so daß es wie ein gotischer Spitzbogen aussah. Um den Kopf trug er eine Bandage, die sich an einigen Stellen verfärbt hatte.

»Ja, wir sollten sie hereinrufen. Für den Anfang will ich sie alle beisammen haben.«

Autumn gab Tantalum, der am rückwärtigen Ende des Saales an der Türe unter der Galerie für die Musikanten saß, ein Zeichen. Die Schritte des Pförtners hallten, als er sich dem High Table näherte, und betonten erneut, was Autumn schon vorher aufgegangen war: Es gab Räumlichkeiten, die man ihrer eigentlichen Verwendung einfach nicht entfremden konnte.

»Inspektor Autumn bittet die Herren nun herein«, rief Dorcas und beeilte sich, in die Rolle des Untergebenen zu schlüpfen.

»Sehr wohl, Sir. Sind alle draußen und warten.« Tantalum ging hinaus. Dorcas hustete und trommelte mit Autumns Bleistift auf das Eichenholz, schlug sein Notizbuch auf, strich die Seite glatt und legte einen Arm auf die Rückenlehne, der jedoch wieder abrutschte.

»Wie wollen Sie es angehen?«

Die Doppeltüren am anderen Ende des Saals flogen auf, und die Dons und Undergraduates kamen im Gänsemarsch herein. Selbst mit ihnen machte die Halle noch einen unbelebten Eindruck. Es fehlte der Geruch nach Essen, das Kerzenlicht, das Klirren der Gläser. Im rötlichen Lichtschein zur Dinnerzeit blickten die Augen von den alten Porträts unendlich weise auf sie hinunter; jetzt, im Morgenlicht, waren sie nichts als Relikte vergangener Zeiten.

»Wenn die Herren bitte nähertreten wollen?«

Autumns Stimme wand sich um die Mauern, hinauf in die Dachbalken, wurde hallend zurückgeworfen. Die College-Mitglieder nahmen zaghaft vor dem Podium Aufstellung.

»Guten Morgen, meine Herren. Ich werde Sie später noch einen nach dem anderen empfangen, doch zunächst habe ich eine Frage, die ich an Sie alle gemeinsam richten möchte. Und zwar –« Autumn blickte zu der Versammlung, die vor ihm stand, hinunter. »Wer von Ihnen hat den Reverend gestern abend besucht und ihn gegen Mitternacht verlassen?«

Der Klang von Autumns Stimme hallte durch den Saal und verlor sich.

»Das ist eine Frage, die ich nicht noch einmal stellen werde. Also? Keiner? Nun gut. Wenn Sie dann bitte in Ihren Zimmern warten wollen, bis der Pförtner Sie ruft.«

»Das hat ihnen gar nicht geschmeckt, die Art, wie Sie das gefragt haben«, meinte Dorcas, als der letzte die Tür hinter sich geschlossen hatte. »Was war es noch, was Sie ihn sagen hörten, am anderen Ende der Leitung?«

»Oh ›Nicht gerade anständig.‹ Sonst nichts. Und dann lachte er.« Autumn kratzte sich am Kinn. »›Nicht gerade anständig.‹« Autumn spitzte die Lippen, als wolle er pfeifen, aber letztlich wurde daraus nur ein geräuschvolles Ausatmen.

»Wenn man sich vorstellt, wieviel dieser Kerl riskiert hat; wäre doch leicht möglich gewesen, daß der Padre seinen Namen genannt hätte, als er mit Ihnen telefonierte. Noch in dem Augenblick, in dem er den Hörer auflegte, muß er ihm den Schädel eingeschlagen haben.«

Ein erster Hauch des Mittagessens stahl sich zaghaft aus der Küche jenseits der verschlossenen Türen in den leeren Saal.

Autumn zog eine Liste der Einwohner von Warlock zu Rate.

»Fangen wir mit Clapp an.«

Clapp, der Schatzmeister, hatte eine Art, die Mundwinkel hängen zu lassen, bei der man glauben konnte, er friere oder leide Schmerzen. Er stieg hinauf auf das Podest, nahm vor den beiden Inspektoren Platz und rieb sich die Hände, so wie manche Menschen es tun, wenn sie sich mit Dingen beschäftigen müssen, denen sie lieber aus dem Wege gegangen wären.

»Ich will herausfinden, wer als letzter bei ihm gewesen ist.«

»Ich habe ihn früher am Tag zuletzt gesehen.«

Es war nicht zu übersehen, daß Clapp hin- und hergerissen war zwischen der Erleichterung darüber, daß er sagen konnte, daß es noch früh am Tag gewesen war, als er ihn zuletzt gesehen hatte, und der Verlegenheit, daß er überhaupt eingestehen mußte, ihn gesehen zu haben. In Dinge verwickelt werden, Rechenschaft ablegen müssen – wie er das haßte.

»Am Nachmittag«, ergänzte er. »Früh. Gegen zwei Uhr.«

»Wo?«

»Mit Kollegen im Zimmer bei Shipton.« Clapp sah aus, als stehe er kurz vor dem Erfrieren.

»Dort haben Sie ihn getroffen? Worüber wurde gesprochen? Hat er –«

»Getroffen?« Clapp starrte Autumn an, als habe er einen niederen Dienstrang vor sich, der ihm etwas anhängen wollte. »Nicht getroffen. Gesehen.«

Autumn sah nun wieder den Schatzmeister an und spürte, wie sein Blut in Wallung geriet. Clapp bemerkte es.

»Nur gesehen, verstehen Sie«, erklärte der Schatzmeister. »Wenn man jemanden durch ein Fenster sieht, dann trifft man ihn nicht. Man sieht ihn einfach nur.«

Autumn wischte das Graphithäufchen fort, das einmal die Spitze seines Bleistifts gewesen war.

»Ah«, sagte Autumn, »wenn Shipton sich mit dem Pfarrer unterhielt, dann hat er vielleicht –«

»Der war nicht da«, unterbrach Clapp ihn kurzangebunden. »Jedenfalls nicht, als ich ihn sah. Bow-Parley war allein da drin. Wird gewartet haben.« Clapp fand, daß er es nun klar genug formuliert hatte. »Nur gesehen, verstehen Sie? Flüchtiger Blick.«

»Was Colonel Clapp uns mitteilen will, ist, daß er den Pfarrer durch ein Fenster sah. Durch Mr. Shiptons Fenster.« Selbstbewußt ließ Dorcas seinen Schnurrbart rotieren.

»Was«, fragte Autumn und betonte eisig jedes Wort, »schien der Reverend zu tun, als Sie ihn durch das Fenster sahen?«

»Glaube nicht, daß er überhaupt etwas tat«, antwortete Clapp. »Er stand nur da. Oder bewegte sich. Ja. Bewegte sich.« Er bestätigte diese Erkenntnis mit einem abgehackten Nicken. »Neugieriger Bursche.«

Autumn zeichnete ein Flugzeug.

»Das war das letzte Mal, daß ich ihn sah. Tja«, sagte Clapp nachdrücklich und schickte sich zum Gehen an. »Ich habe eine Vorlesung zu halten.«

Das entsprach der Wahrheit. Er hatte sie verfaßt, als er vor vielen Jahren vom Kriegsministerium nach Oxford gewechselt hatte. Seine einzige weitere Arbeit war die Herausgabe eines Bildbands über die Geschichte der Kanone gewesen, zum Thronjubiläum König Georgs V.

»Shiptons Zimmer. Was glauben Sie, hat er in Shiptons Zimmer getan, Colonel?«

»Wartete auf Shipton, oder? Höchstwahrscheinlich. Man könnte Shipton fragen.«

»Vielleicht wollte der Pfarrer herausfinden, was der Vizekanzler so Lehrreiches an Shiptons Essays fand«, sagte Autumn nachdenklich. »Hat der Vizekanzler sich jemals *Ihre* Essays ausgeliehen, Colonel?«

Clapp schien plötzlich zum Leben zu erwachen und doch gleichzeitig auch seine Munterkeit zu zügeln. Er sagte: »Manchip war ein Pazifist.«

Die beiden Kriminalbeamten bemerkten kaum, daß eine Pause eintrat.

»Ja. Gewiß. Nun, haben Sie vielen Dank, Colonel Clapp«, schloß Autumn. »Sie waren eine große Hilfe. Ob Sie wohl so freundlich wären, Tantalum zu sagen, er soll Mr. Shipton hereinbitten?«

Die Türen öffneten sich und schlossen sich wieder, und das Echo geisterte durch den Saal.

»Was war das mit den Essays?« wollte Dorcas wissen.

»Oh, Shipton sagte, daß Manchip sich seine Essays geliehen hatte. Nichts von Bedeutung.« Autumn stocherte in seinen Zähnen herum und dachte über Clapp nach: ›Manchip war ein Pazifist...‹

Shipton nahm auf dem Stuhl Platz, den Clapp eben freigemacht hatte. Die Szene glich einer mündlichen Prüfung mit Shipton als dem geschundenen Kandidaten, der nicht geschlafen und sich nicht gewaschen hatte, um bis zur letzten Minute die richtigen Antworten einzupauken. Er machte einen ausgesprochen angeschlagenen Eindruck.

»Ich habe nicht die geringste Ahnung, warum Bow-Parley in meiner Wohnung war. Zu mir wollte er nicht; er hat keine Nachricht hinterlassen und war auch nicht mehr da, als ich vom Mittagessen zurückkam.«

Autumn kam der Blick wieder in den Sinn, den Bow-Parley und Shipton an jenem Morgen auf der Schwelle zu Manchips Wohnung gewechselt hatten. Daß er sich an diesen Blick erinnerte, daran hatte er keinen Zweifel, wohl aber daran, ob es den Vorfall, an den er sich erinnerte, wirklich gegeben hatte.

Es war nicht zu übersehen, daß Shipton, als er vor ihnen am High Table saß, mit seinen Gedanken anderswo war, ja, daß er sich Sorgen machte. Autumn hatte den Eindruck, daß er sich bemühte, die Beherrschung zu wahren, jedoch keinen Versuch unternahm, dies zu verbergen.

Der Inspektor betrachtete den Mann, sein bleiches Gesicht.

»Ich stelle Ihnen nur eine einzige, einfache Frage. Mr. Shipton: Gibt es etwas, das Sie mir sagen können und das Licht in das Dunkel bringt?« Er wartete. »Irgend etwas?«

»Nein« – Shipton schüttelte den Kopf –, »nichts.« Er schien ehrlich überrascht zu sein, überrascht, daß unter der Last der Sorgen, die er trug, keine war, derer er sich bei der anstehenden Frage entledigen konnte.

»Ich kann Ihnen überhaupt nichts sagen.«

Autumn drehte seinen Bleistift unablässig zwischen den Fingern und klopfte damit auf den Tisch.

»Also, er war in Ihrem Zimmer, aber Sie wissen nicht, warum. Danke, Mr. Shipton, das wäre alles.«

Dorcas blickte dem Mann mit den wirren, dunklen Haaren nach, wie er durch den Saal davonging, und nickte vielsagend.

»Sehr interessant.«

»Mr. Christelow ist draußen, Sir, und möchte Sie auf der Stelle sprechen«, rief Tantalum von der Türe.

Christelows Weg durch den Saal ließ in Gangart und Tempo an einen Mann denken, der an einem Gehwettkampf teilnimmt: Er stürzte mit großen Schritten eilig vorwärts, ängstlich darum besorgt, nicht ins Laufen zu verfallen und damit die Regeln zu brechen.

»Verzeihen Sie mir, daß ich so hereinplatze, noch ehe ich an der Reihe bin, aber das Buch –«

Himmel, dachte Autumn, gibt es denn wirklich nichts, was die Egozentrik dieser Leute brechen kann? Sie mochten nicht viel von dem Mann gehalten haben, aber er hatte zu ihrer Gemeinschaft gehört. Da hätte man doch annehmen dürfen, daß sein Tod –

»Es ist in Sicherheit«, entgegnete Autumn, »wohlbehalten und sicher in meinem Zimmer verschlossen.«

»Ahhh«, stieß Christelow einen großen Seufzer der Freude und Erleichterung aus. »Ich war sicher, daß Sie es mir bereits letzte Nacht gesagt hätten, wenn etwas passiert wäre.«

Mit einem Toten, um den ich mich kümmern mußte, und einem Loch im Kopf, dachte Autumn sarkastisch.

»Jawohl, Ihr Buch ist unversehrt. Entweder hatte er es gar nicht darauf abgesehen, oder er hatte nicht genug Zeit.«

»Der arme Bow-Parley. Ich kann einfach nicht verstehen, wieso ausgerechnet er Anlaß zu einer so brutalen Gewalttat –«

Christelow sprach nun bedächtiger. Jetzt, da seine eigenen Sorgen verdrängt waren, konnte er die Angelegenheit ein wenig mehr von der menschlichen Seite betrachten.

Ist das eine Schwäche nur von Christelow, überlegte der Inspektor, oder von uns allen?

Christelow wurde sich nun allmählich seines überfallartigen Auftritts bewußt. »Es tut mir leid, daß ich – ich –« Er sah verlegen aus. »Nicht zu fassen, wie selbstsüchtig man doch ist. Irgendwie kommen durch diese grotesken Ereignisse die grotesken Seiten an einem selbst zum Vorschein. Ich hatte nicht das Recht, Ihnen willkürlich in Ihre Ermittlungen hineinzureden.«

»Schon in Ordnung. Haben Sie Bow-Parley gestern nach der Beerdigung noch einmal gesehen?«

»Das letzte Mal, daß ich ihn sah, war, als er mit seiner Frau aus der Sakristei kam; ich ging gerade zum Mittagessen.«

»Shipton macht einen sehr unglücklichen Eindruck«, sagte Autumn unvermittelt.

»Tatsächlich?« Christelow starrte den Inspektor mit großen Augen an.

»Aber ich nehme an, ich sehe auch nicht anders aus«, meinte Autumn. »Danke, Mr. Christelow.«

Als Christelow gegangen war, ließ Autumn sich tiefer in seinen Stuhl sinken und streckte seine langen Beine aus, bis die Füße über die Kante des Podestes hinaushingen; er legte die Hände hinter den Kopf.

»So wird das jetzt weitergehen«, sagte Dorcas. »Keiner weiß irgendwas.«

Plötzlich sprudelten am anderen Ende des Saales Geräusche auf wie aus einer Quelle, und Undigo, klein, ungestüm und noch erregter als sonst, näherte sich, ohne auch nur denkbare Umgangsformen in Erwägung zu ziehen, mit raschen, sprunghaften Schritten, wie ein Mann, der auf sehr glattem Eis das Schlittschuhfahren erlernt, dem High Table.

»Ich bin entschlossen, nicht länger zu warten. Ich habe etwas zu sagen.«

Undigo war kein Mann der vielen Worte, und er neigte eher zu Humor (etwa wenn er die Eigenheiten seiner Kollegen in kurze, spöttische Gänsefüßchen setzte) als zu der außerordentlichen Heftigkeit, die er nun an den Tag legte.

»Bow-Parley hätte Ihnen das auch selbst erzählt: Er fragte mich um Rat, ob er es sollte, und ich antwortete, das sei gar keine Frage. Was er tat, war unanständig, doch das Ergebnis ließ ihm keine andere Wahl; und ebenso bleibt nun, da er tot ist, mir keine andere Wahl. Er ging in Shiptons Wohnung, durchwühlte Shiptons Schubladen und fand das Tagebuch des Vizekanzlers. Bei der Lektüre des Tagebuches – er hatte es sich nicht nehmen lassen, darin zu lesen – fand er einen Eintrag, in dem Manchip von seiner Absicht sprach, ihn von Shiptons Verhältnis mit Julia Bow-Parley in Kenntnis zu setzen, es sei denn, Shipton beherzige die Warnung, die er ihm offenbar erteilt hatte.«

»Mr. Shipton«, brüllte Autumn hinüber zu Tantalum.

»Das ist alles«, sagte Undigo kalt. »Das war es, was ich von Bow-Parley erfahren habe.«

Autumn fragte: »Warum hat Bow-Parley Shipton überhaupt verdächtigt?«

»Das habe ich ihn auch gefragt. Er sagte, mißtrauisch sei er erst am Morgen nach Manchips Ableben geworden, als er beobachtete, wie Shipton die Wohnung des Toten betrat. Als Diamantis dann von dem verschwundenen Tagebuch gesprochen habe, habe er es als seine Pflicht empfunden, seinen Verdacht entweder zu widerlegen oder zu erhärten. Natürlich«, sagte Undigo, »war das nicht der wirkliche Grund. Bow-Parley wollte Shipton verdächtigen, aus dem einfachen Grunde, daß er Shipton nicht ausstehen konnte. Ich bin sicher, daß er hoffte, daß Tagebuch bei ihm zu finden. Was er dann darin las, als er es endlich in Händen hielt, dürfte ihn ebenso überrascht haben wie jeden anderen an seiner Stelle.«

»Bow-Parley konnte also Shipton nicht ausstehen«, sagte Autumn.

»Ich habe immer geglaubt, das sei lediglich eine instinktive Antipathie. Aber vielleicht war Bow-Parleys Gattin nicht so vorsichtig, wie sie selbst glaubte.«

Das Tagebuch muß das ›Etwas‹ gewesen sein, das Bow-Parley mir zeigen wollte, dachte Autumn, und das mich »entscheidend weiterbringen« sollte.

Er wandte sich an Dorcas: »Laufen Sie hinüber zu Bow-Parleys Wohnung; schauen Sie nach, ob Sie es finden können.«

Dorcas ging fort, und der Inspektor saß einen Moment lang schweigend da.

Undigo sagte: »Eine häusliche Umgebung verleiht den Ermittlungen eine sinistre Note.«

Er blickte sich im Saal um. »Das ist mir schon in Filmen aufgefallen, und meine gegenwärtige Erfahrung bestätigt meinen Verdacht.«

Es mochte ein Versuch Undigos sein, die Befragung in aller Form auszusetzen, bis ein dritter Teilnehmer wieder eine unpersönlichere Atmosphäre garantierte.

»So eine gute Stube läßt einen Kriminalbeamten irgendwie monströs erscheinen. Finden Sie nicht auch? Es ist weitaus unwahrscheinlicher, daß ein Verhör jemanden aus der Fassung bringt, wenn es auf der Polizeiwache stattfindet. Dort bestünde Übereinstimmung zwischen der Situation und der Umgebung: die Teetassen, die Uniformen, die Fragen, alles aus einem Guß. Doch an einem Ort wie diesem« – er blickte ein zweites Mal in die Runde – »wird etwas Geheimnisvolles und wahrhaft Entsetzliches daraus.«

»Mmm«, brummte Autumn.

»Aber das ist wohl eine Sicht der Dinge, die Sie ›akademisch‹ nennen würden; man übersieht den offensichtlichen Anlaß der Verstörung (zwei Morde immerhin) und wendet sich aus Prinzip den subtilen Dingen zu.«

»In welche Ihrer Kategorien fiele denn Shiptons Beschäftigung mit der Frau des Pfarrers?«

»In keine von beiden wahrscheinlich. Es war keinesfalls offensichtlich, ich meine, nicht offen zur Schau gestellt, und ich darf wohl sagen, von Subtilität kann dabei auch keine Rede sein.«

Dorcas kehrte aufgeregt zurück.

»Keine Spur davon«, rief er, und die Verzweiflung stand ihm ins Gesicht geschrieben. »Keine Spur. Ich habe alles abgesucht.«

Shipton trat ein. Noch immer schien er gramgebeugt und abwesend.

»Setzen Sie sich bitte«, sagte Autumn. »Dr. Undigo, erzählen Sie uns doch noch einmal, was Sie eben berichtet haben.«

Als Undigo sprach, verschwand das Abwesende aus Shiptons Miene; es war, als laufe mit Undigos Worten eine Flut auf, die die Last der Sorgen, mit der Shipton erschienen war, freisetzte, sobald wieder genug Wasser unter dem Kiel war.

»Bow-Parley war es also«, sagte Shipton, als Undigo seinen Bericht beendet hatte.

»Wie meinen Sie das?« fragte Autumn.

»Bow-Parley hat es mir geklaut. Den ganzen Morgen habe ich mir den Kopf zerbrochen, wo das verdammte Ding abgeblieben sein konnte.« Dann fuhr er erregt fort: »Oh ja, Undigo sagt die Wahrheit. Ich habe es aus Manchips Wohnung genommen.«

Nun, da die Spannung sich gelöst hatte, schien Shipton seine natürliche Aufsässigkeit wiederzufinden. Autumn wartete, daß er mehr sagte.

»Ich wußte, daß Manchip diesen Eintrag in sein verdammtes Tagebuch gemacht hatte; er hat schon dafür gesorgt, daß ich es erfuhr, am Abend, nach dem er uns in einer ›kompromittierenden Situation‹ – wie er es nannte – ertappt hatte. ›Mir gegenüber sind Sie lediglich zur Diskretion verpflichtet, Sir, doch ich bin fest entschlossen, den Reverend zu schützen.‹ Schützen!« Shipton lachte bitter. »Als ob Manchip sich etwas aus Bow-Parley gemacht hätte, ungefähr so viel, wie Bow-Parley sich aus Julia machte. Und dabei pochte er ständig auf sein Tagebuch. ›Ich habe mich verpflichtet, ich habe meine Verwarnung an Sie in meinem Tagebuch festgehalten, und wenn Sie meine Warnung nicht beherzigen, sehe ich mich gezwungen, nicht nur den Pfarrer, sondern auch die zuständigen Stellen zu informieren.‹ Ich gab ihm mein Wort, mich nicht mehr mit Julia zu treffen, ohne die geringste Absicht, es zu halten. Was zum Teufel ging ihn das an? Doch als er starb, was blieb mir da anderes übrig, als das Tagebuch verschwinden zu lassen? Das war das erste, woran ich dachte. Jeder, der seine Papiere durchging, würde mit Sicherheit auf diesen Eintrag stoßen. Ich mußte schließlich an Julia denken.«

»Vollkommen uneigennützig, natürlich. Begreifen Sie denn gar nicht, daß es kein überzeugenderes Motiv für den Mord an Manchip geben könnte?«

»Ich habe Manchip nicht ermordet! Ich habe nur sein Tagebuch mitgenommen. Ich habe es an dem Morgen, nachdem er auf dem Dach entdeckt worden war, an mich gebracht. Sie haben mich ja gesehen, als ich herauskam. Ich trug es zwischen den Essays.«

»Er trug es zwischen den Essays«, wiederholte Autumn. »Wie wollen Sie das beweisen?«

»Lieber Himmel –«

»Jetzt hören Sie mir mal zu. Sie könnten Manchip umgebracht haben, weil er über Ihr Verhältnis mit Mrs. Bow-Parley Bescheid wußte, und bei dieser Gelegenheit das Tagebuch an sich gebracht haben, da Ihnen bekannt war, was drinstand. Dann könnten Sie Bow-Parley umgebracht haben, weil er herausgefunden hatte, daß Sie das Tagebuch besaßen.«

»Bow-Parley umgebracht?«

»Bow-Parley umgebracht – wenn aus dem Tagebuch hervorgeht, daß Sie ein Motiv hatten, Manchip zu töten, dann liegt es in Ihrem Interesse, jeden zu töten, der dahinterkommt, daß Sie das Tagebuch gestohlen haben.«

Shipton schwieg und starrte Autumn an. Dann sagte er: »Ich habe niemanden –« Er unterbrach sich, nach wie vor blickte er den Polizisten an. »Also gut«, sagte er, »wo wir schon bei Gedankenspielen sind, können Sie mir vielleicht folgendes erklären. Wenn aus dem Tagebuch hervorgeht, daß ich ein so triftiges Motiv hatte, Manchip umzubringen, und wenn ich ihn tatsächlich umgebracht habe, warum habe ich dann das Tagebuch nicht anschließend vernichtet, statt es herumliegen zu lassen, so daß es als Beweis gegen mich verwendet werden kann?«

Autumn hob erfreut die Augenbrauen wie ein Lehrer, dessen Lieblingsschüler die Aufgabe nicht nur gelöst, sondern die Erwartungen noch übertroffen hat.

»Das wüßte ich auch gern.«

»Weil ich den verdammten Kerl nicht umgebracht habe«, schrie Shipton.

»Aber warum haben Sie es nicht trotzdem vernichtet, selbst wenn die Erklärung, die Sie für den Diebstahl haben, zutrifft?«

»Es gehört mir ja nicht.« Shipton war entrüstet.

»Es gehört –« Autumn betrachtete ihn verblüfft.

»Hören Sie«, sagte Shipton. »Zunächst einmal: Meine Erklärung entspricht der Wahrheit. Es ist unwahrscheinlich, daß ich etwas behalte, was mich des Mordes an einem Menschen überführt, wenn ich die Möglichkeit habe, es zu vernichten, nicht wahr? Es sei denn, ich sage die Wahrheit, nämlich, daß ich ihn nicht umgebracht habe. Als ich an jenem Morgen aus Manchips Zimmer kam und mit Ihnen sprach, da sagte ich, ich hätte nichts angerührt außer Dingen, die mir gehörten. Das war die Wahrheit. Was in diesem Tagebuch über Julia und mich steht, gehört mir. Aber das gab mir noch nicht das Recht, das Tagebuch selbst, das mir nicht gehört, ins Feuer zu werfen. Also wirklich«, fügte Shipton schroff hinzu, »die Moral, die dahintersteht, ist doch nun wirklich nicht schwer zu begreifen.«

»Wie wild entschlossen Sie sind, nur das Beste von sich zu denken«, sagte Autumn mit einem Seufzer. Der Inspektor überlegte, was ihm wohl größere Freude bereiten würde, diesen jungen Mann hängen zu sehen oder ihm einen Tritt zu versetzen.

»Vielleicht hatten Sie ja vor, das Tagebuch zu verbrennen, ließen es aber beim ersten Mal noch sein. Aber beim zweiten Mal hätten Sie wohl kaum gezögert – nach dem Mord an Bow-Parley. Gebranntes Kind –«

»Ich wußte nicht einmal, daß Bow-Parley es hatte, bis Undigo vorhin davon sprach.«

»Aber Sie wußten, daß es verschwunden war.«

»Ich wußte, daß es verschwunden war. Ich hatte es in meine oberste Schreibtischschublade gelegt, und heute morgen bemerkte ich, daß es nicht mehr da war. Ich hatte keine Ahnung, wer es genommen hatte. Julia vielleicht – natürlich machte mir das Sorgen.«

»Das war nicht zu übersehen«, meinte Autumn.

»Aber warum gehen Sie denn nicht und holen das verdammte Ding?«

»Weil es abermals verschwunden ist. Aus Bow-Parleys Wohnung. Gebranntes Kind –«

»Sie meinen, ich hätte es.«

»Ich denke, wir sollten uns einmal in Ihrer Wohnung umsehen. Es ist zu warm für ein Feuer, also werden Sie wohl kaum etwas verbrannt haben. Ihr Kamin wird ordentlich und sauber sein.«

Autumn erhob sich, und die drei anderen standen ebenfalls auf. Hintereinander marschierten sie den Mittelgang des großen Saales hinab, so dicht hintereinander, daß sie sich beinahe gegenseitig in die Hacken traten. In der Küche pfiffen die Köche, und die Gerüche, die schon am Morgen sanft herübergeweht waren, waren nun stärker geworden und unterscheidbar. Die vier gingen die steinerne Treppe hinunter auf den Innenhof. Der Himmel, von gewaltigen weißen Wolken durchzogen, hatte etwas Strahlendes, Blankgeputztes: Nach dem Gewitter der vergangenen Nacht war die Luft nun wieder klar.

Ein sehr kleiner, schwermütig wirkender Mann mit einem breiten, hängenden Schnurrbart und einer Kamera von der Größe einer Hutschachtel stand am Fuße der Treppe und machte eine Aufnahme von Autumn, als die vier Männer herauskamen. Das Grüppchen wandte sich nach rechts und begab sich zu dem Aufgang, über dem Shiptons Räume lagen. Als sie die Wohnung des Geographen erreichten, Undigo mit ihnen, denn der Inspektor hatte ihm gewunken, ihnen zu folgen, setzte Shipton sich und legte selbstzufrieden die Füße auf das Sofa. Autumn sah sich im Zimmer um, warf einen Blick in den Kamin, den Papierkorb und die Kohlenschütte. Dorcas begann, Dinge zu verrücken, und Undigo schaute zum Fenster hinaus.

»Au!« rief Dorcas.

Er hatte sich gebückt, um den Teppich abzutasten, unter den gegebenen Umständen ein durchaus vernünftiges Unterfangen, das jedoch die Suche nach einem Kinderspiel aussehen ließ. Als er sich aufrichtete, hatte er sich den Kopf an einem niedrighängenden Spiegel gestoßen. Sein Schmerzenslaut gab dem, was eigentlich ein Höhepunkt sein sollte, eine andere Wirkung. Denn erst auf den zweiten Blick bemerkten die übrigen auf dem Teppich, wohin es gefallen war, als es hinter dem Spiegel hervorgerutscht war, das dunkelgrüne Buch, Manchips Tagebuch.

Kapitel 12

»Nein, Horace«, sagte Bum zu dem kleinen Gentleman mit der Kamera, der die Aufnahme von Autumn gemacht hatte, »mit Sicherheit nein. Das ist nicht unsere Aufgabe. Spezialisten, das ist etwas anderes, die bekommen dafür extra. Aber nicht ein einfacher Reporter. Du kannst das pingelig finden, aber ich sage noch einmal, mit Leichen will ich nichts am Hut haben. Ich mag sie nicht, Horace.«

»Köstlich«, sagte der kleine Gentleman mit einem Nicken.

Auch er war von der KNELL, denn Mr. Sharpshoot, der Redakteur für Aktuelles, hatte beschlossen, daß die merkwürdigen Damen in den Nichtraucherabteilen mit Bildern betört werden sollten. Mr. Weed, so lautete der Name des kleinen Gentleman, hatte den Auftrag erhalten, jene Fotos zu beschaffen, die entscheidend zum Gelingen einer der unnachahmlichen Doppelseiten Mr. Sharpshoots beitragen sollten.

»Köstlich«, meinte Mr. Weed zum zweiten Mal und nickte wiederum mit einem ebenso mitfühlenden wie zynischen Nachdruck, daß sein Schnurrbart erbebte. Die unglaubliche Spannweite dieses haarigen Körperteils betonte Mr. Weeds eigenen Mangel an Größe noch und ließ ihn beinahe mißgestaltet erscheinen.

»Nein«, protestierte Bum mit Nachdruck, wie jemand, dessen Gutmütigkeit schon mehr als einmal ausgenutzt wurde, »wen haben sie geschickt, als es darum ging, die Lebensgeschichte des Eskimos mit den zwei Köpfen aufzuzeichnen? Mich, alter Knabe, und ich habe sie bekommen, mit nichts als meinem Savoir faire und einem Scheck über 1000 Mäuse in der Tasche. Aber Leichen, Horace, das nicht. Um keinen Preis. Du kannst das ruhig pingelig finden«, beharrte Mr. Bum, »das ist mir egal. Ich mag Verbrechen nicht, und ich würde es nicht einmal für weitere 500 tun. Und einen Vertrag«, fügte er wehmütig hinzu.

»Wäre eh nichts für dich«, sagte Mr. Weed verständnisvoll.

Obwohl das Thermometer sich der 25-Grad-Marke näherte, trug Mr. Weed, wie sein Freund, einen langen Mantel. Er reichte ihm bis zu den Hacken oder, besser gesagt, zu der Stelle, wo sich einmal seine Hacken befunden hatten, denn Mr. Weed machte den Eindruck eines Mannes, der sich im Dienste der Sache aufgerieben hatte; und seine Hacken waren dabei wohl am meisten abgenutzt worden. Er trug seine Kamera – es mußte die größte Kamera der Welt sein – über seiner rechten Schulter an einem dikken, quälenden Riemen. Durch das monströse Gewicht des Apparates hatte Mr. Weed eine permanente Schlagseite, und der Anblick, wie er sich dahinschleppte, einen Mantelzipfel über den Boden schleifend, war wohlkalkuliert, um die leicht zu Beeindruckenden zu Tränen zu rühren. Einmal war Mr. Weed zu einer Versammlung der ›Gesellschaft zum Schutz der sozial Bedürftigen‹ gegangen, um dort Aufnahmen zu machen. Dabei hatte er sich plötzlich auf dem Podium wiedergefunden, wo der Redner seine Ausführungen mit Gesten in Mr. Weeds Richtung illustrierte. Man hatte ihn dann mit Sandwiches und Bouillon verköstigt. Kurz gesagt, es hätte niemanden überrascht, wenn Mr. Weed ein kleines Hundehalsband mit der Aufschrift: ›Falls aufgefunden, bitte freundlich behandeln‹ getragen hätte.

»Das wäre nichts für mich, Horace!« wiederholte Mr. Bum noch einmal, ohne rechte Überzeugung. »Das würde mir den Rest geben, Junge. Leichen haben mir schon immer den Magen umgedreht, schon damals, als ich noch für den alten INTELLIGENCER in Maida Vale die Serie über trauernde Familien gemacht habe. Dunkler Anzug, Nelke, alles, wie es sich gehört, und die haben sich gefreut wie die Schneekönige, wenn man kam. Immer gab es Tee und Kümmelkuchen. Ich weiß noch, einmal saß ich in einer dieser guten Stuben und trank Tee mit einer Dame mittleren Alters, die gerade ihren Mann verloren hatte, und plötzlich fragte sie mich, ob ich wohl einen Blick auf ihn werfen wolle. Na, da kann man schlecht nein sagen, also sagte ich ja, gewiß. Wir gingen also zum Sarg, und da lag er, in seinem besten Anzug, das Taschentuch in seiner Brusttasche zu einem kleinen Dreieck gefaltet. In so einer Situation weiß man ja nicht recht, was man sagen soll, also sagte ich: ›Er sieht gut aus, nicht wahr?‹, und sie antwortete: ›Das will ich meinen. Wir sind ja auch erst letzte Woche aus Brighton zurückgekommen.‹ Wirklich, alter Knabe, das hat mich fast umgehauen.«

»Immerhin doch ein schöner Zug, daß sie an den Urlaub zurückdachte«, meinte Mr. Weed.

»Oh, ein schöner Zug, Horace, aber es war irgendwie nicht ganz richtig. Ich fand, es war nicht ganz richtig, Horace.«

»So was ist Veranlagungssache«, sagte Mr. Weed.

»Einmal war ich bei einer irischen Familie irgendwo an der Holloway Road; sie hielten Totenwache. Ich habe mich zu Tode erschrocken, als ich eintrat: Sie hatten dem Burschen im Sarg einen Strick um den Hals gebunden und das andere Ende am Türknauf festgemacht, und jedesmal, wenn jemand hineinkam, hob er zum Gruß den Kopf.«

»Die Tür ging natürlich nach außen auf.«

»Die Tür ging nach außen auf, Horace.«

»Köstlich«, sagte Mr. Weed und warf den Kopf in den Nacken.

Wenn Mr. Weed ›köstlich‹ sagte, meinte er nur sehr selten ›köstlich‹ damit. Meistens war es für ihn ein Ausdruck der Zustimmung, doch gab es eine Reihe von Bedeutungsnuancen. Manchmal war es atemlos hingehaucht, kaum hörbar, wenn er eine vollbusige Tänzerin ins Visier nahm. Bei solchen Gelegenheiten verlockte Mr. Weed seine Opfer mit der Miene eines Mannes, dessen Bona fides nicht über alle Zweifel erhaben ist, zu anzüglichen Posen. Und manchmal, wenn Mr. Weed ›köstlich‹ sagte – etwa, wenn er einen Fototermin um drei Uhr morgens bekam –, zeugte es von Emotionen, die schon vor sehr langer Zeit abgeschliffen worden waren, und wurde weniger ausgesprochen als abgesondert, wie Auspuffgase.

»Nein, kommt nicht in Frage, Horace, absolut nicht in Frage, alter Knabe. Ich gebe ihnen zwei Knüller durch, und jetzt soll ich einen Kommentar zu der Frage liefern: ›Ist es die Tat eines Wahnsinnigen?‹ Was meinst du, wie Moira zumute ist, wenn sie so was auf der Titelseite sieht, und ich stecke bis zum Hals drin? Sie leidet Höllenqualen, mit ihrem nervösen Magen. Nein, alter Knabe, wenn Rind nicht seine 18 Monate absitzen müßte, dann würde ich die Sache morgen schon hinschmeißen, und dann könnten sie sehen, wie sie damit fertig werden, ehrlich, das würde ich. Man muß doch irgendwo mal einen Strich ziehen, und das ist wirklich nicht mein Job. Also, ich weiß nicht!«

Mr. Bum machte eine ruckhafte Kopfbewegung, wie er es zu tun pflegte, wenn ihm die Worte fehlten, eine Geste, die Mr. Weed so unverzüglich und so perfekt repetierte (unter Hinzufügung eines leichten labiodentalen Klicklautes), daß es etwas von einem eingespielten Ritual hatte. Es schien, als ob derartige Unmutsäußerungen, wenn zwei Journalisten einander begegneten, ebenso unvermeidlich waren, wie Feuer entsteht, wenn man zwei Stöcke aneinander reibt. Doch trotz ihres deprimierenden Tons schien die Unterhaltung beide Beteiligten aufzumuntern.

»Da ist er«, sagte Mr. Weed, als Autumn mit Undigo und Dorcas aus dem Aufgang zu Shiptons Wohnung trat. »Schon vor Mittag ist er da reingegangen.«

»Sei ein lieber Junge, Horace, und schieß ein Bild von mir und ihm, ja? Jackie wird es vielleicht nicht nehmen, aber Moira hätte sicher gern eins.«

Undigo war von dannen geeilt, doch Autumn und Dorcas kamen über den Rasen zum Pförtnerhaus, wo der Journalist und der Fotograf warteten.

»Er ist ein netter Bursche«, sagte Bum zu Mr. Weed, »aber ich glaube nicht, daß er eine Spur hat.«

Doch Autumn *hatte* eine Spur und war in Gedanken damit beschäftigt. Das Problem ist, dachte er, daß es so eine enorm fette Spur ist. Shiptons Verhalten unterstrich sein Motiv, doch die Bestätigung, daß er nämlich das Tagebuch versteckt hatte – war zu offensichtlich, um nicht ein bißchen verdächtig zu wirken. Warum hatte der Mann dermaßen belastendes Material nicht vernichtet, nachdem er es gestohlen hatte? Warum hatte er den Diebstahl überhaupt zugegeben? Schließlich stand nur Undigos Wort gegen seines, daß Bow-Parley das Tagebuch in seinem Zimmer entdeckt hatte. Entweder war er ein kolossaler Idiot, oder er sprach die Wahrheit.

»Dann schnappen wir ihn uns jetzt, was?« sagte Dorcas gedankenverloren, der das Tagebuch unter dem Arm trug. Er hatte den Fotografen erspäht und überlegte, ob er nun ins Rampenlicht treten würde.

Autumn antwortete nicht. Das muß alles erst einmal aufgeschrieben und gründlich überdacht werden, sagte er sich. Aber weiß ich wirklich genug? Kann man wirklich ein Kreuzworträtsel lösen, bevor man alle Hinweise berücksichtigt hat?

»Schnappen wir ihn uns?« fragte Dorcas noch einmal und schnippte eine Fliege von Autumns Schulter.

»Meine Handschellen sind kaputt«, brummte Autumn.

Dorcas war verblüfft: »Wir haben genug davon.«

Bum trat zu den beiden Inspektoren und hakte sich bei ihnen unter, einer rechts und einer links. »Wie sieht das aus, Horace?« fragte er.

»Nicht so steif, die Herren«, flüsterte der Fotograf, der sich niedergekniet hatte. »Köstlich.«

Nicht zweimal hintereinander, dachte Autumn, nicht einmal ein Schwachkopf würde es zweimal stehlen und es dann nicht vernichten. Und so ein blödsinniges Versteck, hinter dem Spiegel ...

»Ich hätte gern ein Dutzend«, sagte Dorcas.

»Was macht der Kopf, alter Knabe?« erkundigte sich Bum.

»Das geht nicht, mit dem Dutzend, alter Knabe«, sagte der Fotograf zu Dorcas. »Wir hätten keine Zeit mehr, unsere Zeitung zu drucken, wenn wir uns mit solchen Scherzen aufhalten würden.«

»Die Ermittlungen sind also abgeschlossen«, sagte Bum. »Wie lautet das Urteil?«

In großer Eile, da wäre es gerade noch denkbar, daß er es fürs erste dahintergesteckt hätte, aber er hatte die ganze Nacht Zeit, es verschwinden zu lassen. Ich muß mich jetzt erst einmal hinsetzen und ...

»Keine Ahnung, ob's wirklich ein Irrer war, aber so wie's hier zugeht, werden sie mich wohl bald in einem dezenten Lieferwagen abholen«, sagte Bum. »Was, Horace?«

Autumns Miene hellte sich schlagartig auf. Er trat vor, ergriff Bums Hand und schüttelte sie herzlich.

»Danke«, rief er. »Haben Sie vielen Dank.«

Alle blickten verdutzt drein. Autumn wandte sich an Dorcas: »Schließen Sie das Tagebuch in meinem Zimmer ein. Stecken Sie es in meinen Safe, zusammen mit dem *Book of the Lion*. Hier haben Sie den Schlüssel. Ich fürchte, Sie werden die Befragungen ohne mich zu Ende führen müssen. Oh« – er trat hinaus auf die Straße und wandte sich noch einmal mit einer Erklärung um, als Dorcas den Mund aufmachte. Er zog ein Paar Handschellen hervor. »Ich kenne da einen kleinen Laden, die reparieren mir die im Handumdrehen.«

Kapitel 13

Das war es. Darauf hätte ich schon früher kommen müssen, dachte der Inspektor. Nicht, daß groß etwas dabei herauskommen wird – eine Schnapsidee wahrscheinlich. Aber immerhin hat sie das Feuer gesehen; und sie hat ein Teleskop. Vielleicht war sie ja nur verrückt bei Nordnordwest.

Es wehte ein lindes Lüftchen in der High Street. In den Erkerfenstern des kleinen Schneiderladens an der Ecke zur Alfred Street war die ständig wechselnde Ausstellung von Westen durch dezente Stoffbahnen mit Crêpe de Chine ersetzt worden, was ebenso verläßlich wie die Schwalben davon kündete, daß der Sommer nun endgültig Einzug hielt. Schwärme hübscher Mädchen in bunten Kleidern und mit Sonnenbrillen ergossen sich über die staubigen Bürgersteige, unterwegs zum Fluß, um wackeren Männern in Ruderbooten zuzuschauen. Denn es war Regattawoche, und neben den tödlichen Erschütterungen, mit denen unsere Geschichte sich in erster Linie beschäftigt, schlugen auch die Wellen der Isis hoch. Bald würden Ruderer die Nacht unsicher machen, rauflustig nach üppigen Siegesmahlen; College-Tore würden in gellendem Übermut gestürmt werden, und Rufe wie ›Freibier in Balliol!‹ würden keck aus den Kehlen derer erschallen, die von solchen Dingen gelesen hatten.

Autumn genoß den Sonnenschein und schritt zügig voran. Daß er sich hinsetzen und nachdenken konnte, so überlegte er, würde wohl noch dauern, bis er sich um diese Sache gekümmert hatte. Wenn sich herausfinden ließ, ob diese Spur tatsächlich eine Spur war, konnte man sich danach dem Sitzen und Nachdenken um so zuversichtlicher zuwenden. Gut.

Eine Hand, die einen langen Messingzylinder schwang, streckte sich aus Mrs. Spectres Dachfenster. Es mußte sich um ein Zeichen handeln, denn der Kopf von Mrs. Spectres unverheirateter Tochter erschien dahinter, und noch einmal schwang sie das Teleskop, als wolle sie Autumn damit zu verstehen geben, daß sie nicht an die Tür kommen könne.

»Ich darf meinen Posten nicht verlassen«, gellte die Stimme von Miss Spectre zu ihm hinunter. »Sie hat gesagt, sie erschießt mich sonst.«

»Ihre Mutter ist nicht zu Hause?«

»Sie ist mit Mr. Singh ausgegangen, um dem Rennen zuzusehen. Klopfen Sie noch einmal. Vielleicht sind sie doch noch da.«

Die Situation war Miss Spectre offenbar peinlich.

»Wissen Sie, sie nimmt das alles so ernst«, rief sie hinunter. »Wir hatten Wachwechsel und alles –«

Autumn wartete.

»Wenn sie zurückkommt, wird sie von mir hören wollen, ob es Verluste gab«, kicherte Miss Spectre unglücklich, »und ich habe überhaupt keine Phantasie. Ich finde nämlich, die Leute im Fernsehen sind nett. Es ist gar nicht so leicht, sie als Feinde zu behandeln, wenn man das Gefühl hat, daß sie eigentlich Freunde sind . . .«

Autumn hatte eben die Hand gehoben, um ein drittes Mal zu klopfen, als sich die Tür langsam öffnete und eine Stimme ihn anzischte: »Eine falsche Bewegung, und –«

»Schon in Ordnung, Ma'am, ich bin's nur.«

Mrs. Spectre schob ihren Stockdegen zurück in den Schirmständer.

»Ich wollte das Haus durch die Hintertür verlassen, doch Mr. Singh meinte, die Haustür sei die bessere Wahl, da niemand erwarten würde, uns dort hinauskommen zu sehen. Ein höchst überzeugendes Beispiel orientalischer Tücke.«

»Meiner Treu, Ma'am, Ihre Bereitschaft, das Verdienst meiner Person zuzurechnen, ist nur zu typisch für die englische Wesensart«, sagte Mr. Singh, der hinter ihr stand. »Teufel noch mal, das kann man wohl sagen! Ein durchaus nicht unintelligenter Trick, auch wenn ich« – er ließ die Zähne blitzen wie einen Trommelwirbel – »es selbst sage, was ich nicht sollte.«

Mr. Singh war mit äußerster Sorgfalt und mit Sinn für den Anlaß gekleidet. Den dunkelblauen Serge seines Blazers lockerte an der Brusttasche die Krone der Ehrenwerten Gilde der Brillenmacher auf, und ein Halstuch der Zingari hatte er in den Kragen seines teuren Hemdes gesteckt. Die Stelle eines Turbans nahm die farbenfroh gestreifte Kappe der Pingpong-Vereinigung der Universität ein. Was die idiomatische Ausstattung anging, zeigte sich Mr. Singh nach allen Seiten abgesichert, und es bestand immerhin die wenn auch unwahrscheinliche Möglichkeit, daß er alle Insignien zu Recht trug.

Galant bot er Mrs. Spectre den Arm, und begleitet von dem Inspektor begaben sich die beiden hinunter zum Fluß, wo sie sich zu amüsieren gedachten.

Mrs. Spectre betrachtete Mr. Singh anerkennend.

»Wie viele von uns, Commissioner«, sagte sie, »wären bereit, sich auf ein Bett aus glühenden Kohlen zu legen, und das, wenn man so sagen darf, für eine Handvoll Reis?«

»Englischer Reispudding ist eine beliebte Tafelfreude bei zahlreichen indischen Gentlemen der gebildeten Schichten«, kommentierte Mr. Singh. »Ich selbst habe eine Schwäche für dieses Gericht, wenn es mit Erdbeermarmelade serviert wird. An vielen der kultivierten englischen Tafeln, an denen zu sitzen ich das große Glück hatte – in der Metropole wie in den Shires –, ist dem Reispudding zur Lunch-Stunde kräftig zugesprochen worden. Der verwestlichte Magen hat auch sehr vorteilhaft auf den Zusatz von ein wenig gewürfeltem Rhabarber angesprochen. Wir sollten es der Jungfrau, Ihrer Tochter, als Alternative zu ihren delikaten Pflaumen in Vanillesoße empfehlen.«

Die Hitze schlug ihnen vom Asphalt vor St. Aldate's entgegen wie die Dämpfe eines Teerkochers. Die drei betraten Christ Church und gingen durch die Höfe hinunter zu den Flußauen.

»Und wie steht es an der Fernsehfront?« erkundigte sich Autumn bei der alten Dame, als sie hinunter zum Flußufer spazierten.

»Ich habe festgestellt«, schaltete Mr. Singh sich ein, der eben noch ein Beethoven-Quartett gesummt hatte, »daß das Fernsehen sich bei den Eingeborenen in Khanpur großer Beliebtheit erfreut. Wir selbst ziehen natürlich eine zünftige Partie Tennis vor und anschließend eine gediegene Unterhaltung bei einem Gläschen Pink Gin.«

»Sie haben also, darf ich annehmen, seit der Nacht des Feuers nichts mehr von den kleinen Männern gesehen, Mrs. Spectre?« beharrte Autumn.

»Keine Spur«, bestätigte die Dame mit dröhnender Stimme.

»Ich bin stolz, mich zu Ihren Verbündeten zählen zu dürfen, Ma'am«, sagte Mr. Singh, dann senkte er die Stimme, so daß die alte Dame es nicht hören konnte, und flüsterte Autumn zu: »Waschechte Exzentrikerin, Oberschicht, biologisch erklärbar durch die Menopause.«

Sie waren am Treidelpfad angelangt, und Ruderer gingen mit grimmiger Miene vorüber, die großen Riemen über der Schulter. Unter den sonnendurchfluteten Pappeln promenierten alte Männer in ausgebleichten Blazern, während die jüngeren mit hübschen Mädchen am Arm daherschlenderten. Zwischen den bunten Schals, den kurzen Ärmeln, den sonnenverbrannten Armen kam sich Autumn mit seinem blauen Anzug wie ein Exhibitionist vor, auf den alle mit Fingern zeigten.

So weit das Auge reichte, lagen die College-Barken eine an der anderen entlang dem Flußufer, ein Concours d'inélégance, und hockten im Wasser wie die wohlbeleibten Badegäste auf Ansichtskarten der Seebäder. Autumn rechnete fast damit, sie von fröhlichen Cockneys besetzt zu finden, die *Hoch das Bein, Mutter Brown* sangen und Fish and Chips aßen.

»Kein anderer Anblick«, jauchzte Mr. Singh und winkte den Booten zu, »könnte so angenehm typisch sein wie dieser.«

Die Diener stehen in weißen Jacken und mit ihren Tabletts da, und die Damen drängen sich an die Reling und recken die hübschen Hälse, wenn die langerwarteten Achter vorbeischießen. ›Legt euch in die Riemen, Trinity!‹ rufen die Männer in Blazern und wippen dabei auf den Zehenspitzen, während in den Booten kleine, bebrillte Stentoren ›Jetzt zehn Dicke!‹ brüllen und die Entfernung zwischen den Achtern zu- und wieder abnimmt, als ob die Boote mit einem Gummiband verbunden wären. Mit einem Male ist dann alles vorüber, und die Mannschaften rudern die Strecke, die sie gekommen sind, zurück; große, starke Männer, die nun, da die Schlacht geschlagen ist, ein wenig verlegen dreinblicken und so tun, als hörten sie nicht, wie ein runzliger, dürrer alter Herr – gut 80 Jahre –, der dem Schuljungen, der er einmal gewesen sein muß, täuschend ähnlich sieht, seine Leandermütze lüpft und ruft: ›Gut gemacht!‹, als sie vorüberrudern.

Dann gibt es auf den Barken ein solches Gerangel um kleine rosa Kuchen und Schälchen mit Eiscreme und eine weitere Tasse Tee, während Dennis (aus der Kantine) seelenruhig die Bestellungen aufnimmt und Len (von der Bar) sich mit Gurkensandwiches einen Weg zwischen den Tischen bahnt. Alle sind ohne Unterlaß damit beschäftigt, ihre unterbrochenen Gespräche wieder aufzunehmen, und Mütter in rosa Kleidern werden Tutoren in Tweed vorgestellt. Es heißt ›Ich glaube, Sie haben noch nicht –‹ oder ›Kennen Sie eigentlich meine –‹ oder ›Darf ich vorstellen –‹, während die Schüchterneren unter den Undergraduates sich fragen, ob denn ihre Tutoren jemals genügend Interesse an ihnen haben könnten, um auch noch ihre Eltern kennenlernen zu wollen; und die Tutoren fragen sich wahrscheinlich genau dasselbe. Und eben stößt ein neuer Schwung von Besuchern vom anderen Ufer ab, in einem Kahn von der Größe eines Schlachtschiffes, bemannt mit dem Bootsmann des College, der einen Anzug aus blauem Serge und eine Mütze mit lackglänzendem Schirm trägt. Er stakt von vorn bis achtern, träge und zögernd und doch mit Gusto, und wenn er an der Barke anlangt, schwingt er den schweren Kahn herum und läßt ihn gegen den Landungssteg krachen. Und dann, wie eben der letzte Passagier die Barke erklimmt, ertönt ein Pistolenschuß, so weit fort, daß es sich anhört wie eine Spielzeugpistole. Erneut drängen die Damen sich an der Reling, und ein weiteres Rennen beginnt.

»Was sonst«, wiederholte Mr. Singh, »könnte so angenehm typisch sein wie dieses?«

Angenehm war es ohne Zweifel, doch Autumn war trotzdem ein klein wenig unwohl dabei. Die zufällige Äußerung einer alten Dame, die nicht ganz richtig im Kopf war. Tja, fragen kostet nichts, und wenn es tatsächlich nur eine Wahnvorstellung war...

Ein Schrei – Autumn blickte auf und sah Orson Dogg, wie er sich über die Reling einer der Barken lehnte. Mr. Dogg hatte seinen transatlantischen Seersucker ab- und einen stattlichen gelben Kilt angelegt, mit Dolch und allem, was dazugehörte (denn die Doggs zählten scheinbar zu den blühendsten Zweigen des Clans McClavichord), war jedoch noch immer an der dicken Brille des Psychologen erkenntlich, die seine wissensdurstig emporgereckte Nase zierte. Seine Ansprache hatte zunächst Mr. Singh gegolten (denn Mr. Dogg war zu Zeiten selbst Mieter im Hause Spectre gewesen und hatte über einer abendlichen Tasse Kakao manch kultivierten Disput mit Mr. Singh geführt), aber nun lud er sie alle drei ein, an Bord zu kommen.

Wie ein hochgezüchteter Windhund mit einem dunklen Flekken im Stammbaum trottete Mr. Singh über die schmale Planke, und als er das untere Deck erreicht hatte, nahm er an der Reling Aufstellung und streckte seiner Wirtin die sehnige Hand entgegen. Der Inspektor folgte der alten Dame auf dem Fuße und gab acht, daß ihre geknöpften Stiefel sich nicht in den hinderlichen Rocksäumen verfingen und sie, die Kämme in ihrem Haar vorneweg, in die Isis katapultierten.

Autumn sann über die Frage nach, welche Antwort er wohl geben würde, wenn ihn ein vernünftiger Bürger, interessiert daran, ob die Polizei ihrer Arbeit auch gewissenhaft nachgeht, jetzt auf die Schulter klopfen und ihn fragen würde, welche Spur er gerade verfolge.

›Sehen Sie die hochaufgeschossene alte Dame dort mit den Kämmen im Haar, am Arm des dunkelhäutigen Herrn? Sie glaubt nämlich, sie werde von einer Armee kleiner Männer attackiert, die aus dem Fernsehen kommen, und als ich sie aufsuchte, mußte ich zuerst die Parole nennen.‹

Sollten die vernünftigen Bürger doch bleiben, wo der Pfeffer wächst, dachte Autumn mit einem verdrießlichen Schnaufen.

Es herrschte großes Gedränge an Deck, denn bei anderen Colleges war es üblich, auf die Barke von Warlock auszuweichen, wenn die eigenen Kähne überfüllt waren. Nicholas Flower und Balboa Tomlin saßen an einem Tisch nahe der Reling, und Dogg führte seine Besucher dorthin.

»Ich hoffe nur, Dogg hat sich für die Örtlichkeit entschuldigt, Inspektor«, sagte Nicholas Flower. »Mir ist, als würden wir gleich die Anker lichten, und auf geht's nach Newcastle zu einer neuen Ladung Derby Brights.«

Die Barke von Warlock war in der Tat die unansehnlichste von allen. Das College hatte sie 1895 erworben, denn auch wenn Warlock als Graduiertencollege nicht an der Regatta teilnahm, war man doch gern unter den Zuschauern. Die Barke, schon damals kein Staatsschiff, war genaugenommen im Jahr nach ihrer Anschaffung auf dem Wasser ausgebrannt, als Warden Voggins (jener angesehene, wenngleich exzentrische Vertreter der Hochkirche), den man geladen hatte, an Bord des Schiffes (das als neutrales Territorium galt) vor der Gilde nonkonformistischer Damen von Stande zu sprechen und der bei seiner Ankunft schon stark nach Weihrauch roch, an die zwei Dutzend bengalischer Feuer entzündete, um klarzumachen, wo er stand. Von den schweren Verkohlungen, die sie dabei davontrug, hatte die Barke sich nie wieder erholt, was immerhin dazu führte, daß sie in späterer Zeit beim Experimentellen Theaterclub heiß begehrt war, als Dekorstück für historische Aufführungen. Die Jahre waren vergangen, und jetzt lag sie tief im Wasser und schwankte an ihrem ewigen Anker wie eine maritime Lady Tippins.

»Oh, bitte nicht«, bat Balboa, als Mr. Singh verzückt Komplimente murmelte, wie gut ihr ihr Kleid stehe. »Immer, wenn jemand etwas Nettes über meine Kleider sagt, fürchte ich, daß ich eine Pirouette drehe und den Rock fliegen lasse und ausrufe: ›Und das passende Höschen dazu!‹ Das hat mich, als ich klein war, Mama immer machen lassen, wenn wir Gäste hatten. Es war fürchterlich.«

Balboa trug ein ärmelloses Kleid, ganz in Schwarz, mit rundem Ausschnitt. Jede andere hätte damit ausgesehen wie eine Wärterin im Frauengefängnis Holloway; doch Balboa wirkte darin wie ein koketter Engel.

»Meinst du, ich sollte eine Therapie erwägen, Doggy, mein Lieber?«

»Leider, Balboa, stellst du diese Frage eher in scherzhafter Absicht als aus echter wissenschaftlicher Neigung. Dabei bin ich mir gewiß, falls du jemals auch nur wenige Grundkenntnisse in Psychologie erwerben könntest, wärest du ebenso beeindruckt wie ich von der umfassenden –«

»Der Himmel stehe uns bei, was weiß denn ein Hurensohn von einem Schwachkopf, der im Kilt daherkommt, von solchen Dingen?« trompetete Nicholas Flower und warf Zuckerstückchen über die Reling hinunter auf den Landungssteg. »Lasse ab, blutiger Laie, lasse ab! Siehst du nicht den Inspektor dort? Das ist ein Experte, mein Junge, das ist ein Mann, der in diesen Dingen Äpfel von Birnen unterscheiden kann.«

Ich wünschte, ich hätte eine Ahnung, ob auch Mrs. Spectre über diese Fähigkeit verfügt, dachte Autumn. Hier zwischen dem übermütigen Jungvolk wird es nicht leicht sein, unter vier Augen mit ihr zu sprechen. Autumn goß Mrs. Spectre eine Tasse Tee ein. Und dann wurden weit in der Ferne, hinter der Biegung des Flusses, anfeuernde Rufe laut, und das Hallo lief die Reihe der Barken entlang wie an einer Zündschnur, bis die Achter kraftvoll vorüberglitten und alle ihre Tabletts stehen ließen und sich an die Reling vordrängten. Einen Augenblick lang waren Autumn und Mrs. Spectre allein.

»Mrs. Spectre«, hob Autumn rasch an, »Sie erinnern sich noch, wie Sie mir von dem Scheiterhaufen berichteten.«

Der Jubel schlug hohe Wellen, als der Walpurgis-Achter ins Blickfeld kam.

»Haltet eure verdammten Hintern unten!« brüllte Pearl Corker vom gegenüberliegenden Ufer durch ein Megaphon.

»Sorgfältiges Ausspähen zahlt sich immer aus. Es hätte ja ein Versuch sein können, mich auszuräuchern.«

»Gewiß, Ma'am«, entgegnete Autumn verzweifelt. »Und Sie sagen, sie kamen aus dem Fernseher, außerdem sagten Sie –«

Man kehrte von der Reling zurück und nahm wieder Platz.

»Aber natürlich bekommen sie Hühneraugen da, die Ärmsten«, sagte Balboa gerade, »und das muß fürchterlich peinlich sein, denn man weiß ja nicht, ob man zu einem Arzt gehen soll oder zu einem Fußpfleger.«

Sie ließ sich auf ihren Stuhl fallen: sorglos, gelangweilt, unbeteiligt.

»Wissen Sie«, wandte sie sich an Autumn, »ich habe ja nie ganz verstanden, was Sie von Dim eigentlich wollten, wegen einer Notiz.« Ihr Blick wanderte hinaus über den Fluß. »Eine Notiz oder so. Als Sie zum Bus liefen.« Eine gewisse Beharrlichkeit strafte den beiläufigen Ton Lügen, in dem diese Worte gesprochen wurden. »Sie wollten, daß er Ihnen eine Notiz zeigte oder so etwas.«

»Bingo!« platzte Nicholas Flower dazwischen, der sich ganz darauf konzentriert hatte, Zuckerstückchen nach jemandem, der unten stand, zu werfen. Er richtete sich wieder auf, sein Gesicht war von der Anstrengung gerötet. »Meine letzte Salve gab ein wunderbar dumpfes Geräusch, als sie von Eggs Strohhut abprallte.«

Balboa sagte: »Dim ist nicht da.«

Mr. Singh und Mrs. Spectre hatten sich erhoben und begaben sich langsam zum Bug des Schiffes, um sich einen guten Platz für das nächste Rennen zu sichern. In ihrer Nähe sah Autumn Diamantis, der sich Notizen in seinem Rennplan machte. Der ehemalige Sekretär machte einen hilflosen Eindruck. Nun, da Manchip tot war, hatte Diamantis seinen Platz in der Welt verloren.

»Der arme, liebe Dim«, sagte Balboa und ließ ihren Blick über das Deck schweifen, »wahrscheinlich fühlt er sich schrecklich verdächtig.« Sie trommelte mit den Fingern auf den Tisch.

Nicholas Flower, der noch immer an der Reling lehnte, wandte sich um.

»Kassieren Sie seinen Paß ein, solange Sie noch können, Inspektor«, sagte er. »Dim hatte ein handfestes Motiv, Bow-Parley aus dem Weg zu räumen. Nun, da Manchip tot war, ist die Wahrscheinlichkeit gar nicht so gering, daß Bow-Parley ihm den Rokkinge-Lehrstuhl doch noch wegschnappen würde. Natürlich« – Flower knabberte an einem Stück Zucker – »läßt das Manchip außer Betracht. Wir sind davon ausgegangen, daß Manchip für Dim stimmen wollte – wie Dim es ja meiner reizenden Begleiterin hier verraten hatte –, aber hätte er es tatsächlich getan? Ich frage mich«, Flower lehnte mit verschränkten Armen auf dem Geländer und hatte ihnen den Rücken zugewandt, »ob Manchip es sich nicht anders überlegt hatte. Im letzten Augenblick, sagen wir mal. Ob er sich nicht doch entschlossen hatte, seine Stimme Bow-Parley zu geben, weil Fairlight« – Flower wandte sich halb um, mit einem Grinsen – »einen allzu innigen Umgang mit den weiblichen Undergraduates pflegte. Und ob er das Fairlight nicht auch mitgeteilt hat.«

»Es gibt nicht den geringsten Grund, anzunehmen –« begann Balboa.

»Ja, schon gut«, unterbrach Autumn sie geistesabwesend. »Ich glaube, da kommen die Boote wieder. Beim letzten Mal habe ich kaum etwas mitbekommen. Ich sollte sehen, daß ich –«

Als Autumn vom Tisch aufstand und sich einen Weg durch die Menge bahnte, fiel sein Blick auf Balboas kurzgliedrige Finger. Sie waren so fest ineinander verschränkt wie die Maschen eines Tigerkäfigs.

Autumn schlängelte sich an Gruppen von Leuten vorüber, die Tassen und Teller balancierten, und kämpfte sich zu Mrs. Spectre vor. Für einen Moment wich er an eine weniger dicht bevölkerte Stelle aus, einige Köpfe von ihr entfernt, um einen Kellner mit einem Tablett vorbeizulassen, und als er eilig zurückdrängelte, stieß er mit Diamantis zusammen, der mit seinem Fernglas die Flußbiegung beobachtete.

»Ah! Dieses Tagebuch ist übrigens wieder aufgetaucht«, sagte der Inspektor. »Werde einen Blick hineinwerfen.«

»Oh, gut, haben Sie – ähm – wo haben Sie –«

»Nachher erzähle ich Ihnen alles«, versprach Autumn, als er eine Lücke erspähte, durch die er an die Stelle vorstoßen konnte, wo Mrs. Spectre nach wie vor auf den Arm von Mr. Singh gestützt stand. Als die Boote um die Biegung kamen, befand Autumn sich unmittelbar hinter ihr.

»Madam«, begann Autumn und wagte den Sprung ins kalte Wasser, »was für ein Lieferwagen war das?«

»Ein ganz gewöhnliches Aufklärungsfahrzeug, darf man vermuten«, antwortete die alte Dame und wandte sich zu ihm um. »Sie sprechen doch von diesem Fernsehlieferwagen?«

»Der Wagen, von dem Sie sagten, die kleinen Männer kommen darin.«

»Ganz richtig, damit kommen sie. Ich wüßte nicht, aus welchem anderen Grund an jedem zweiten Mittwoch morgens um vier Uhr ein Lieferwagen auf dem Radcliffe Square stehen sollte. Sie etwa?«

»Um vier Uhr morgens?«

»Sie haben eine Art, die einfachsten Sätze andauernd zu wiederholen, Commissioner. Seit einem halben Jahr kommt dieser Lieferwagen an jedem zweiten Mittwoch um diese Uhrzeit auf den Radcliffe Square gefahren. Er fährt hinein, und dann wieder heraus.«

»Können Sie sehen, was sie dort drin tun, Ma'am?«

»Es liegt eine Kirche zwischen meinem Haus und dem Radcliffe Square. Die ist mir im Wege.« Die alte Dame sagte das, als weihe sie einen Philosophiekurs in das Geheimnis von Ursache und Wirkung ein. »Es gibt keine Periskope, die groß genug sind, um damit über Kirchen hinwegzusehen, und selbst wenn es sie gebe, müßte man schon ein Krake sein, um so ein Periskop und das Teleskop gleichzeitig zu bedienen.«

»Seit einem halben Jahr, sagen Sie?«

»Da wird doch der Hund in der Pfanne verrückt!« brauste die alte Dame auf, von geradezu ekstatischer Ungeduld geschüttelt. (Lektion Sieben in Tring galt dem Thema ›Umgangssprachliche Ausrufe‹, und Mr. Singh hatte Mrs. Spectre gebeten, ihn abzuhören.) »Da wird doch der Hund in der Pfanne verrückt. Was seid ihr nur für Burschen! Genau das sagte ich, Commissioner, und ich muß hinzufügen, daß Mr. Archangel, als ich ihm dasselbe heute morgen erzählte, es offenbar auf Anhieb verstand.«

Autumns Nerven spannten sich wie Drahtseile.

»Mr. Archangel hat sich also auch nach diesem Lieferwagen erkundigt?«

»Er schien die Existenz eines solchen Fahrzeugs bereits zu vermuten, bevor ich überhaupt darauf zu sprechen kam. Ich war in der Lage, seine Vermutungen zu bestätigen.«

»Was hat er gesagt?«

»Auch er war überzeugt davon, daß der Wagen voller kleiner Männer sei, und meinte, die beste Strategie sei, sie in Sicherheit zu wiegen, indem wir niemandem etwas von dem Lieferwagen verraten und so tun, als hätten wir ihn nie gesehen. Er selbst sei, so sagt er, noch nicht mit dem Fernsehen in Kontakt getreten, doch besitzt, wie ich von ihm erfahre, sein altes Großmütterchen in Sibirien, das weder lesen noch schreiben kann, ein Gerät, und dazu einen elektrischen Toaster und einen verchromten Samowar, der morgens zur Begrüßung ›Wache auf, Babutschka‹ sagt und den Tee braut – vollautomatisch –«

»Oh, bravo, bravo, gut gemacht, erstklassig«, zwitscherte Mr. Singh, der dem Rennen zugesehen hatte. »Nie gab es einen vergleichlichen Sport, des bin ich gewiß. Was für ein Vergnügen für eine asiatische Wasserratte wie mich!«

Während Mrs. Spectre noch damit beschäftigt war, ihr Teleskop aus einer langen wollenen Hülle zu ziehen, murmelte der Inspektor: »Ich glaube, Mr. Archangels Rat ist sehr vernünftig. Wir sollten niemandem etwas verraten, Ma'am. Wir sollten nicht einmal mit Mr. Archangel darüber sprechen.« Er machte eine Pause. »Heute ist Mittwoch, Mrs. Spectre.«

Die alte Dame nickte.

»Heute nacht sind sie zu erwarten, und ich werde natürlich auf Posten sein. Mit der gebotenen Vorsicht, gewiß.« Sie hob mäßigend ihren Finger. »Aber am Ende« – crescendo sauste der Finger hinab – »bringe ich diese Bastarde zur Strecke!«

Kapitel 14

Die Stimme Falals schwebte körperlos im Halbdunkel des Saales, und Autumn blieb auf der Schwelle stehen, die Augen noch geblendet vom gleißenden Tageslicht. Breite, helle Lichtstreifen teilten den Raum; sie fielen durch die gotischen Fenster ein, und auf der anderen Seite, wo das Podium in braune Schatten gehüllt war, breitete sich die dünne Stimme aus wie eine Ranke in der schweren, aromatischen, staubigen Luft.

»Aber ja, gewiß, wir haben durchaus unsere Zerstreuung gehabt. 20 oder 30 Verspaare hat man nach dem Frühstück wohl gedichtet, kann ich Ihnen sagen. Und ein ordentliches Frühstück gab es, mit Koteletts und Nieren – das waren noch Nieren in meinem College, als ich Undergraduate war! – und großen Töpfen voll mit Marmelade. Das war der angemessene Abschluß für ein Frühstück, ein großer Topf Marmelade. Hm. Dann über Port Meadow nach Godstow und am Nachmittag über Binsey zurück, goldene, feuchte Herbstnachmittage und ein Aroma in der Luft, daß einem die Seele aus dem Leibe sprang. Ich weiß es noch, als sei es gestern gewesen.«

Der Inspektor schritt durch den Saal, durch Staub und Sonnenstrahlen.

»Und dann zum Abendessen. Das waren Abendessen, sage ich Ihnen. Ja, wissen Sie eigentlich, daß es Männer zu meiner Zeit gab, die es auf drei Flaschen brachten? Ja, ich erinnere mich gut daran. Ich hatte da zum Beispiel einen Bekannten namens Carsonby – ein guter Mann war das, ist schon vor vielen Jahren in Shropshire gestorben –, und ich habe gesehen, wie dieser Carsonby einen Anderthalbliterkrug, randvoll mit altem Madeira, jawohl, alter Madeira, das weiß ich noch genau, an einem einzigen Abend trank. Wohlgemerkt, nicht in einem Zug, das hätte sich nicht gehört, mein Bekannter Carsonby hätte das nicht goutiert.

Nein, der nicht. Tja, und die Geschichte von dem Anderthalbliterkrug trug ihm eine Einladung zum Abendessen beim Rektor ein, und so aß er mit ihm zu Abend. Hm. Er erzählte mir, daß er sich zum Gehen anschickte, als außer ihm nur noch ein weiterer Gast da war, denn mein Bekannter Carsonby wollte nicht der letzte sein, der ging. Carsonby wußte, was sich in vornehmer Gesellschaft schickt. Aber der Rektor bestand darauf, daß er noch bliebe. Bestand darauf, hm. Und bis spät in die Nacht saßen sie zusammen, das weiß ich noch. Um neun Uhr am nächsten Morgen bat Carsonby den Rektor mit freundlichen Empfehlungen (der Rektor war auch sein Tutor, müssen Sie wissen), ihn von seiner Unterrichtsstunde zu entschuldigen, denn sein Kopf schmerze ihn, und er nähme gern ein Seltzer und bliebe im Bett. Das war Carsonbys Art, ihm den Triumph zu gewähren, denn sein Kopf war kristallklar, kristallklar! Er wußte, daß der Rektor es gar nicht gern sähe, von einem seiner Schüler überflügelt zu werden. Hm. Exzellent, exzellent.«

Falal thronte in einem großen hölzernen Lehnstuhl, dem Platz des Rektors am High Table, Dorcas saß ihm zur Seite. Dorcas rüttelte sich aus einer aufmerksamen Erstarrung auf, als Autumn sich näherte.

»Ja, das kann ich Ihnen versichern, es ist mir alles noch im Gedächtnis. Es war wunderbar, lauter intelligente Männer, die hart arbeiteten, und die gesamte Universität unbehelligt, hm, von Frauen. Die gab es einfach nicht, das kann ich Ihnen versichern. Wissen Sie, wir haben einfach kaum an sie gedacht. Sie blieben, wo sie waren, und wir ließen sie kommen, um uns beim Rudern zuzusehen.«

Dorcas nickte Autumn zu.

»Bald fertig. Professor Falal macht gerade noch seine Aussage.«

Ja, über die letzten 60 Jahre, dachte Autumn.

»Ich habe dem Herrn hier von den Schnitzeljagden erzählt, die zu meinen Undergraduate-Zeiten veranstaltet wurden«, wandte Falal sich an Autumn. »Wunderbar war das, ich beglückwünsche Sie, daß Sie sie wieder einführen wollen. Ich bedaure nur, daß ich gestern abend schon meinen Kakao getrunken hatte. Hätte ich meinen Kakao noch nicht getrunken gehabt, wäre ich sofort aus dem Bett und dabeigewesen, das kann ich Ihnen versichern.«

»Erfahrene Mitstreiter können wir brauchen, Professor.«

»Gewiß brauchen Sie die, gewiß brauchen Sie die. Geben Sie mir Bescheid, wenn es wieder so weit ist. Gut, gut, ich werde Sie nun verlassen, ich bin mit einem Bekannten in Balliol auf einen Sherry verabredet. Keine Frauen, denken Sie daran, Schnitzeljagden sind ganz und gar nichts für Frauen. Sie haben keinen Sinn für Deduktionen, nicht den geringsten Sinn.«

»Na, wenigstens kann der Rektor Sie in diesem Punkt nun keines Besseren mehr belehren, Sir.«

»Manchip?« Falal hatte die Treppenstufen hinunter vom Podest mit bemerkenswerter Gewandtheit gemeistert. Unten angekommen, hielt er inne. »Nein, das kann er nicht mehr, da haben Sie recht.« Er pausierte noch einmal. »Er hatte es verdient, ermordet zu werden, absolut«, sagte Falal und humpelte davon.

»Beinhart«, meinte Dorcas, als er ihm nachsah. Er reichte Autumn seine Aufzeichnungen und den Schlüssel zu dem Safe, in dem nun Tagebuch und *Book of the Lion* ruhten.

»Haben Sie einen Wagen?«

»Zwei oder drei, auf der Wache.«

»Nein, keinen Streifenwagen, einen eigenen.«

»Einen alten Ford.«

»Gut. Halten Sie sich damit um Mitternacht am Radcliffe Square bereit. Parken Sie ihn im Schutz der Bodleian zwischen anderen Autos. Verstanden?«

»Hal-lo! Sie sind fleißig gewesen, mein Junge –«

»Warten wir's ab«, erwiderte Autumn. »Mitternacht. Und bleiben Sie im Wagen.«

»In Ordnung.«

Dorcas, für den es höchste Zeit für häusliche Freuden in Form geräucherten Schellfischs und von eifrigen Erkundigungen nach den Ereignissen des Tages war, eilte davon zur Bushaltestelle. Autumn überquerte noch einmal den Rasen und begab sich zum Senior Common Room.

Beim Dinner herrschte an diesem Abend in Warlock eine gedämpfte Atmosphäre, vielleicht weil das Thema des Tages – Shipton und Manchips Tagebuch – zwar Anlaß zu unendlich vielen verstohlenen Spekulationen bieten mochte, jedoch nur wenig Möglichkeiten zu Tischgesprächen eröffnete; insbesondere, da Shipton es vorgezogen hatte, allein auf seinem Zimmer zu speisen. Doch nicht allein Shiptons Abwesenheit hatte die gedrückte

Stimmung verursacht; es war mehr als das, es war etwas, das sich ganz allmählich seit jenem Abend, an dem sie Manchips Leiche gefunden hatten, aufgebaut hatte.

Fairlight brach ein Brötchen und fuhr mit dem Finger über die Krümel.

»Wo soll das noch hinführen?« wandte er sich murmelnd an Rankine. »Ich meine, das – das –« Er geriet ins Stocken und schnippte einige Krümel von seiner Serviette. »Ich meine, jetzt schon zwei. Man fragt sich, wer –«

Mit einer kurzen, raschen, ängstlichen Bewegung huschten Fairlights Augen über den Tisch.

Rankine war ebenso unwohl in seiner Haut wie dem Vertreter des New Criticism.

»Die Situation ist unerträglich geworden, unerträglich«, sagte er mit hoher, erregter Stimme. »Jeder einzelne von uns könnte in seinem Bett ermordet werden, ohne daß die anderen etwas davon bemerkten. Ich fand von Anfang an, daß man das College hätte evakuieren sollen, niemand ist schließlich sicher, man hätte den Wahnsinnigen isolieren müssen. Wir sitzen hier und wissen nicht, wer von uns vielleicht den nächsten Morgen nicht mehr erlebt. Das ist grauenhaft, widerlich –«

Selbst Undigo schien nicht ganz er selbst zu sein. Rankines schrille Stimme war am anderen Ende des Tisches deutlich zu vernehmen, doch Undigo, was gar nicht seine Art war, erwiderte darauf nichts.

Falal, der darin vertieft gewesen war, an einem Kotelett zu nagen, sagte plötzlich:

»Ihr habt Angst. Das ist es, klipp und klar. Ihr habt alle Angst. Wer von uns ist der nächste, das ist alles, woran ihr denken könnt. Na, ich für meinen Teil sehe die Dinge von der praktischen Seite. Heute nachmittag habe ich schwere Riegel an meinen Türen anbringen lassen. Ich habe nicht vor, mich in meinem Bett ermorden zu lassen, das kann ich euch versichern, und das kann sich der Mörder, wer immer von euch es sein mag, hinter die Ohren schreiben!«

Falal blickte jedem der übrigen Dons ins Gesicht, einem nach dem anderen, und nickte nachdrücklich.

»Also wirklich«, murmelte Clapp.

Aber niemand schien zum Plaudern aufgelegt. Die Beklommenheit, die sich immer mehr ausgebreitet hatte, seit sie Manchip vom Kapellendach abgeseilt hatten, war nun geronnen, erstarrt, hatte feste Formen angenommen. Das war keine Beklommenheit mehr. Es war Furcht.

Autumn legte die Gabel aus der Hand und warf einen Blick hinter sich in die Tiefe des Saales. Orson Dogg, Egg und Nicholas Flower aßen am Tisch der Undergraduates. Dogg sprach mit Nachdruck auf die anderen ein und pochte dabei mit dem Finger auf den Tisch. Archangel war nirgendwo zu sehen.

Schreibt wahrscheinlich gerade ein Briefchen an seine verchromte Großmutter, dachte der Inspektor. Er hatte die Existenz eines Lieferwagens vermutet – wohl eher davon gewußt – und herausfinden wollen, ob die Dame, die durch ihr Teleskop die Bücherverbrennung beobachtet hatte, den Lieferwagen ebenfalls gesehen hatte. Archangel hatte ihr eingeschärft, nichts zu verraten – aber der Rat, es für sich zu behalten, konnte auch nur dem Zweck gedient haben, Zeit zu gewinnen. Damen dieses Kalibers halten nicht lange den Mund, nur weil sie darum gebeten wurden. Autumn selbst hatte den Beweis erbracht. Und was war daraus zu folgern? Daß die Funktion des Lieferwagens, worin auch immer diese Funktion bestehen mochte, innerhalb der kurzen Zeitspanne erfüllt sein würde, in der man von der Dame erwarten konnte, daß sie den Mund hielt. Mit anderen Worten, der Lieferwagen würde in kurzer Zeit ausbleiben. Mit anderen Worten – mit anderen Worten, heute nacht würde der Wagen vielleicht zum letzten Mal erscheinen.

An diesem Teil seiner logischen Schlußfolgerung hatte der Inspektor seine Freude, nicht nur, weil er es scheinbar so locker entwickelt hatte (in Wahrheit hatte er sage und schreibe 20 Minuten des Rückweges vom Fluß dazu gebraucht), sondern auch, weil es so leicht zu überprüfen war. Noch in dieser Nacht würden sie alles über den Lieferwagen herausbekommen.

Autumn blickte von seinem Teller auf und sah unvermittelt die Augen Lord Pinners auf sich gerichtet, der ihm gegenübersaß. Einen Augenblick lang ging die Phantasie mit dem Inspektor durch. Wenn der Polizeichef mit seiner Theorie nun doch recht hatte, wenn man sich vorstellte, daß Archangel, der Russe, im Namen irgendeiner Überzeugung eine Lawine losgetreten hatte? Wenn man sich vorstellte, sie steckten alle unter einer Decke: Lord Pinner, Christelow, Shipton, Fairlight, alle, wie sie da saßen. Allesamt glaubten sie an diese Sache, verbrannten Bücher, brachten Kollegen um die Ecke. (Eine Säuberungsaktion? Unstimmigkeiten in der Partei?) Hinter all dem steckte ein kranker Geist, jede der Handlungen dieser Männer hatte auf einer anderen Ebene eine tiefere Bedeutung, war der wahnwitzige Versuch, durch Subversion irgendeine persönliche Unzulänglichkeit zu kompensieren.

Autumn gab seinem Blick eine andere Richtung, und Lord Pinner tat dasselbe. Autumn fragte sich, ob die geschäftlichen Aspekte der Geburtenkontrolle, Wucher sowie der Wunsch, ein College zu begründen, nur Nebeninteressen einer Persönlichkeit waren, die eine tiefere Erfüllung in obskureren Bereichen fand.

Als sie nach dem Essen im Senior Common Room ihren Kaffee tranken, kam Undigo zu Autumn herüber und fragte: »Was werden Sie als nächstes tun?«

»Im Augenblick gar nichts.«

»Shipton ist einer von uns. Ich wüßte schon gern Bescheid.«

Autumn sah Undigo an.

»Hat er die Wahrheit gesagt?«

Undigo hob die Augenbrauen, als hätte er diese Frage erwartet und könne sie nicht beantworten.

»Ich habe keine Ahnung. Ich kann es nicht sagen. Ich frage mich, wieviel man jemals wirklich über einen Menschen weiß.«

»Was mich beschäftigt – Ist Ihnen klar, daß er Ihre Geschichte hätte abstreiten können?«

»Meine Geschichte?«

»Die Information. Niemand hätte sie bestätigen können, nun, da Bow-Parley tot ist. Shipton hätte abstreiten können, daß er das Tagebuch jemals zu Gesicht bekommen hat.«

»Ja; da haben Sie vollkommen recht.« Undigo stand da, die Hände hinter dem Rücken verschränkt, breitbeinig, und wiegte sich von der Ferse zu den Zehen vor und wieder zurück.

»Das ließe vermuten, daß er tatsächlich die Wahrheit sprach.«

»So ist es.« Autumn nahm die Zigarre, die ihm angeboten wurde. »Ich halte ihn für aufrichtig. Aufrichtig zumindest in diesem Punkt. Ich kann mir nicht vorstellen, daß er das Tagebuch nicht vernichtet hätte – wenn wir annehmen, daß er Manchip umbrachte, um zu verhindern, daß Dinge, die darin standen, bekannt wurden. Und doppelt unglaubwürdig kommt es mir vor, daß er es dann ein zweites Mal heil gelassen hätte.«

»Es sei denn«, wandte Undigo ein, »er hatte keine Zeit dazu. Beim zweiten Mal, meine ich, nach dem Mord an Bow-Parley und dem Angriff auf Sie und dem ganzen Durcheinander. Sie haben sich gleich danach in unseren Zimmern umgesehen, und er konnte ja nicht riskieren, sich erwischen zu lassen, wie er gerade Feuer machte.«

»Oh, er hatte Zeit genug. Die ganze Nacht, nachdem ich fort war. Zeit genug.« Autumn atmete aus, und ein blauer Schwall Zigarrenrauch verflog. »Und wenn er wirklich beschlossen hätte, es wieder nur zu verstecken, hätte er sich bestimmt keinen so albernen Ort ausgesucht wie hinter einem Spiegel. Nein, nein. Shipton hat es nicht hinter diesen Spiegel gesteckt.«

Undigos buschige Augenbrauen hoben sich erneut.

»Aha«, sagte er, »jemand wollte ihn anschwärzen!«

»Diese Vermutung liegt nahe. Die Art oberflächlicher falscher Spur, die ein Mörder, der unter Druck steht, legen würde. Bow-Parley hat vielleicht seinem Mörder von dem Tagebucheintrag über Shipton erzählt. Das, was er auch Ihnen erzählt hat. Ich kann mir vorstellen, daß der Täter nach dem Mord darauf kam, daß er sich ein wenig tarnen könnte, indem er den Verdacht auf Shipton lenkte. Wahrscheinlich war ihm klar, wie es auch uns klar war, daß er, indem er das Tagebuch bei Shipton versteckte, diesen nicht eindeutig belasten konnte. Aber als kurzfristiges Ablenkungsmanöver würde es ihm schon gute Dienste leisten; ein Verdacht, der in die Irre geht, gewonnene Zeit.«

»Aber wie konnte er denn sicher sein, daß Sie Shiptons Zimmer durchsuchen und es dabei finden würden?«

»Das ist der Punkt. Es war ihm klar, daß ich nicht wußte, daß eine Verbindung zwischen Shipton und Manchips Tagebuch bestand. Das hätte er mir sagen müssen. Er hätte mir erzählen müssen, was Sie mir erzählt haben.« Autumn leerte seine Kaffeetasse. »Da haben Sie ihm die Arbeit abgenommen.«

Undigo blickte den Inspektor an, doch sagte er nichts.

»Tja, ja«, sagte der Inspektor und reichte seine Kaffeetasse Dimbleby, der mit einem Tablett vorüberkam, »am Ende ist es immer der Butler.«

Es ging auf Mitternacht zu, als Autumn hinaus auf den Innenhof trat. Das Gras, dunkler wohlriechender Samt, umschmeichelte seine Füße, als er hinüber zum Tor ging; und als er hinauskam, erschrak er fast über das Geräusch seiner Schuhe auf dem Kies.

Er lief durch die von Sternen beschienene Stadt, die Luft hing unbewegt in den Straßen, und während er ging, sprangen plötzlich eilige Läufer auf wie Gestalten auf einer dunklen Bühne, hasteten vorüber und waren verschwunden. ›Horch, Hieronimo, da tobt er fort‹, hätten sie im Vorbeilaufen zischen können, ›Bedekket ihr Antlitz, die Augen zerspringen mir, so jung ging sie dahin.‹ Es waren Undergraduates, die laufen mußten, um noch vor Mitternacht in ihren Colleges zu sein. Sie verstärkten in Autumn den Eindruck des Ahnungsvollen, den verlassene Straßen zu nächtlicher Stunde hervorrufen.

Radcliffe Square war ein einziges Durcheinander still dastehender Fahrräder. Die Stille der Dinge beeindruckte Autumn stets, und die Stille eindrucksvoller Dinge (so dachte er, als die Kuppel der Radcliffe Camera, die steilen Zinnen von All Souls, der Spitzturm der Kirche St. Mary schweigend vor dem bewegten Himmel emporragten) beeindruckte ihn noch mehr.

Er steckte den Kopf durch das Fenster eines alten Fords und erblickte die sich sanft hebende und senkende Brust seines Kollegen.

»Erwache nun, denn Morgen hat im Kelch der Nacht –«

»Uff!« Dorcas schrak auf und kraulte seinen Schnurrbart. »Ulkig, daß Sie ausgerechnet das zitieren. Letztes Jahr habe ich es meiner Schwester zu Weihnachten geschenkt, so eine Taschenausgabe in Wildleder. Meine Güte, ich bin wohl eingenickt. Und was ich für Träume hatte! Ich träumte, ich wäre beim Gemüsehändler und wollte drei Pfund Kartoffeln kaufen, und ich sagte dem Burschen hinter der Theke: ›Drei Pfund King Edwards‹, und er antwortete: ›In dem Aufzug kann ich Sie nicht bedienen.‹ Ich hatte ein Torerokostüm an.«

»Geheime Wunschträume«, meinte Autumn und ließ sich auf dem Sitz neben Dorcas nieder.

»Das glaube ich nicht, mein Lieber; ich bin überzeugter Gegner der Vivisektion.«

Der Wagen war unmittelbar vor der Mauer der Bodleian geparkt, gemeinsam mit einer Handvoll anderer Fahrzeuge. Die Mauer, die durch einen Torbogen, der auf den Old Schools Quadrangle führte, in zwei Hälften geteilt wurde, befand sich zur Rechten des Wagens, links stand die Radcliffe Camera. Vor sich hatten sie die Mauer des Fellows' Garden von Exeter, links davon Brasenose Lane, und noch weiter links Brasenose selbst. Hinter dem Wagen, in einiger Entfernung jenseits des gepflasterten Platzes, lag die Catte Street, die entlang der Mauer des Hawksmoor Quadrangle von All Souls verlief.

Dorcas machte es sich bequem, indem er seine kurzen Beine am Lenkrad abstützte.

»Jetzt aber raus damit, worauf warten wir?«

Autumn sagte es ihm.

»Ein Lieferwagen?«

»Ein Lieferwagen.«

»Wir sitzen einfach nur hier –«

»Wir sitzen einfach nur hier.«

Für eine Weile unterhielten sich die beiden Detektive noch leise und verstummten, als ein- oder zweimal spinnengleich ein Schatten über die Pflastersteine des Platzes huschte und ein anderes Mal ein von der Nacht überraschter Wanderer die Mauer von Exeter erklomm und oben sitzen blieb, bis er sich unsicher auf der anderen Seite hinabließ.

Ein nächtlicher Wind frischte auf und raschelte durch Bischof Kennicotts Feigenbaum, der in voller Blüte über die dunkle Mauer von Exeter ragte, mit seinen langen Ästen über die Pflastersteine fegte und Staub aufwirbelte. Bald verfielen die beiden Polizisten ganz in Schweigen, und das einzige Geräusch, das auf dem Platz noch zu hören war, war das Flüstern des Windes, der sanft den Wagen umspielte.

Autumn war eingeschlummert und fuhr jetzt auf, von der schrecklichen Vorstellung erfüllt, daß ein entsetzlicher Unfall ihn von der Taille abwärts gelähmt habe. Seine Augen gewöhnten sich allmählich wieder an die Dunkelheit im Innern des Wagens, und er erkannte, daß das, was ihn lähmte, Dorcas' Kopf war, der wie eine große, bleiche Rübe in seinem Schoß lag. Er schob den Kopf wieder in eine aufrechte Position, ohne dessen Träger zu wecken, streckte seine Beine aus und zitterte im Dunkeln. Es war kalt.

Aus den Höfen von Merton waren zwei dumpfe Glockenschläge zu hören und verhallten über der dunklen Stadt. Wie bei einem Wettstreit folgten die anderen Colleges; eine Weile hingen die Schläge in der Luft, dann verklangen sie, und die Stille breitete sich wieder aus von den Wiesen und Türmen und schmalen Gassen. Eine letzte Glocke ließ sich leise von jenseits der Felder vernehmen, von Binsey. Autumn schlief nicht noch einmal ein, auch wenn ihm die Augen brannten. Er hielt Wache, er starrte durch die beschlagene Windschutzscheibe in Richtung Brasenose und Exeter, wandte sich um und warf einen Blick in die Catte Street und spitzte die Ohren, um mehr als das ›Oh-ho-hoh-ho-ho‹ zu hören, das Dorcas im Schlaf ausstieß.

Es schlug drei Uhr, dann vier Uhr. Seit fast drei Stunden hatte sich nichts mehr auf dem Platz geregt. Autumn rieb sich die Kniescheiben, wo er sie gegen das Armaturenbrett gepreßt hatte, und verlagerte das Gewicht von einer Backe seines Hinterteils auf die andere, um die Durchblutung wieder in Gang zu bringen. Ohne daß sich dabei das Gefühl eines dramaturgischen Höhepunktes einstellte, glitt ein Lieferwagen lautlos auf den vor ihnen liegenden Platz und hielt unter Bischof Kennicotts Feigenbaum.

Die Ankunft des Wagens hatte die Stille des Platzes nicht im mindesten gestört. Die eigentümliche Empfindung, als habe man das Leben angehalten, die entsteht, wenn Fahrzeuge stoppen und niemand aussteigt, stellte sich ein, und einen Augenblick lang hegte Autumn Zweifel, ob er überhaupt etwas gesehen hatte. Dann hörte man ein leises, deutliches, durchdringendes Klicken. Die Tür hatte sich geöffnet. Eine Gestalt erschien aus der Dunkelheit, verließ den Wagen und begab sich zu dem Tor in der Mauer der Bodleian.

Dorcas erwachte.

»He! Da drüben ist einer. Wo zum Teufel –«

Autumn faßte ihn schmerzhaft am Arm.

Der Unbekannte blieb am Tor stehen. Er stand reglos im Mondlicht, dann ging er durch das Tor. Er trat vorsichtig auf, doch sie konnten den Hall seiner Schritte durch den Torbogen hören. Dann herrschte wieder vollkommene Stille.

»Er hat das verdammte Schloß aufgebrochen –«

»Der Lieferwagen, der Lieferwagen, er kommt aus dem Lieferwagen«, zischte Autumn ihn an. »Um Himmels willen, halten Sie doch den Mund –!«

Eine Viertelstunde lang saßen sie schweigend da. Dann kam der Unbekannte wieder durch den Torbogen heraus und ging zurück zum Wagen.

»Oh, oh – die Bücher«, flüsterte Dorcas.

Der Mann schien eine sperrige und schwere Last zu tragen. Er trug sie auf beiden Armen vor sich her und lehnte sich ein wenig zurück, damit er das Gewicht mit der Brust abstützen konnte. Der Lieferwagen war in dem großen dunklen Schatten unter dem Feigenbaum nur mit Mühe auszumachen, doch sie sahen, wie der Unbekannte an die Ladefläche trat, mit einer Hand hantierte, um die Klappe zu öffnen, und das, was er im Arm hatte, hineinwarf.

»Schnappen wir ihn uns?«

Noch während Dorcas sprach, begab sich die dunkle Gestalt wieder zum Torbogen.

»Wir warten ab«, antwortete Autumn.

Sie saßen und warteten. Nach einer weiteren Viertelstunde kehrte der Mann zurück, bepackt wie zuvor.

»Donnerwetter, der schlägt ja ganz schön zu«, murmelte Dorcas. »Das müssen doch zwei Dutzend sein.«

Noch einmal warteten sie, und noch einmal verschwand der Mann durch den Torbogen. Sechsmal unternahm er diesen Gang. Nachdem er den sechsten Packen auf der Ladefläche verstaut hatte, ging er zum Führerhaus und stieg ein.

Dorcas hatte die Hand am Zündschlüssel.

»Leise«, flüsterte Autumn. »Lassen Sie ihn erst noch wenden.«

Der Lieferwagen rollte aus dem Schatten des Feigenbaumes heraus, wendete jenseits des Fords und holperte dann langsam über das Pflaster in Richtung Catte Street. Er erreichte die Straße und bog nach rechts ab, wo er hinter der Camera in Richtung High Street verschwand.

»Jetzt. Halten Sie sich immer ein gutes Stück links von ihm, damit er Sie nicht im Rückspiegel sieht.«

Wie auf Stöckelschuhen stakste der Ford über das Pflaster und glitt in die Catte Street. Als Dorcas das Steuerrad nach rechts schwang, sahen sie den Lieferwagen eben um die Ecke in die High Street einbiegen. Dorcas fuhr langsam die Catte Street hinunter, wartete an der Ecke und fuhr dann ebenfalls nach rechts, dem Lieferwagen nach. Wie in einem Konvoi bewegten sich die beiden Fahrzeuge die High Street hinunter zum Carfax.

Am Carfax bog der Lieferwagen wieder nach rechts ab, in den Cornmarket, Dorcas folgte ihm weiter. Sie überquerten die Kreuzung George und Broad Street und kamen nun auf den mondbeschienenen Asphalt von St. Giles. Ein Lastwagen donnerte in Gegenrichtung vorüber.

»Bunbury oder Woodstock«, murmelte Dorcas, als sie das untere Ende der Giles erreichten, wo diese sich verzweigte.

»Verdammt«, sagte Autumn, als ein kleiner Sportwagen hinter dem Ford hervorgeschossen kam und sich etwa auf halbem Wege zwischen sie und ihren Vordermann setzte. »Nein, nein. Nicht überholen. Wir behalten das Ding trotzdem im Auge.«

Alle drei Fahrzeuge wählten die Woodstock Road. Sie passierten Somerville College, das Radcliffe-Krankenhaus, das Observatorium, fuhren mit 30 Meilen die Stunde zwischen Reihen von Backsteinhäusern hindurch, wo die braven Familienväter schliefen.

»Woodstock, Witney«, brummte Dorcas. »Cheltenham, Wales womöglich. Wir werden tanken müssen.«

Doch im Five Mile Drive bog der Lieferwagen auf der anderen Straßenseite in eine Seitenstraße ein.

»Teufel noch mal«, fluchte Dorcas, als der Sportwagen dem Lieferwagen nachfuhr. »Was will der denn?«

Dorcas gab ein wenig Gas und gelangte in die Nebenstraße, den beiden anderen nach. Etwa 100 Meter vor ihnen hatten Liefer- und Sportwagen bereits gehalten.

»Halten Sie hier«, sagte Autumn. »Verdammt – gleich zwei.«

Wenn die Fahrer der beiden Autos auf den Ford hinter sich aufmerksam geworden waren, ließen sie sich davon nichts anmerken. Beide waren ausgestiegen, und der Lieferwagenfahrer war zur Rückseite seines Wagens gegangen. Dort war er wie angewurzelt stehengeblieben, als er den Mann aus dem Sportwagen erblickte. Dieser schlenderte gemächlich auf ihn zu, die Hände in den Taschen; und als er ihm gegenüberstand, lehnte er sich lässig gegen die Seite des Wagens. Dann schienen sie miteinander zu sprechen.

»Ob er ihm von uns erzählt?« flüsterte Dorcas.

Der Mann aus dem Sportwagen ging zu einem Gartentor und öffnete es mit einer einladenden Bewegung, wobei er sich dem anderen Mann zuwandte. Der Lieferwagenfahrer verharrte noch unschlüssig, dann trat er durch das Tor. Der Mann aus dem Sportwagen folgte ihm.

»Jetzt«, sagte Autumn.

Die beiden Polizisten liefen mit raschen Schritten die Straße hinunter, vorüber an Doppelhäusern, bis sie den Lieferwagen erreichten. Es war ein alter Dreivierteltonner aus Armeebeständen.

»Hier durch«, flüsterte Dorcas und wies auf ein Tor mit Gitterwerk, dessen frischer Anstrich im Mondlicht glänzte. »Dieses hier war es.« Es trug ein Schild: ›Keine Hausierer, keine Wurfsendungen.‹ »Sieht nicht gerade kriminell aus«, fügte Dorcas unschlüssig hinzu.

Sie öffneten das Tor und gingen den Pfad durch den Garten entlang. Obwohl dieser Pfad, mit Betonplatten mit einem Rillenmuster aus ungleichmäßig sich überschneidenden Linien gepflastert, wohl kaum fünf Meter lang war, war er in Serpentinen angelegt. Weißgetünchte Felsbrocken zierten den Garten, und ein Gartenzwerg mit Nachtmütze angelte an einem Teich.

»Überhaupt nicht kriminell, eigentlich sogar ganz putzig«, meinte Dorcas und betrachtete den Zwerg.

Autumn betrat die Veranda, an der ein kleines Schild mit der Aufschrift ›Dunrovin‹ hing.

»Denken Sie daran, mein Guter, wir haben keinen Haftbefehl«, sagte Dorcas unruhig.

Autumn preßte das Ohr an die Haustür.

»Wie sollen wir denn da reinkommen?« fragte Dorcas aufgeregt.

Autumn klopfte an die Tür.

»Womöglich jemand vollkommen Unschuldiges, Hausmeister oder so jemand, der nachts in der Bibliothek nach dem Rechten sieht.«

»Halten Sie den Mund«, zischte Autumn.

Im Flur wurde eine Lampe eingeschaltet, und Licht fiel durch die Buntglasscheibe der Tür. Sie öffnete sich mit einem Ruck.

»Hallo«, sagte die Silhouette im Türrahmen, »ich dachte mir schon, daß Sie das sind.«

Die Silhouette drehte sich ein wenig, und das Licht der Flurlampe beleuchtete ein Gesicht. Es war Archangel.

»Kommen Sie herein«, sagte er.

Kapitel 15

Archangel machte einen Schritt seitwärts, damit die beiden Polizisten eintreten konnten.

»Kommen Sie doch herein.«

Autumn betrat den Flur, und Dorcas folgte ihm auf dem Fuß.

»Wir sind in dem Zimmer rechts«, sagte Archangel freundlich. »Lassen Sie mich vorangehen.«

Er führte sie den Flur entlang.

»Hier hinein.«

Das Zimmer, in das sie kamen, wurde von elektrischen Kerzen erhellt, die in einem hölzernen Kerzenhalter staken. Kleine weiße Elefanten marschierten den Kaminsims entlang, darüber hing ein ungefaßter Spiegel. Quer über die eine Wand flog eine Schar Porzellanschnepfen auf. Die übrige Dekoration bestand aus kunstseidenen Kissenhüllen. »Ganz, wie es mir der Gartenzwerg geflüstert hatte«, murmelte Autumn.

»Und hier« – Archangel machte eine Handbewegung in Richtung der halboffenen Tür, die zur Küche führte – »haben wir unseren Gastgeber.«

Durch die Tür trat ein fetter, schieläugiger Mann, der ein großes Stück Dundee Cake und ein Glas Limonade in der Hand trug; derselbe fette Mann, der Autumn am Tag seiner Ankunft aufgefallen war, als er mit offener Weste aus Christ Church herauskam.

»Ah«, sagte Autumn.

»Ich glaube nicht, daß ich schon das Vergnügen hatte«, sagte der fette Mann mit einem melancholischen Seufzer, ließ sich nieder und widmete sich seinem Kuchen.

»Ich habe Sie neulich gesehen. Und ich kenne Sie auch von irgendwoher.«

»Nur zu gut denkbar«, meinte Archangel mit einem Lächeln.

Dorcas stieß einen unterdrückten Schrei aus.

»Schauen Sie sich das an!«

Dorcas hatte ein Buch vom Buffet genommen und hielt es am ausgestreckten Arm, so, als sei er unvermittelt weitsichtig geworden.

»*Schlage mich – das Tagebuch einer englischen Gouvernante.* Schauen Sie sich nur das Umschlagbild an.«

Ein zierlicher Rülpser entwich den Lippen des fetten Mannes.

»Ein inspiriertes Werk, meine Herren.« Er gestikulierte mit seinem Glas Limonade. »Auf einer ausländischen Presse in limitierter Auflage gedruckt und unter großen, nun, ich könnte beinahe sagen: Unannehmlichkeiten« – es gelang ihm, e i n Auge auf Archangel zu richten –, »großen p e r s ö n l i c h e n Unannehmlichkeiten, wie sich nun erweist, importiert von mir selbst. Ich sehe, Sie sind ein Kenner, Sir«, wandte er sich mit einem Nicken an Dorcas, der daraufhin errötete. »Selbstverständlich werde ich meinen Rechtsbeistand konsultieren, doch die Geschäfte, die Geschäfte werden zweifellos ruhen bis zum humphpmphmp. . .« Die Worte erstickten in einem neuen Bissen Dundee Cake, und für einige Sekunden war der Dicke mit sorgfältigem Kauen beschäftigt. »Sie glauben gar nicht«, fuhr er fort, schluckte heftig und wandte sich an Dorcas wie an einen treuen, geschätzten Kunden, »mit welchen Schwierigkeiten wir Avantgardisten zu kämpfen haben. Weiß der Himmel, es ist schon vorgekommen, daß die TIMES meine Kleinanzeigen abgelehnt hat! Meine Güte, man könnte meinen, wir leben im Mittelalter. Na, und die Werke des göttlichen Marquis, die Sie in den meisten Stadtbüchereien hierzulande finden, können Sie an den Daumen einer Hand abzählen. Fortschritt? Pah. Wir treten auf der Stelle. Was wir brauchen, ist eine neue Bereitschaft zu literarischen Abenteuern, wir müssen die alten Hemmungen abwerfen, uns bereitwillig den weniger frequentierten Pfaden des menschlichen Verhaltens zuwenden. Was wir brauchen, meine Herren, und das brauchen wir dringend, ist Fortschritt. Wir brauchen – wir brauchen – was wir wirklich brauchen«, endete er mit einem vertrauensvollen Furioso, »ist ein guter Homosexuellenroman für die Herbstsaison.«

»Der Pornograph Ihrer Majestät«, erklärte Archangel.

»Schluß jetzt mit dem Gerede«, sagte Autumn.

»Tja, wer ich bin, wissen Sie ja. Und dieser Herr hier heißt Immanuel Kant. Der«, fügte Archangel noch hinzu, »den man nicht herumliegen läßt.«

»Lassen Sie das.«

Archangel nahm auf dem Sofa Platz, und die Kunstseide erhob sich um ihn wie Zuckerschaum.

»Die Fakten? Nun, Sie sollen sie erfahren, Inspektor, aber ich glaube kaum, daß sie viel mit Ihrem Problem zu tun haben. Jedenfalls sollten Sie wohl« – Archangel zündete sich eine Zigarette an – »über mich Bescheid wissen. Ich denke, man könnte mich mit Recht einen Spion nennen – für die Regierung natürlich.«

»MI 5?« fuhr Dorcas mit jubilierender Stimme auf.

»Das nun wieder nicht, mein Lieber. Zollfahndung. Ich war hinter ihm her«, er wies mit der Zigarette auf den Dicken, »obwohl ich erst vor ein paar Tagen drauf gekommen bin, daß er es war. Aber ich glaube, ich berichte Ihnen das lieber alles der Reihe nach.«

Autumn hatte auf einem in Purpur bezogenen Sitzpolster Platz genommen, und Dorcas machte es sich in einem großen Ohrensessel aus geblümtem Cretonne bequem. Mr. Kant saß wie eine traurige Eule an seinem Tisch und kaute Dundee Cake.

»Pornographische Bücher. Es ist eine regelrechte Treibjagd auf das Zeug im Gange, Strafverfolgungen en masse, fast jeden Tag steht was in der Zeitung. Na, damit erzähle ich Ihnen nichts Neues«, sagte Archangel, »wir wissen doch beide, was los ist. Doch während es der Polizei eher darum ging, die Wiederverkäufer in die Finger zu bekommen, interessierte sich der Zoll mehr für die Großhändler in diesem Geschäft. Das Zeug kommt in großen Paketen vom Kontinent; sie bringen es in Fischerbooten rüber und landen es überall an der Süd- und Südostküste an, und es ist verdammt schwer, das zu unterbinden. Wenn es erst einmal an Land ist – puff! –, ist es auch schon verschwunden.«

Archangel nahm einen Zug.

»Natürlich gibt es in diesem Geschäft mehr als nur einen Großhändler, aber auch nicht mehr als zwei oder drei wirklich große. Wir beim Zoll wußten, daß wir nicht verhindern konnten, daß die Bücher an Land gebracht wurden, aber wenn wir die Großhändler aufspüren konnten, dann war das sogar noch besser.«

»Dafür sind wir da«, bemerkte Autumn.

»Der Zoll hätte Sie sicher hinzugezogen, um die Verhaftung vorzunehmen, Inspektor«, meinte Archangel mit einem Grinsen, »aber die Ermittlungen wollten wir schon selbst führen. Schließlich ging es dabei um die Berufsehre, die Sache mit den Fischerbooten machte uns sehr zu schaffen.«

Autumn brummte Unverständliches.

»Jedenfalls ging es um die Frage: Wo saßen die Großhändler? Es führte zu nichts, die Wiederverkäufer zu verhören, die man zu fassen bekam. Die schickten nur ihre Bestellungen an Deckadressen und bekamen die Bücher per Post. ›Warum sehen wir uns denn nicht die Poststempel auf den Paketen an?‹ meinte einer von uns, also versuchten wir das. Den Wiederverkäufern lag daran, die Behörden zu beschwichtigen, folglich war es nicht allzu schwierig. Unsere Männer untersuchten das Packpapier, und es fand sich ein verräterisches Indiz. Zwar trug ein Gutteil der Pakete einfach nur Stempel von verschiedenen Londoner Postämtern, doch die meisten waren in Oxford abgestempelt.«

Archangel streifte seine Zigarettenasche an einem Aschenbecher in Form eines geöffneten Goldfischmauls ab.

»Das schien vielversprechend. Der Zoll schickte sofort einen Mann hierher – das war vor ungefähr drei Monaten –, sein Auftrag war einfach: ›Finden Sie das Zeug.‹ Das schien nicht allzu schwierig, irgendwo in Oxford mußte es eine solche Menge davon geben, daß es einigen Platz einnahm. Der Bursche, der den Auftrag erhielt, war ein alter Hase. Trotzdem fand er nichts. Er war wochenlang hier, ohne Ergebnis.«

Mr. Kant wirkte bekümmert, wie er an seinem Wohnzimmertisch saß.

»Sie hätten nichts anderes tun müssen, als uns zu verständigen«, sagte Autumn.

»Wo ich zur Verfügung stand!« rief Archangel mit theatralischem Nachdruck. »Ich war beim Zoll, bevor ich auf die Universität ging, und ich kehre dorthin zurück, wenn ich mein Examen bestanden habe. Jedenfalls beriefen sie Verney ab, das war der Bursche, den sie hergeschickt hatten, um nach dem Zeug zu suchen; sie hatten die Hoffnung schon aufgegeben. Ich begegnete Verney zufällig, er erzählte mir davon und meinte, ich könne die Augen offenhalten, wenn er fort sei. Nun, für mich war das eine ziemlich große Chance. Wenn es mir gelingen würde, herauszufinden, wo dieses Zeug versteckt war, hätte ich eine Menge Pluspunkte vorzuweisen, wenn ich wieder zum Zoll zurückgehe.«

Archangel zog noch einmal an seiner Zigarette und warf sie dann in den Aschenbecher.

»Ich brauche wohl nicht zu erwähnen, daß ich ebensowenig Glück hatte wie Verney – am Anfang zumindest. Und dann entdeckte ich in der strahlenden Nachmittagssonne Immanuel hier, wie er mit einem Paket unter dem Arm ins Postamt spazierte. Sie müssen wissen, daß Immanuel und ich alte Bekannte sind. Wir haben unsere kleinen Auseinandersetzungen schon in mehr als einem Kanalhafen ausgetragen.«

Mr. Kant stieß einen schwermütigen Seufzer aus, bedauernd und doch nostalgisch.

»Na, ich will's kurz machen. Ich folgte Immanuel an jenem Tag bis hierher, durchsuchte sein Haus, als er es verließ, und fand nichts. Ich kehrte am Abend zurück und sah einen Lieferwagen vor dem Haus parken. Ich saß in meinem eigenen Auto bis zum frühen Morgen und behielt diesen Lieferwagen im Auge, und schließlich kam Immanuel aus dem Haus und fuhr damit davon. Wieder folgte ich ihm. Er fuhr direkt zur Bodley. Da fiel es mir wie Schuppen von den Augen. In jener Nacht ließ ich ihn davonkommen, weil ich auf Nummer Sicher gehen wollte. Bodley – das war eine geniale Idee, von Immanuel, meine ich, wirklich genial.«

»Der Plan«, murmelte der Dicke und stierte selbstzufrieden in seine Limonade, »besaß eine gewisse einfache Logik.«

»Der sicherste Ort in ganz England, um eine Ladung Pornographie zu verstecken, weil er ohnehin schon randvoll davon ist!« Archangel lachte. »Ein Exemplar von jedem Buch, das veröffentlicht wird, geht dorthin, so will es das Gesetz von Siebzehnhundertsoundsoviel, verstehen Sie, jedes Buch, ob Dostojewski oder de Sade. 1000 – oder wie viele es gewesen sein mögen – Bände zusätzlich würden da überhaupt nicht auffallen; und wenn sie jemand bemerkte, würde er annehmen, daß sie noch nicht katalogisiert worden waren. Aber«, sagte Archangel, »ich mußte auf Nummer Sicher gehen.«

Er steckte sich eine weitere Zigarette an.

»Am nächsten Tag habe ich das Archiv mehrmals durchsucht, bis ich die Bücher schließlich fand. Er hatte sie in alten Regalen verstaut, die aussahen, als habe seit den Tagen Caxtons niemand mehr etwas dort herausgenommen. Endlose Reihen von dem Zeug.« Archangel wandte sich um und blickte bewundernd zu Kant hinüber. »Sie verdammtes altes Ferkel Sie, das war ja nun wirklich die Höhe! Ich habe eins mitgenommen«, er wandte sich wieder den anderen zu, »nur um sicherzugehen, daß das Zeug wirklich von Kant stammte und nicht Teil der normalen Neuzugänge der Bodleian war: *Fanny Hill*.«

»Ein fades Machwerk«, bemerkte Mr. Kant kritisch und zupfte an einem fettig glänzenden roten Haar, das aus seiner Nase hervorlugte.

»Wirklich ärgerlich, daß Sie es beschlagnahmt haben.« Archangel grinste Dorcas an. »Ich war noch nicht dazu gekommen, es in Augenschein zu nehmen, also mußte ich mir ein neues Exemplar besorgen; und bei dieser Gelegenheit«, wandte er sich an Autumn, »hätten Sie und McCann mich beinahe erwischt. So schnell bin ich noch nie eine Treppe hinaufgelaufen.«

»Sie hätten mir viel Mühe ersparen können, wenn Sie mir das alles früher erzählt hätten«, sagte Autumn.

»Das müssen Sie verstehen, Inspektor, ich wollte diese Sache selbst erledigen. Ich mußte an meine Karriere denken.«

»O ja, ja, ja.« Autumn erhob sich und ging im Zimmer auf und ab, wobei er sich mühsam einen Weg zwischen den Möbelstücken hindurch bahnte. »Natürlich. Und was war mit Mrs. Spectre?«

»Ah, Sie haben also mit ihr gesprochen. Nun, nachdem ich Kant das erste Mal hatte laufenlassen, ging ich in der nächsten Nacht wieder zur Bodleian, aber natürlich tauchte er nicht auf. Mir wurde klar, daß ich keine Ahnung hatte, wie oft er sein Versteck aufsuchte. Bei meinem Wissensstand hätte ich einen Monat lang jede Nacht wachbleiben können. Da fiel mir ein, daß Mrs. Spectre das Feuer durch ihr Teleskop gesehen hatte, und ich fragte sie, ob sie vielleicht noch etwas auf dem Square beobachtet habe. Einen Lieferwagen, jeden zweiten Mittwoch, sagte sie. Wirklich eine große Hilfe, sie hat mir eine Unzahl schlafloser Nächte erspart.«

»Und Sie haben ihr eingeschärft, sie solle niemandem etwas davon erzählen?«

»Selbstverständlich. Ich wollte die Sache alleine –«

»Tja«, brummte Dorcas, »sieht ganz so aus, als hätten wir unsere Zeit vergeudet.«

»Ich fürchte, da haben Sie recht«, versetzte Archangel.

Autumn schwieg und musterte den fetten Mann.

»Immerhin haben wir das Vergnügen, ihn mitzunehmen«, sagte Dorcas. »Der ganze Schund, außerdem Hausfriedensbruch – und Einbruch.«

»Also bitte«, warf der Dicke einigermaßen bestürzt ein, »kein Einbruch, ganz gewiß nicht. Ich habe die Schlüssel.« Er legte einen schweren Schlüsselbund auf den Tisch.

Autumn hob die Schlüssel auf und ließ sie um seinen ausgestreckten kleinen Finger kreisen.

»Sind das McCanns Schlüssel?«

»Er hat sie gestohlen.«

»Geborgt«, warf der Dicke besorgt ein.

»Und Abdrücke davon angefertigt. Sie hingen in McCanns kleinem Kabäuschen. Er hat sich unter die anderen Bibliotheksbenutzer gemischt und die Schlüssel stibitzt, sobald sich eine Gelegenheit dazu bot. Bevor die Bodleian schloß, hat er sie wieder zurückgehängt. Ich habe sie mir selbst nach der gleichen Methode verschafft, als ich ins Archiv wollte.«

»Ich muß zugeben –« begann der fette Mann.

»McCann«, sinnierte Autumn, »McCann. Der Bursche hier hätte viel leichteres Spiel gehabt, wenn McCann ihm geholfen hätte.«

»Großer Gott, es ist doch kaum wahrscheinlich, daß ausgerechnet McCann –«

»Ach, woher soll ich wissen, was wahrscheinlich ist«, entgegnete Autumn verdrossen. Er erinnerte sich an McCanns Aufregung an dem Abend, als Archangel ins Archiv eingedrungen war. Aber in so einer Situation wäre wohl jeder Bibliothekar aufgebracht gewesen.

»Ich muß zugeben, daß ich mir wirklich die Schlüssel geborgt habe, meine Herren«, sagte Kant.

»Sie haben sie geborgt. Und McCann hat sie für Sie am Haken hängenlassen.«

Autumn sagte es noch einmal, zog sich einen Stuhl heran, nahm am anderen Ende des Tisches Platz, das Kinn auf die Hände gestützt, und starrte den Dicken an. Das Limonadenglas klirrte, als Kant nervös mit der Hand herumfuchtelte und auf die Tischplatte trommelte. Alle schwiegen.

»Also hören Sie, meine Herren«, hob Kant endlich an, »ich hoffe doch, Sie werden mein Verhalten kooperativ finden. Es ist nichts gestohlen worden, und niemand hat auch nur einen Penny verloren. Nennen Sie es – nennen Sie es Hausfriedensbruch. Und meine Bücher, dieses Punktes wird sich mein Rechtsbeistand annehmen, die Bücher, natürlich –«

»Die Bücher. Ja«, nickte Autumn und starrte Kant noch immer an, obwohl die Ansprache Archangel galt, »um Bücher geht es ja immer wieder. Da hätten wir diese Bücher hier, dann die Bücher, die verbrannt wurden, Manchips Tagebuch, und Christelows Chaucer und Flowers *Verlorenes Paradies* und – hü-hott.« Das Kinn ruhte auf seiner Handfläche, und wenn er die Kiefer öffnete und schloß, bewegte sein Kopf sich auf und ab.

»Was meine Rolle angeht, tut es mir leid«, sagte Archangel, »das hat die Dinge für Sie nur komplizierter gemacht, ohne im geringsten zu helfen. Aber wenigstens wissen Sie nun, woran Sie mit mir sind.«

»Wir werden das überprüfen«, sagte Dorcas.

»Aber Kant – für Sie ist er wohl nur so eine Art Stolperstein, der Ihnen die Arbeit noch verdrießlicher macht.«

»Das ist eine reichlich voreilige Schlußfolgerung, finde ich«, murmelte Autumn und starrte den Dicken weiter an. »Hier haben wir einen Burschen, der in die Bodleian hineinspaziert, um Bücher zu verstecken, und wir haben einen anderen, der dort hineinspaziert, um welche zu verbrennen. Ich finde, das ist ein reichlich merkwürdiges Zusammentreffen. Finden Sie nicht auch, daß das ein merkwürdiges Zusammentreffen ist?« erkundigte er sich bei Kant.

»Nun aber mal halblang«, erwiderte der Dicke und blinzelte mit raschen Wimpernschlägen die Mitesser an, die ihm wie der Himalaya über die Nase liefen. »Das geht nicht, daß Sie mit solchen Unterstellungen –«

»Und ob das geht«, beharrte Autumn ruhig und sanftmütig, »wir unterstellen Ihnen soviel, wie es uns Spaß macht. Aber wir sind nicht auf Unterstellungen angewiesen, wenn wir auch Fakten haben können. Wir werden uns die Fakten besorgen, Kant, und wir besorgen sie uns bei Ihnen. Alle 14 Tage sind Sie das letzte halbe Jahr über in der Bodleian ein- und ausgegangen. Sie hatten einen Schlüssel, also hatte auch niemand besser Gelegenheit als Sie, das *Verlorene Paradies* zu vernichten, und niemand hatte besser Gelegenheit als Sie, den Scheiterhaufen zu entzünden. Ich will wissen, warum Sie diese Bücher verbrannt haben, Kant, ich will wissen, warum, und Sie werden es mir verraten – Sie werden es mir verraten.« Autumn schlug mit der flachen Hand auf den Tisch, und seine Augen brannten sich in das Gesicht vor ihm.

Kant fuhr in seinem Stuhl auf und stieß dabei sein Glas um, so daß die Limonade ihm auf die Knie tropfte.

»Kant«, sagte Autumn sanft, »Sie verraten es mir. Sie verraten es mir.«

Binnen einer Sekunde war etwas ausgeschwungen wie ein Pendel, bis zum höchsten Punkt seiner Bahn; Sekundenbruchteile verharrte es schwebend – und stürzte herab.

Entrüstung begann in Mr. Kants Augen zu funkeln, brannte wie eine Sonne in den Tälern seiner Mitesser.

»Na, das ist doch wohl die Höhe. Ich gebe alles zu, und dann kommen Sie daher und beschuldigen mich einer anderen Sache. Ich und Bücher verbrennen! Ich! Liebe Güte«, rief Mr. Kant und legte atemlos die Hand auf den Einband der *Englischen Gouvernante*, »Bücher sind mein Leben, meine Herren. Diese Zeitungsnachrichten über Bücherverbrennungen trieben mir fast die Tränen in die Augen. ›Das ist also das England des 20. Jahrhunderts‹, sagte ich zu mir, ›das England des 20. Jahrhunderts.‹ Ich war zornig. Ich war besorgt. Schließlich hatte ich selbst den einen oder anderen Band Bodley anvertraut. ›Wo‹, fragte ich mich, ›bleibt die Polizei? Ist sie zu beschäftigt, die Meinungsfreiheit zu unterdrücken, um ein wachsames Auge auf das Kulturgut des Landes zu halten?‹ Verzeihen Sie, meine Herren, aber das rührt mich an. Ich bin ein überaus sentimentaler Mensch.« Mr. Kant schneuzte sich.

»Das haut den stärksten Eskimo vom Schlitten!« bemerkte Archangel.

Autumn hatte keine Sekunde lang den Blick von dem Dicken abgewandt, doch sagte er nichts.

»Hast du jemals mit McCann gesprochen, Immanuel?« fragte Archangel.

»Aber so hören Sie doch, ich habe Ihnen doch gesagt, wie es war. Ich habe es Ihnen gesagt. Dieser McCann ist, wenn ich es recht verstehe, der leitende Bibliothekar. Ich habe mir seine Schlüssel geborgt.«

»Sie nehmen sich McCann vor?«

»Gewißlich«, bestätigte Autumn mit einem kurzen Nicken.

Archangel musterte wiederum Kant.

»Sie haben ihn wiedererkannt, nicht wahr?«

»Ich habe ihn neulich hier gesehen«, antwortete Autumn, »und ich glaube, auch schon davor, auf einem Foto oder so. Alter Bekannter, oder?«

»Kann man wohl sagen. *Meine Jahre in einer deutschen Mädchenschule*, von A. Tanner. Lordrichter Tansey brauchte drei Wochen, um es zu lesen, weil es ihm immer wieder vor Entsetzen aus der Hand fiel. Das hat ihm neun Monate eingebracht, zusammen mit einer Reihe anderer Verstöße gegen die Einfuhrbestimmungen. Ich war kürzlich noch in London und habe mir seine Akte angesehen. Fälscher ist er auch – Testamente, Papiere, alter Kram. 18 Monate hat er eingesessen, weil er eine Reihe von Besitzurkunden aus dem 17. Jahrhundert für einen Burschen gefälscht hatte, der einen Besitz in Derbyshire an sich bringen wollte. Wenn nicht irgendwann die Originale aufgetaucht wären, hätten sie sogar Erfolg gehabt. Und er hat wegen Unterschlagung gesessen, zweimal.«

»Kein Mord?«

Dem Dicken quollen die Augen hervor, als würden sie von unsichtbaren Daumen gepreßt, und in seiner Erregung gelang es ihm fast, sein schielendes Auge gerade auszurichten.

»Also wirklich«, japste er.

Autumn erhob sich.

»Na, dann lochen wir ihn wenigstens ein, da wir die Gelegenheit dazu haben; am Morgen wird sein Anwalt aufkreuzen und die Kaution hinblättern. Lassen Sie Ihren Wagen hier, Dorcas, und nehmen Sie den Lieferwagen mit. Und machen Sie sich keine Gedanken wegen der jungen Konstabler. Ich fahre mit Archangel zurück.«

»Na dann los, Bursche«, sagte Dorcas zu Kant.

»Es fällt mir nicht leicht, mein kleines Heim zu verlassen«, bemerkte Mr. Kant, als gehe er in lebenslange Einzelhaft, »die Atmosphäre ist dem schöpferischen Funken außerordentlich zuträglich gewesen, dem schöpferischen Funken, der, meine Herren, meiner Feder die diversen Werke entströmen ließ – denn ich bin nicht nur Geschäftsmann, sondern auch Künstler –, die von unschätzbarem Wert für jeden bleiben werden, der sich darangibt, die oft vernachlässigten Winkel der menschlichen Komödie zu erforschen. Illustriert –«

Sie traten hinaus auf die Straße, wo die Nacht vom heraufdämmernden Morgen schon bleich geworden war. Der Mond sah aus wie ein halb gelutschter Zitronendrops, und die blauen Sterne waren gelb geworden.

Das Gartentor von ›Dunrovin‹ schloß sich mit einem Klicken, und alles war erfüllt von einem knisternden Geräusch, als rüttle ein Riese an einem Berg aus Silberpapier. Es war der Morgengesang der Vögel.

»Als ob man nach einer langen Party nach Hause geht«, meinte Archangel, als er zu Autumn in den Wagen stieg. »Bye-bye«, rief er Dorcas und Kant zu, als diese im Lieferwagen davonfuhren.

Autumn hatte sich in den Schalensitz gezwängt, den Jackenkragen hochgeschlagen als Schutz vor dem Wind, die langen, dünnen Beine gegen das Armaturenbrett gestemmt.

Als sie in die Woodstock Road einbogen, fragte Archangel: »Wie haben Sie es aus der alten Dame herausbekommen?«

»Oh«, brummte Autumn, »sie hat es mir einfach gesagt. Als ich mich neulich nach dem Feuer erkundigte, sagte sie etwas davon, daß die kleinen Männer vom Fernsehen ›in ihrem Lieferwagen‹ vorgefahren seien. Damals habe ich mir nichts dabei gedacht, obwohl ich später den Gedanken nicht mehr loswurde, daß sie mir etwas Wichtiges mitgeteilt und ich es vergessen hatte. Dann brachte mich irgend etwas, was dieser Journalist, Bum, sagte, wieder darauf. Ich ging der Sache nach, auf gut Glück. Erkundigte mich nach dem Lieferwagen, und sie erzählte mir, daß er jeden zweiten Mittwoch erscheine.«

Archangel lachte.

»Das ist schon eine komische Nudel.«

Das erste Morgenlicht zeichnete sich am Himmel ab, als sie St. Giles erreichten.

»Sagen Sie«, fragte Archangel, »meinen Sie wirklich, daß Kant etwas mit Ihrem Fall zu tun hat?«

»Schon möglich.«

»Aber Kant hätte doch nichts getan, was die Aufmerksamkeit auf Bodley lenkte«, wandte Archangel ein, als sie Balliol passierten –, »nicht, wenn er sein Versteck dort hatte, oder? Ich meine, wenn er angefangen hätte, Bücher aus Bodley zu verbrennen, dann hätte er sich doch denken können, daß Nachforschungen angestellt würden? Die Nachforschungen hätten sich auf die Bibliothek konzentriert, und es wäre sehr riskant geworden, sie als Lager zu benutzen. Für meine Begriffe hat er damit nichts zu tun.«

»Zu einfach. Was Sie sagen, wäre schlüssig, wenn das Verhalten eines Menschen zu jeder Zeit von einem einzigen Umstand bestimmt würde. Das gibt es aber nur in Kriminalromanen. Die meiste Zeit ist das Verhalten das Produkt eines ganzen Bündels von Umständen. Schließlich, ob es nun Kant war oder nicht, irgend jemand h a t die Bücher verbrannt, und Kant benutzte die Bibliothek trotzdem weiter als Lager.«

»Ja, da haben Sie recht. Daran hatte ich gar nicht gedacht.«

»Wir wissen, daß Kant ein Gauner ist, er hatte unbegrenzte Möglichkeiten, die Bücher zu vernichten, er ist in jeder Hinsicht verdächtig. Das wäre eine erste Art von Umständen. Andererseits würde er, wie Sie ganz richtig vermuten, keine Aufmerksamkeit auf sein Versteck lenken wollen. Eine zweite Art. Trotzdem benutzte er sein Lager weiter, selbst als in der Bibliothek bereits Ermittlungen angestellt wurden. Eine dritte. Ein Bündel von Umständen, und es gibt vielleicht noch weitere, von denen wir überhaupt nichts wissen. Nun läßt keine der drei Arten eine eindeutige Schlußfolgerung zu, doch bietet uns vielleicht die Weise, wie jeweils eine die anderen relativiert, einen Ansatz für weitere Spekulationen.«

Archangel bog in die Turl Street ein.

»Warum hat er die Bodleian weiter benutzt, als es so gefährlich wurde? War er ein Dummkopf? Ging er bewußt ein Risiko ein? Wußte er, daß es keine weiteren Bücherverbrennungen mehr geben und daß die Nachforschungen eingestellt würden? Na, ich weiß nicht, was der Grund sein mag, aber es ist klar, daß ich den letzteren nicht ignorieren werde. Doch warum sollte er denn überhaupt Bücher verbrennen wollen? Andererseits war es ja vielleicht gar nicht er selbst, vielleicht wollte jemand anders, daß er es tat. Oh ja, das wäre durchaus möglich. Was uns zu einer weiteren Spekulation führt.«

»Und die wäre?«

»Daß ein Unbekannter Kant gezwungen haben könnte, die Gelegenheit zur Bücherverbrennung zu nutzen, als Kant sie hatte; daß dieser es tat und die Bodleian dann weiter für seine eigenen Zwecke verwendete, weil er wußte, daß die Zeit der Bücherverbrennungen vorbei war.«

»Mein Gott, das ist genial.«

»Sicher«, meinte Autumn lakonisch, »aber was ist mit den Umständen, von denen ich nichts weiß? Meine kleine Theorie läßt sich nur halten, wenn das Beweismaterial, auf dem ich sie aufbaue, vollständig ist. Woher soll ich wissen, ob das so ist? Nein, alles, was ich mit Sicherheit sagen kann, ist, daß Kant verdächtig ist. Mehr nicht.«

Archangel schwieg, als sie vor dem College-Tor aus dem Wagen stiegen. Dann fragte er: »Warum sollte überhaupt jemand wertvolle Bücher zerstören wollen?«

Autumn blickte ihm unverwandt ins Gesicht.

»Ah«, sagte er.

Archangel klopfte ans Tor. Es wurde von Tantalum geöffnet, der ihnen verschwörerisch zuzwinkerte, als er sie einließ. Er war mehr als nur halb überzeugt, daß sie die Nacht mit jungen Damen verbracht hatten.

Das fahle Sonnenlicht begann bereits zwischen den Giebeln von Warlock zu glitzern und warf bleiche Schatten über den Innenhof, so daß der Platz wie die Steinplatten eines alten, moosbewachsenen Grabes wirkte, bei denen der Zahn der Zeit alle Tiefe des Reliefs ausgetilgt hat, bis nur noch die Umrisse übrigblieben.

Langsamen Schrittes überquerten sie den Platz.

»Meinen Sie«, wollte Archangel wissen, »daß es eine Verbindung zwischen den Bücherverbrennungen und den Morden gibt?«

»Hmmm, ja. Ich habe da so ein Gefühl. Ich halte nicht viel von solchen Gefühlen, aber ich ignoriere sie auch nicht völlig. Und es gibt, oberflächlich betrachtet, eine Verbindung zwischen Manchips Tod und den Büchern.«

Autumn hatte dabei Manchips sorgfältig durchsuchte Wohnung im Sinn sowie die Möglichkeit, daß die Suche dem *Book of the Lion* gegolten hatte. Doch er sagte nichts weiter.

Er gähnte und blieb am Eingang zum Turm stehen.

»Na, dann werden wir wohl endlich zu Bett gehen. Wollen Sie denn hier publik machen, was Sie so getrieben haben?«

»Um Himmels willen, nein. Die anderen würden mich dann nicht mehr für voll nehmen.«

»Ein Volk wird stets nach seinen Sitten beurteilt, mein Junge – jeder Zoll ein Brite. Warum eigentlich die Sache mit dem Russen?«

Archangel grinste.

»Na ja, meine Familie ist tatsächlich russischer Abstammung. Ich bin mit dem Stipendium hergekommen, das sich am leichtesten ergattern ließ, und das war eines für Russen. Da habe ich eben zum Spaß den Russen gespielt. Typischer Studentenhumor.« Archangel errötete ein wenig.

Autumn lachte.

»Lassen Sie sich keine falschen Rubel andrehen.«

»Gute Nacht, Väterchen.«

Als Autumn sein Zimmer betrat, war es schon taghell. Er zog die Vorhänge zu, schlüpfte aus seinen Schuhen, hängte seine

Jacke über die Stuhllehne und ließ sich auf das Bett fallen. Er streckte sich, bewegte spielerisch seine Zehen und dachte daran, daß er sich hinsetzen und nachdenken wollte – heute mußte es sein. Inzwischen sollte er genug Puzzleteile zusammenhaben; zumindest so viele, daß er erkannte, wo die Lücken waren. Mit diesem Gedanken drehte er sich zur Seite, und in der nächsten Sekunde war er bereits eingeschlafen.

Kapitel 16

Als Autumn um zehn Uhr an jenem Morgen erwachte, hatte er das Gefühl, daß er an diesem Tag etwas zu tun hatte, das zu tun er zwar in der Lage war, das jedoch alle Mühe und alle Konzentration erfordern würde, die er aufzubringen vermochte.

Endlich war es soweit: Er würde sich hinsetzen und über alles nachdenken. Er würde die Elemente des Falles zu packen bekommen, diejenigen, die er kannte, und sie wie die Haltetaue eines Schleppnetzes einholen, Hand über Hand, bis er sehen konnte, was am Ende darinsteckte.

Er drehte sich um und drückte die Nase in das Kissen, denn er schreckte vor der Anstrengung zurück, die er unternehmen mußte; so wie er seit seinen Schülertagen vor der Anstrengung zurückschreckte, die notwendig war, etwas gut zu machen, von dem er wußte, daß er es gut machen konnte.

Mit einem Ruck richtete er sich auf, schwang die Beine aus dem Bett, saß auf der Kante und überlegte, ob er sich zuerst rasieren sollte. Er entschloß sich zur Rasur. Es würde ein äußeres Zeichen sein, daß er die Trägheit überwand, ein erster Schritt zur Willensanstrengung. Er vertiefte diesen Ansatz noch, indem er seine zerknitterte Hose auszog, seine Weste, sein Hemd, so daß er nun in Unterhosen und Socken dastand. Dann wusch er sich.

Jemand klopfte an die Tür, als er gerade sein Rasiermesser abtrocknete. Es war der Diener, der ihm durch die geschlossene Tür mitteilte, daß das Frühstück im Saal vorüber sei, und wissen wollte, ob er etwas auf sein Zimmer gebracht haben wolle.

»Nein, aber sagen Sie Bescheid, daß sie etwas für mich warmhalten sollen, falls ich zum Mittagessen nicht unten bin.«

Der Diener ging, und Autumn öffnete die Tür, schloß sorgsam die Außentür, die sonst offen stand, danach die Zimmertür und drehte den Schlüssel im Schloß. Er zog den Vorhang auf, schob einen Stuhl an den Tisch am Fenster und ließ sich vor einem Schreibblock und einem Kugelschreiber nieder. Er hatte das Hemd wieder angezogen, die Hose jedoch nicht. Er schaute zum Fenster hinaus. Gut, sagte er, also los.

Er nahm den Kugelschreiber und notierte oben auf dem ersten Blatt Papier: ›THEOREM‹. Darunter schrieb er ›Warum wurde Manchip ermordet?‹ und unterstrich diese Frage.

›Da gibt es zwei Möglichkeiten: Er wurde ermordet, weil er jemanden dabei überraschte, wie er das *Book of the Lion* stehlen wollte; oder er wurde aus einem anderen Grund ermordet.‹

Autumn notierte beide Hypothesen unter (a) und (b). Dann schrieb er ›Warum wurde Bow-Parley ermordet?‹ und unterstrich auch diese Frage. ›Die gleichen zwei Möglichkeiten, auch er hat jemanden dabei erwischt, wie er das *Book of the Lion* stehlen wollte; oder er wurde aus irgendeinem anderen Grund umgebracht.‹ Autumn notierte dies ebenfalls unter (a) und (b).

Er überlegte: Ist es wahrscheinlich, daß beide Morde von demselben Täter begangen wurden? Ja, das ist wahrscheinlich. Es ist äußerst unwahrscheinlich, daß es in einem College mit nur 13 Bewohnern zwei Mörder gibt.

›Nun zu den Motiven (a) und (b). Zunächst zu (a):

Es gibt eine ganze Reihe von Gründen, die gegen Möglichkeit (a) sprechen. Warum sollte jemand Manchip oder Bow-Parley umbringen, nur weil sie diesen Jemand in ihrer Wohnung mit dem Buch erwischten? Dafür wären mindestens ein Dutzend einleuchtende Erklärungen denkbar gewesen; daß man es einfach nur einmal ansehen wollte, daß man vorbeigekommen sei, um zu fragen, ob man es sich ausleihen dürfe, daß man sich bloß die Zeit bis zur Rückkehr des Wohnungsinhabers habe vertreiben wollen, und so weiter, und so weiter. Jede beliebige Ausrede wäre einfacher, wirkungsvoller und angemessener gewesen als ein Mord.

Und zweifellos hätte jeder, dem es darum ging, das Buch in die Finger zu bekommen, um es zu vernichten, eine solche Ausrede erfunden und eine neue Gelegenheit abgewartet. Mord wäre eine ungeheure Übertreibung gewesen.

N.B.: Hätte nicht jemand, der das Buch stehlen wollte, es bei Christelow selbst gestohlen? Nein. Es war ja zu erwarten, daß Christelow es sorgfältiger im Auge behalten würde als jeder andere. Aber nicht zu vergessen: Christelow erwähnte ein nächtliches Geräusch an seinem Fenster.

Schlußfolgerung: Möglichkeit (a) scheidet aus. Die Vorstellung, daß jemand die Morde nur begangen hat, um das Buch an sich zu bringen, ist nicht haltbar. Das wirkliche Motiv muß unter (b) zu finden sein. Womit wir bei Shipton wären – und bei Manchips Tagebuch.‹

Autumn hatte energisch und schnell geschrieben und den Stift dabei tief ins Papier eingegraben, bis Daumen und Zeigefinger schmerzten. Nun hielt er inne und ließ den Kugelschreiber wie ein Senkblei zwischen den Fingern pendeln.

Dann schrieb er: ›Die neuere Geschichte von Manchips Tagebuch‹, und unter dieser Überschrift notierte er die folgende Aufstellung:

›1. Manchips Tagebuch enthält eine Eintragung, daß er Shipton in puncto Julia Bow-Parley gewarnt hat.

2. Shipton hat das Tagebuch nach Manchips Tod entwendet. (Jedenfalls behauptet er das.)

3. Bow-Parley hat Shipton das Tagebuch gestohlen und Undigo von der Eintragung über Shipton erzählt.

4. Jemand hat Bow-Parley das Tagebuch gestohlen (nach Bow-Parleys Tod).

5. Das Tagebuch taucht in Shiptons Wohnung hinter dem Spiegel wieder auf.

Was folgt daraus?

Ein klares Motiv für die Morde an Manchip und Bow-Parley. Sie wurden getötet, um Informationen zu unterdrücken, die beide über Shipton hatten. Der Täter? Shipton.‹

»Aber Shipton kann es nicht gewesen sein«, murmelte Autumn, »und zwar aus den Gründen, die ich Undigo gestern bereits dargelegt habe.« Autumn griff erneut zum Stift und ergänzte: ›Shipton hat zugegeben, daß das, was Bow-Parley Undigo berichtet hat, stimmt, aber er hätte es leicht abstreiten können. Wenn er Manchip und Bow-Parley umgebracht hätte, um Informationen zu unterdrücken, ohne das Tagebuch zu vernichten – nachdem er sich die Mühe gemacht hatte, es zu stehlen, da er wußte, daß es eben jene Informationen enthielt, die er unterdrücken wollte –, dann wäre er reif für die Klapsmühle. Schlußfolgerung: Was ich Undigo gegenüber gestern erwähnte, gilt nach wie vor. Jemand, der über die Eintragung in bezug auf Shiptons Verhältnis zu Julia unterrichtet war, hat das Tagebuch in einem übereilten Versuch, den Verdacht auf Shipton zu lenken, hinter den Spiegel gesteckt.

Dieser Jemand mußte mich wissen lassen, was ich dann von Undigo erfahren habe, nämlich daß Bow-Parley ihn wegen dieser Eintragung ins Vertrauen gezogen hatte. Sonst hätte er nicht sicher sein können, daß ich Shiptons Wohnung durchsuchen und dabei auf das Tagebuch stoßen würde.

Die Vermutung liegt nahe, daß derjenige, der so den Verdacht in eine falsche Richtung zu lenken versuchte, der Mörder ist.

Undigo?‹

Klarheit, wir brauchen Klarheit, dachte Autumn und biß sich auf den Daumen. Also, erkenne ich zum jetzigen Zeitpunkt irgendwelche weiteren offenkundigen Möglichkeiten, soweit sie das Tagebuch betreffen? Nein. Dann stelle ich mir jetzt also zwei grundsätzliche Fragen.

›Warum wurden die beiden Männer zu diesem Zeitpunkt und an diesem Ort ermordet?‹ Autumn blickte von seinen Notizen auf und saß minutenlang reglos da. Dann setzte sich sein Stift wieder in Bewegung.

›Der Mord an Manchip könnte geplant gewesen sein. Aber ich weiß, das dies bei Bow-Parley *nicht* der Fall war. Bow-Parley wurde in aller Eile getötet, zwischen dem Augenblick, da er den Telefonhörer auflegte, und meinem Eintreffen in seiner Wohnung. Zwei Minuten. Begeht man einen Mord binnen zwei Minuten freiwillig? Nicht, wenn man es vermeiden kann, und besonders dann nicht, wenn man weiß, daß bereits ein Polizist im Anmarsch ist. Und noch etwas: Ich habe mitangehört, wie der Mörder mit Bow-Parley sprach, ich hörte ihn sagen: Nicht gerade anständig. Wie konnte der Mörder sicher sein, daß nicht, während sie noch sprachen und Bow-Parley den Hörer am Ohr hatte, um auf die Verbindung zu warten, sein Name fallen und ich ihn hören würde? Konnte er danach noch einen Mord begehen? Ich hätte ihn sehen können, wie er den Tatort verließ. Ich habe ihn ja sogar gesehen. Seine Umrisse zumindest.

Zu folgern wäre also: Der Mord duldete keinen Aufschub. Er mußte in aller Eile begangen werden – und zu jenem Zeitpunkt.

Warum aber wird jemand in aller Eile umgebracht? Unter so unvorteilhaften Umständen wird ein Mord nur aus einem einzigen Grunde begangen: um jemanden rasch zum Schweigen zu bringen. Bow-Parley muß etwas gewußt haben. Womit wir wieder bei dem Tagebuch wären. Bow-Parley hatte das Tagebuch: Bow-Parley hatte daraus von Shiptons Liaison mit seiner Frau erfahren.

Mußte er deswegen zum Schweigen gebracht werden?

Aber das führt mich wieder zu Shipton, und Shipton ist (in dieser Hinsicht zumindest) mit gutem Grund ausgeschieden.

Mal abwarten. Werfen wir einen Blick auf den Mord an Manchip.

Wurde Manchip auch in aller Eile umgebracht? Nun, der Mord fand auf dem Kapellendach statt. Er ging hinauf, jemand stieg ihm nach, und zack! Er könnte *mit* jemandem dort hinaufgegangen sein. Nicht zu vergessen: Er wurde mit einem seiner eigenen Obstmesser erstochen, was nahelegt, daß der Mörder zumindest einmal in Manchips Wohnung war, wahrscheinlich unmittelbar vor der Tat.

Nun ist es aus zwei Gründen unwahrscheinlich, daß Manchip dorthin gelockt wurde: Zum einen weiß ich, daß er gern dort hinaufstieg, wegen der Aussicht; und zweitens: Warum sollte jemand auf die Idee verfallen, einen Mann auf einem Dach umzubringen? Natürlich war es eine geniale Methode, die Leiche zu verstecken, indem man sie als Statue getarnt aufstellte, aber vernünftig betrachtet nicht so verläßlich, als würde man sie verbrennen oder vergraben oder in den Fluß werfen.

Der Mörder war also *gezwungen*, das Kapellendach zu benutzen? Es sieht ganz so aus. Folglich wurde Manchip ebenso wie Bow-Parley in aller Eile umgebracht. Wenn der Mörder hätte warten können, hätte er es vermutlich getan.

N.B.: Während beider Morde war das College hermetisch abgeschlossen, so daß sich die Liste der Verdächtigen auf seine Bewohner beschränkt. Schon aus diesem Grunde hätte der Mörder seine Taten nicht zu jenen Zeiten und an jenen Orten begangen, wenn er es hätte vermeiden können. Er muß gewußt haben, daß er damit seine eigenen Chancen verschlechterte. Mörder, die freiwillig ihre Taten an hermetisch abgeschlossenen Orten begehen, gibt es nur in Kriminalromanen.

Manchip wurde also aus dem gleichen Grunde umgebracht wie Bow-Parley. Er mußte zum Schweigen gebracht werden.

Anm.: *Eine* andere Erklärung gibt es noch für einen Mord in Eile und unter ungünstigen Umständen. Zorn. Aber man gerät nicht binnen Sekunden von einer zwanglosen Unterhaltung, wie sie, soweit ich es beurteilen kann, Bow-Parley und sein Mörder führten, in mörderischen Zorn. Ebensowenig ist es – im Fall Manchip – wahrscheinlich, daß der Mörder in Raserei geriet, die Hand in die Tasche schob und dort rein zufällig das passende Obstmesser aus Manchips Besitz fand.

Also, Manchip mußte zum Schweigen gebracht werden. Oh nein, nicht schon wieder! Shipton.

Shipton kann es nicht gewesen sein.

Also?

Also verfügen Manchip und Bow-Parley über Kenntnisse einer anderen Sache über die Affäre Shiptons hinaus, die sie das Leben kostete?‹

Darüber lohnte sich nachzudenken.

›Keiner von beiden hatte damit gerechnet zu sterben. Manchip war offenbar ganz arglos mit seinem Mörder auf das Kapellendach hinaufgestiegen. Und Bow-Parley plauderte – ich war Zeuge – gutgelaunt mit dem Mann, der ihm zwei Minuten später den Schädel einschlug.

Was folgt daraus?

Daß beide dem Mörder anvertrauten, daß sie etwas über ihn wußten, daß aber keiner von beiden auch nur im Traum daran dachte, daß man für dieses Wissen umgebracht werden konnte.

Gut.

Schon, aber was wußten sie?

Ich hatte den Hörer abgenommen und gehört, wie er mit jemandem in seinem Zimmer sprach. Wie hatte er sich angehört? Mitteilsam, gutgelaunt, nachsichtig, selbstgefällig, ein leicht tadelnder Unterton. Nicht gerade anständig – hatten sich diese Worte auf das bezogen, was er über seinen Gast herausgefunden hatte, den Mörder?

Anm.: Daß es sich bei dem Besucher Bow-Parleys um den Mörder gehandelt hatte, vermute ich aus zwei Gründen: (1) Niemand sonst konnte die Tat zu jenem Zeitpunkt begehen. (2) Niemand meldete sich, als ich mich am nächsten Tag erkundigte, ob jemand zu dem Zeitpunkt bei Bow-Parley gewesen war.

Shipton wurde darüber hinaus durch Bow-Parleys Tonfall entlastet. Man würde nicht einen Mann gutmütig ausschelten, von dem man eben erfahren hatte, daß er einem Hörner aufsetzte. Es war nichts Sarkastisches, nichts Ironisches in seinen Worten gewesen.

Aha! Das Verbrennen der Bücher. Hatten sie darüber etwas herausgefunden? Hatten sie herausgefunden, wer es getan hatte? Nein, das konnte nicht sein. Bow-Parley hätte nicht fröhlich und leichthin mit einem Mann geredet, der Bücher in Stücke reißt. Nicht ganz anständig, dieser Kommentar wäre wohl kaum angemessen gewesen.

Die Frage bleibt: Was haben sowohl Manchip als auch Bow-Parley dem Täter eröffnet, was es für diesen unumgänglich machte, sie auf der Stelle umzubringen?

Keine Ahnung.

Aber ich weiß, daß es ihnen selbst unbedeutend erschienen sein muß, für ihn war es jedoch entscheidend.

N.B.: Demnach kann also das, was Bow-Parley *mir* hatte mitteilen wollen und was mich bei meinen Ermittlungen entscheidend weiterbringen sollte, das, weswegen er mich angerufen hatte, auf keinen Fall das gewesen sein, was er über den Mann herausgefunden hatte, den Mörder, der just bei ihm war, als er mit mir telefonierte. Etwas, das einen entscheidend weiterbringt, ist etwas Wichtiges – das andere war es nicht. Und Bow-Parley hätte ja wohl kaum gutgelaunt mit einem Mörder gesprochen und dann, während der dabeisitzt, am Telefon ausgeplaudert, daß er im Begriff ist, diesen der Polizei auszuliefern.‹

Gut, dachte Autumn.

Er kratzte sich geistesabwesend am Knie, noch immer ganz in Gedanken, erhob sich und ging hinüber ans andere Fenster, wo er, mit einer Hand am Rahmen, die Stirn an die Scheibe preßte und hinunter in den Innenhof blickte. Zwei hochaufgeschossene ältere Amerikanerinnen mit Kameras und Sonnenbrillen betrachteten die Pagode.

Logisch gesehen, überlegte er, was wäre der nächste Schritt?

Der nächste Schritt wäre, darüber nachzudenken, wie diese beiden Männer in den Besitz jener tödlichen Information kamen, von der wir noch nicht wissen, worin sie besteht.

Manchip wußte gern über andere Leute Bescheid. Sein Tagebucheintrag über Shipton –

Plötzlich richtete sich Autumn kerzengerade auf, sein Gesicht rötete sich ein wenig. Mit einem Male rasten seine Gedanken wie die Schraube eines Motorbootes, das aus dem Wasser springt.

Wenn Manchip die Sache mit Shipton in sein Tagebuch geschrieben hatte, stand dann auch die andere Information darin?

Autumn verharrte atemlos und biß heftig auf die empfindliche Nagelhaut seines Daumens. Warte noch, warte. Erst nachdenken.

Doch er wartete nicht. Er ging raschen Schrittes hinüber zum Safe, wo Dorcas das Tagebuch zusammen mit dem *Book of the Lion* eingeschlossen hatte.

Er nahm das Tagebuch heraus und setzte sich damit hin. Einige Minuten lang ruckte sein Kopf hin und her, als er die dichtbeschriebenen Seiten überflog. Dann klappte er das Buch zu und legte es auf den Tisch. Auf den ersten Blick war nichts zu entdekken.

Aber noch besteht Hoffnung. Denk noch einmal nach.

Einige Einträge bestehen aus Kürzeln. Wäre doch denkbar, daß dazwischen – viel Kryptisches, wissenschaftliche Verweise. Und doch –

Na gut, noch einmal, konzentrierter.

Warte. Nicht alles durchsehen, man muß ja gar nicht alles durchsehen. Wenn die Information dort drinsteht, wird sie irgendwo unter dem Datum des letzten Tages zu finden sein. Warum? Weil der Mann umgebracht wurde, damit er nichts mehr sagen konnte, und man bringt aus einem solchen Grund nur jemanden um, wenn die Information, deren Weitergabe man fürchtet, eben erst in dessen Besitz gelangt ist, sonst könnte er sie ja schon jemandem verraten haben, und für den Mord wäre es zu spät.

Ergo, wenn er es niedergeschrieben hatte, dann hatte er es erst kurz zuvor niedergeschrieben.

Gut kombiniert!

Autumn gestattete sich den Anflug eines Lächelns.

Und dann zeigte er Anzeichen von Erregung. Bow-Parley. Bow-Parley war aus dem gleichen Grunde ermordet worden wie Manchip: Auch er mußte eben erst herausgefunden haben, was er herausgefunden hatte. Und nur wenige Stunden, bevor er umgebracht wurde, war er in den Besitz von Manchips Tagebuch gelangt.

Man sollte es genauer ansehen, noch viel genauer.

Autumn spürte Wärme in der Magengrube; ihm war zumute wie einem Reisenden, der in einer unbekannten Landschaft gestrandet ist und durch sorgsames Erwägen von Wolkenformationen und Sonnenstand endlich einen Orientierungspunkt gefunden hat. So etwas hatte er nicht mehr empfunden, seit er in Oxford angekommen war.

Er schlug die letzten Eintragungen in Manchips Tagebuch auf.

Sie waren abgeschlossen, denn unter den letzten Satz hatte er eine Linie gezogen. Es war das Datum des Tages, an dem Manchip getötet worden war; einen Tag später hatten sie ihn auf dem Kapellendach gefunden. Ich werde niemals Tagebuch führen, dachte Autumn, man zählt dabei zu sehr seine Tage.

Er strich die Seiten über dem steifen grünen Einband glatt und las die Eintragungen sorgfältig, von der ersten bis zur letzten. Die Handschrift war zierlich, und es gab zahlreiche Bemerkungen für einen einzigen Tag. Manchips Stil neigte zur Weitschweifigkeit. Doch der erste Eintrag war kurz genug:

›Sie gehen schwanger mit Unheil und gebären Unglück, und ihr Schoß bringt Trug zur Welt. Hiob 15, 35. Ein ausgezeichneter Spruch für den Tag.‹

Autumn lächelte. Das war der Tag, an dem Manchip Shipton gewarnt hatte, daß er die Art, wie er Bow-Parley hintergehe, nicht dulden werde. Kein Zweifel, daß Manchip sich an der Tiefe seines Textes ergötzt hatte, obwohl er sich als noch tiefer erweisen sollte, als er gedacht hatte. Kein Zweifel, daß da jemand mit Unheil schwanger gegangen war.

Autumn las weiter:

›Meine Verdauung ist in Aufruhr, geplagt von einem unverschämten und ungeheuerlichen Maß an Kaninchenfutter. Habe dem Küchenchef deutlich zu verstehen gegeben, was ich von Salaten halte. Er muß begreifen, daß Salate nebensächlich sind, daß sie eine untergeordnete Hilfsfunktion innehaben; sie dürfen nicht die Hauptrolle spielen. Man bedenke die Harmonie des Verdauungstraktes, die sanft bebenden Magenzellen, die blutdurchtränkte weiche Masse des Pankreas, das purpurne Netzwerk der Leber, der geäderte Glanz der Gedärme in unablässiger Bewegung.‹ Autumn stellte sich den Küchenchef vor, wie er dastand, den Kopf geneigt, sorgsam darauf bedacht, daß er aussah, als nehme er jedes Wort in sich auf. ›Wie barbarisch ist es da, den quicklebendig sprudelnden Säften diese kalte pflanzliche Materie anzubieten. Und dazu gebackene Bohnen aus der Dose! Ich erspare mir weitere Kommentare.‹

Eine Zeile blieb frei, dann folgte die nächste Eintragung. Autumn las sie, dann las er in einem Zug weiter bis zum letzten Satz, ohne Unterbrechung:

›Heute beim Abendessen habe ich etwas Treffliches gesagt. Ich sagte über Fairlight, daß er seine Ziele immer höher lege, so daß er letztlich nie auf eins anlegen könne. Undigo war in unziemlichem Maße amüsiert.

Betr. Gynander, 2. Ekloge, 171. Würde Emendation Sinn wiederherstellen? Die schadhafte Stelle ist unklar. Liddells Anmerkung dazu geht völlig an der Sache vorbei.

Die Grabplatte des Priesters im Meßhemd. (Sollte Bischof werden und lehnte ab.) Schlüssel beim Küster, *Great Rollright.*

Z. 122/13. Ende streichen. Unsinn!

Ermahnung an Shipton ausgesprochen. Ich lege diese Notiz hier nieder als Unterpfand meiner Entscheidung, die Angelegenheit nicht nur Bow-Parley, sondern auch dem Ehrengericht zu unterbreiten, wenn Shipton nicht unverzüglich sein ungeheuerliches falsches Spiel unterläßt. Eine ungebührliche und unehrenhafte Liaison dieser Art hinterläßt einen Makel auf uns allen. Ich werde nicht zögern, wenn meine Warnung nicht in jedem Punkte beherzigt wird.

V. 9–22, zweites Fragm. Propt.

Unser Krieger Clapp gibt mir einen Tip für zwei Pferde in Sandown: Gollombek's Delight und Charlie Boy. Zehn Shilling pro Nase, würde ich schätzen.‹

Autumn lachte laut auf.

›Morgen Sherry in Wadham. Seine Schwester wird dabei sein. Ich verstehe beim besten Willen nicht, wie zu einem so feinen Gesicht zwei so krumme Beine gehören können.

Streitgespräch mit Christelow und Undigo und Falal (lächerlicher alter Knabe), auf meiner Seite wacker gehalten. Ich stellte die These auf, daß man nicht mit einem Haus, sondern in einem Haus lebt. Deshalb darf die Innenausstattung nicht zu auffällig sein. Alles muß einen klaren, wohlproportionierten, soliden Hintergrund abgeben, vor dem man lebt. Das Leben, das sich in ihm abspielt, ist alles, was ein Haus an Dekoration benötigt – ein stattliches Haus oder ein armes, je nach Qualität des Lebens darin. Zum Beispiel die Oxforder Colleges (unser eigenes ausgenommen!); weder funktionell noch verschwenderisch dekoriert, weder Zierstück noch reines Nutzobjekt, ist ihre Architektur und Innenausstattung ein Mittelweg zwischen dem Zuviel und dem Zuwenig. Und beiden überlegen – die menschliche Proportion. Ich erspare es mir, festzuhalten, was sie darauf entgegneten.

Abs. 2, zweite Zeile, Cal. Zweifelhaft. Andere Texte?

V. 118–133, Sem. Ja.

Z. 89–99. bol. Anf.

Der Herr sei meiner Seele gnädig!‹

Und darunter hatte Manchip seine Linie gezogen. »Der Herr sei meiner Seele gnädig«, murmelte Autumn leise – ein grausiges letztes Wort. Ein oder zwei Stunden später war Manchip tot gewesen.

Autumn las die Eintragungen noch einmal von vorn. Er blätterte einige Seiten zurück und studierte die Texte für andere Tage, obwohl er ja schon gefolgert hatte, daß die Information – wenn sie denn wirklich in dem Tagebuch stand – unter den Eintragungen des letzten Tages zu finden sein mußte.

Schließlich warf er das Buch hin. Ratlos, das ist wohl das richtige Wort, dachte Autumn. Ich verstehe es einfach nicht. Er richtete sich auf, verschränkte die Hände hinter dem Kopf und streckte seinen hageren Körper.

Wenn ich recht habe und Bow-Parley das, was er wußte, aus diesem Tagebuch erfahren hatte, was hatte ihn dann in die Lage versetzt, etwas darin zu finden, das ich nicht sehen kann?

Etwas, das er und Manchip gemeinsam hatten? Was hatte Bow-Parley mit Manchip gemeinsam? Bow-Parley lehrte englische Literatur, Manchip war Altphilologe. Aber beide waren sie neugierig.

Sie waren beide neugierig.

Autumn saß im Hemd da, die Arme ineinander verschränkt, und dachte lange darüber nach, welche Eigenschaften die beiden Männer gemein hatten, die es ihnen – und offenbar nur ihnen beiden – gestattete, Wissen zu erwerben, das zu unterdrücken einem Unbekannten wichtig gewesen war: so wichtig, daß er es nicht als unverhältnismäßig empfunden hatte, sie beide umzubringen.

Autumn hörte in Gedanken Fetzen früherer Gespräche, bruchstückhafte Erinnerungen stellten sich ein.

›Es gibt vier Dinge, die ihn interessieren‹, hörte er Falal sagen, ›Gynander, Grabplatten, Kreuzworträtsel und Gehässigkeiten.‹ ›Er ist ein Trottel‹, klang die Stimme Rankines dazwischen. ›Manchip mag bisweilen unangenehm sein, aber er ist es wenigstens mit Stil‹, hatte Undigo gemeint. Christelows Erzählung von dem Golfspiel fiel ihm ein: ›Die sensationellen Aspekte der Literaturwissenschaft.‹ Und Fairlight, wie er sagte: ›Manchip bringt wirklich die Leute in Rage, was? Der arme alte Rankine. . .‹ ›Ein

Original, wie man so schön sagt‹, hörte er Nicholas Flowers Urteil. Und dann McCann, wie er, die High Street entlangstürmend, von Manchips Abgeklärtheit sprach, und den kleinen Doktor hörte er an dem Abend, an dem sie die Leiche gefunden hatten: ›So ein unangenehmer Mensch. Ein Minderwertigkeitskomplex, aus vielfältigen Gründen entwickelt. . .‹

Auch von Bow-Parley hatten sie gesprochen. Doch was ihn betraf, hatte Autumn seine eigenen Eindrücke. Neugierig, eitel, verschlagen. ›Unser guter alter Hansdampf in allen Gassen‹, hatte der junge Flower gemeint, und das war gar keine schlechte Beschreibung gewesen.

›Diese Art von Leuten hält ja immer zu Bacon‹, vernahm er McCanns Kommentar noch einmal. Diese Art von Snob war er also. Und Shipton hatte gesagt – aber Shipton sagte ja alles mögliche.

Tja, das wäre das. Was mir fehlt, dachte Autumn, ist ein Katalysator, etwas, was die Charakterzüge der beiden Männer zu verschmelzen vermag und woraus sich ein Hinweis auf die Art von Information ergäbe, die zu entdecken diese beiden Männer besonders befähigt wären.

Da fällt mir ein: Wenn das Tagebuch belastendes Material über den Mörder enthält, ging dieser dann nicht ein ungeheures Risiko ein, als er es Shipton unterschob?

Schon, aber woher sollte er das wissen? Es gibt keinen Grund, anzunehmen, daß er wußte, daß die Information darin verborgen ist.

Autumn trommelte mit den Fingern auf den Schreibblock. Eins könnte ich tun: die Eintragungen des Tages Shipton zeigen und schauen, ob ihm etwas daran auffällt. Ihm kann ich sie zeigen. Bei ihm weiß ich, woran ich bin.

Es war warm in dem Turmzimmer. Draußen schien die Sonne und warf tiefschwarze Schatten und entlockte den weißen Steinplatten rund um den Rasen ein gleißendes Licht.

Ein Undergraduate und ein oder zwei Dons kamen durch das Tor, mit Tennisschlägern oder Handtüchern unter dem Arm. Autumn roch die Farbe, die auf seiner hölzernen Fensterbank Blasen warf.

Noch einmal las er die Eintragungen. Danach lehnte er sich zurück und saß fast eine Viertelstunde lang bewegungslos da. Dann nahm er seinen Stift wieder auf.

Er schob die Blätter beiseite, die er bereits mit seinem ›Theorem‹ gefüllt hatte, griff nach einem neuen Blatt und notierte die Überschrift ›Akteure‹. »Der Vollständigkeit halber«, murmelte er, »werde ich die möglichen Motive zusammenstellen, die jeder einzelne hatte, Manchip umzubringen. Am besten alphabetisch.«

›(1) Archangel:

Soviel ich weiß, keines. Soviel ich weiß, hatte Archangel bei Manchip einen Stein im Brett, weil Archangel Russe war. Wie es scheint, findet sich für alles, was Archangel tat, eine Erklärung. Ich werde ihn von jedem Verdacht freisprechen.

(2) Clapp:

Eines ist mir von Clapp im Gedächtnis geblieben. Als ich ihn fragte, ob Manchip jemals seine Essays habe lesen wollen, antwortete er: Manchip war Pazifist. Er sagte das ganz gelassen. Warum fällt mir das immer wieder ein? Ich weiß es nicht. Außerdem war er dagegen, daß Manchip Archangel den Zugang zur Universität gestattete. Ich glaube, Clapp ist ein komischer Kauz, und komische Käuze mit einem Hang zum Faschismus mögen keine Pazifisten.

(3) Christelow:

Manchip urteilte über Christelows Geistesart reichlich abfällig (Oh, Sie meinen die sensationellen Aspekte der Literaturwissenschaft!). Fühlte Christelow sich vor den Kopf gestoßen, weil er ihn nicht als Kandidaten für den Rockinge-Lehrstuhl in die engere Wahl gezogen hatte?

(4) Diamantis:

Ich kenne ihn nicht gut genug. Nervös. Undigo sagt, Manchip habe ihn unter Druck gesetzt: Heute kann er keine Tasse Tee mehr trinken, ohne etwas zu verschütten. Sind solche Männer gefährlich? Ich darf meine Phantasie nicht mit mir durchgehen lassen. Nicht zu vergessen, er war derjenige, der mich darauf aufmerksam machte, daß das Tagebuch verschwunden ist. Womöglich ein Indiz? Lag ihm persönlich daran, es zurückzuerhalten? Als ich ihn unten auf der Barke traf, wollte er wissen, wo ich es gefunden hatte.

(5) Dogg:

?

(6) Egg:

?

(7) Fairlight:

Manchip wollte bei der Besetzung des Rockinge-Lehrstuhls seine entscheidende Stimme für Fairlight und gegen Bow-Parley abgeben. Das habe ich von Fairlight in Walpurgis erfahren. Ich bemerkte dazu: Na, Sie hätten ja sicher gewollt, daß er am Leben bleibt, nicht wahr, wenn das, was Sie sagen, die Wahrheit ist. Und er antwortete: Warum sollte sich etwas daran verändert haben? Das war eine sonderbare Antwort. Verändert. Hatte Manchip es sich anders überlegt? Wenn dem so gewesen wäre, hätte Fairlight ein persönliches Interesse am Tod beider gehabt. Solange Manchip am Leben war, verlor Fairlight (wenn Manchip seine Meinung geändert hatte) die Professur; war Manchip tot, stand es immerhin 50 zu 50. Und mit Bow-Parleys Tod hätte er gar nichts mehr zu befürchten gehabt.

Höchst spekulativ.

Anonymer Brief: Fragen Sie Dim nach der Notiz. Ich tat es, und die Antwort kam prompt.

(8) Flower:

Von Flower stammt die Idee, daß Manchip es sich in puncto Fairlight anders überlegt haben könnte. Wegen dessen Affäre mit Miss Tomlin.

Ein scharfzüngiger junger Mann, unglücklich verliebt.

(9) Falal:

Sammlerstück.

Drohte, Manchip mit bloßen Händen zu erschießen, weil er Oxford mit Frauen überfluten wollte. Sagte, Manchip habe es verdient zu sterben, voll und ganz.

Ich würde das gern mit einem Lachen abtun, aber ich weiß, daß ich das nicht darf.

(10) McCann:

Heißer Kandidat.

Wenn man eine Verbindung zwischen ihm und Kant aufdecken würde, könnte sich alles mögliche ergeben. Obwohl keine offensichtliche Verbindung zwischen McCann und Manchip besteht.

McCann . . .

(11) Rankine:

Lord Pinner möchte ein College gründen: Rankine darf hoffen, daß Pinner ihn zum Rektor dieses College berufen würde. Doch Manchip widersetzte sich den Plänen und blieb unerbittlich.

Motiv wie ein reifer Karbunkel.

(12) Lord Pinner:

Siehe oben.

Lord Pinners Interesse an der College-Gründung ist nicht altruistisch. Eitelkeit – oder was steckt sonst dahinter?

(13) Tantalum:

?

(14) Shipton:

Motiv: der Eintrag in Manchips Tagebuch. Aus gutem Grund verworfen.

(15) Undigo:

Hätte er mich nicht auf Bow-Parley und das Tagebuch aufmerksam gemacht, ich würde Shiptons Wohnung vielleicht niemals durchsucht haben. Ebensowenig wäre Verdacht auf Shipton gefallen. Da ich davon ausgehe, daß der Mörder das Tagebuch in Shiptons Wohnung versteckt hat und der Mörder mir hätte erzählen müssen, was dann Undigo mir erzählte, scheint es nur vernünftig, Undigo zu verdächtigen.

Motiv? Keine Ahnung.‹

Autumn las diese Aufstellung durch und war alles andere als beeindruckt. Die meisten College-Bewohner hatten ein Motiv für einen Mord, doch (auf den ersten Blick und mit Fairlight als möglicher Ausnahme) nicht für die Art von Mord, die begangen wird, um jemanden zum Schweigen zu bringen. Und man konnte den College-Bewohnern zwar ein persönliches Interesse an Manchips Tod anlasten, doch nicht die mindeste Verbindung zu dem Mord an Bow-Parley. Aber wenn man sich nun vorstellt, sinnierte Autumn, wenn man sich vorstellt, Bow-Parley hätte herausgefunden, wer der Mörder Manchips war? Dann hätte man ein Motiv für den Mord an Bow-Parley – und es läßt sich zudem bei jedem der Verdächtigen zu dem ursprünglichen Motiv hinzufügen.

Nein, läßt es sich nicht, dachte Autumn düster, denn es steht fest, daß Bow-Parley sich in scherzhaftem Ton mit dem Mann unterhalten hatte, der ihn Sekunden später erschlug. Ist es wahrscheinlich, daß er sich so benommen hätte, wenn er gewußt hätte, daß sein Gast der Mörder des Vizekanzlers war?

Autumn biß sich wieder auf die Daumen. Natürlich konnte es auch zwei Mörder geben. Nein, das habe ich von Anfang an verworfen, weil es unwahrscheinlich ist.

Er lehnte sich zurück, die Arme ausgestreckt, die Hände auf den Tisch gelegt. Tja, dachte er, soweit ich sehe, ist das

›Theorem‹, das sich zwar auf Schlußfolgerungen stützt, jedoch nicht auf willkürliche Annahmen, hieb- und stichfest. Heißt das, daß ich die möglichen Motive allesamt außer acht lassen kann, weil sie sich damit nicht in Einklang bringen lassen?

Er mußte sie trotzdem im Auge behalten.

Zunächst einmal belegen sie, daß die meisten College-Bewohner einen Groll gegen Manchip hegten.

Und zum zweiten könnten diese potentiellen Motive, auch wenn der unmittelbare Auslöser etwas Dringenderes gewesen sein muß, sehr wohl zu diesem hinzugekommen sein oder ihn modifiziert haben, was übrigens auch für das Motiv des Mordes an Bow-Parley gilt.

Puh! Inspektor Autumn stieß einen langen Seufzer aus und kratzte seinen Nabel mit einem Nachdruck, den man nur als Zeichen endlich abgeschlossener Arbeit deuten konnte. Es war heißer denn je, und er hatte eine schwere Anstrengung hinter sich; es überraschte ihn nicht, als er bemerkte, daß er schwitzte. Er stand auf, drehte einige gemächliche Runden in dem Turmzimmer und wedelte sich mit den Hemdschößen eine wohltuende Brise zu. Dann setzte er sich wieder und überlegte: Was habe ich bis jetzt zustande gebracht?

›Ich habe folgendes zustande gebracht.

Ich suche nach einem Mann, der irgend etwas getan hat. Er hat eine Schandtat begangen, doch das, was er getan hat, wurde von keiner der beiden Personen, die es herausfanden, als so schändlich angesehen, daß sie auf die Idee gekommen wären, es könne riskant für sie sein, ihm ihr Wissen zu offenbaren. Aber für den Mann selbst war die Information von so großer Tragweite, daß er die beiden Männer eher umbrachte, als die weitere Verbreitung dieser Information zu riskieren.

Zum zweiten, nicht ganz so eindeutig, mag der Schlüssel zu dieser Information (und folglich zu dem Mörder selbst) in den letzten Eintragungen in das Tagebuch des ermordeten Vizekanzlers zu finden sein.

Ich kann bisher nichts darin entdecken, aber ich halte es für möglich, daß etwas dort ist. Nicht so sehr, weil ich den Verdacht hege, daß Manchip gewohnheitsmäßig dergleichen Dinge festhielt, sondern weil ich weiß, daß Bow-Parley die Information über diesen unbekannten Mann zu der Zeit erwarb, als er Manchips Tagebuch an sich brachte; und unmittelbar darauf wurde er getötet.‹

»Und das«, murmelte Autumn, als er diese Sätze unten auf die letzte Seite seines ›Theorems‹ schrieb, »ist meine Position.«

Er war recht zufrieden, und zum Zeichen dessen klatschte er sich wie bei einem Trommelwirbel auf den Bauch, dann ging er ans Fenster und sah hinunter. Draußen auf der Rasenfläche des Innenhofes spielten drei oder vier Leute Boccia. Autumn ging zum Bett und begann seine Hose anzuziehen.

»Bald«, sprach er leise vor sich hin, »bald. . .«

Kapitel 17

»Zu weit links«, rief Lord Pinner.

»– weit links«, kam es wie ein Echo von Rankine.

Fairlight, Rankine und Lord Pinner ließen die hölzernen Kugeln über den Rasen kullern, während Nicholas Flower und Orson Dogg mit dem Rücken an die Pagode gelehnt dasaßen, rauchten und ihnen zusahen.

Es war schon beinahe Teezeit. Die Sonne glühte vom Himmel herab, und in den Innenhöfen verdichtete sich die Nachmittagsluft. Auf den Straßen im Norden von Oxford bildeten sich Teerlachen, klebrig wie Karamel, und über den Köpfen hingen Flugzeuge der Universitätsstaffel brummend in der dunstigen Luft wie Wespen, die in Sirup ertrinken: Ein Hauch von Gras und Goldlack stieg flirrend von den College-Gärten auf. Auf Parson's Pleasure ließen alte Männer sich die Sonne auf die schlaffe Brust brennen oder sich wie Mollusken im träge dahinfließenden trüben Wasser des Flusses treiben.

Autumn knöpfte seine Hose zu und schlüpfte in das Jackett. Bei einem Blick auf seine Armbanduhr stellte er überrascht fest, daß die Mittagszeit längst vorüber war. Er raffte die Blätter seines ›Theorems‹ zusammen, schob sie zwischen die Seiten von Manchips Tagebuch und klemmte sich das Buch unter den Arm. Dann verließ er das Zimmer, stieg gemächlich sinnierend die Wendeltreppe hinunter und trat hinaus in die heiße Sonne.

Er stand am Rand der Rasenfläche, schaute den Kugeln zu und ließ seinen Gedanken freien Lauf. Man konnte nie wissen, vielleicht war es ja der Küchenchef gewesen. Hatte einen Salatverächter mit dem Obstmesser erstochen. Ein Fleischfresser, geopfert auf dem Altar des Chlorophyll. Autumn scharrte mit der Zehe auf dem Rasen. »Wen haben wir denn da?« rief Nicholas Flower über den Rasen. Autumn ging hinüber zur Pagode, wo die beiden Studenten saßen.

»Hallo.«

Am anderen Ende des Rasens peilte Fairlight über eine Holzkugel hinweg und ließ sie dann über das Gras rollen.

»Zu weit links«, rief Lord Pinner.

»– weit links«, rief Rankine.

»Verrückt, der Kerl«, fauchte Nicholas Flower und rückte zur Seite. Die Kugel prallte gegen die Wand der Pagode. »Der legt es darauf an, mich zu verletzen!«

»Und warum sollte er das tun?« fragte Autumn lächelnd.

»Ach, was Fairlight angeht, leidet unser Freund Nicholas unter beginnendem Verfolgungswahn«, meldete Orson Dogg sich zu Wort. »Ich hoffe, es wird sich zu einem wirklich interessanten Fall auswachsen.«

Mit einem Tritt beförderte Flower die Kugel mit aller Kraft zurück in Richtung Fairlight.

»Wenn der verdammte Kerl nur nicht so schrecklich selbstgefällig wäre. Ich könnte alles daransetzen, sein verdammtes Selbstbewußtsein ins Wanken zu bringen, eine wunderbare Obsession, mein lieber Doggtor.«

»Sagen Sie ihm doch, man hätte ihm die Herausgeberschaft des JOHN O' LONDON's angeboten«, schlug Autumn vor.

»Er würde annehmen. Der Mann hat keinerlei Urteilsvermögen. Sehen Sie sich doch bloß sein Spezialgebiet an. Akenside!«

»Was hat Sie auf die Idee gebracht, Manchip könnte es sich anders überlegt haben?« fragte Autumn und beobachtete, wie Rankine Lord Pinner drängte, die erste Kugel zu werfen.

»Hm? Was? Oh, ja. Wie meinen Sie das: auf die Idee gebracht?« fragte Flower mit gespielter Entrüstung, hinter der sich ein leichtes Unbehagen zu verbergen schien. »Ich habe Ideen. Ich bin ein ideenreicher Mann. Das war nur eine von vielen.«

»Ich habe mich gefragt, ob Ihre unschätzbare Intuition sich gelegentlich auf konkrete Fakten stützt.«

»Fakten?« wiederholte Flower, als ob er das Wort noch nie zuvor gehört habe. »Nein, ich kann nicht so weit gehen zu behaupten, daß es Fakten gibt. Gehen Sie der Sache nach?«

»Welcher Sache?« Autumn blickte Flower an.

»Heiliger Strohsack, welch ein Wortgefecht!« Flower warf Autumn einen unschuldigen Blick zu. »Der Sache, der Idee, daß Fairlight, ein ausgemachter Langweiler seit frühester Jugend, plötzlich bei Manchip in Ungnade gefallen sein und ihn deshalb um die Ecke gebracht haben könnte.«

»Ohne Fakten gibt es nicht viel, dem man nachgehen könnte.«

»Zumindest könnten Sie Fairlight fragen.«

»Was sollte ich ihn denn fragen?«

»Ehrlich, altes Haus, das klingt ja gerade so, als ob ich hier der Verdächtige bin. Haben Sie etwa die Absicht«, Flower senkte theatralisch seine Stimme, »mir eine Falle zu stellen?«

»Ihnen eine Falle stellen!« Autumn hob Hände und Augen gleichermaßen. »Ein Ding der Unmöglichkeit.«

Flower lachte und rief: »Zuviel der Ehre!« Sein Blick war auf die Pförtnerloge gerichtet, wo zwei Gestalten aufgetaucht waren. »Die holde Ophelia in Begleitung eines dunkelhäutigen Gentleman.«

»Inspektor!« hörte man von der anderen Seite des Innenhofs rufen, wo McCann gestikulierend am Rande der Grünfläche stand.

Autumn erhob sich, als Balboa und Mr. Singh eintrafen, und ging hinüber zu McCann.

»Diese Geschichte«, stammelte McCann, »der Polizist, Ihr, wie heißt er, Dorcas, hat angerufen. Ich – wieso um alles in der Welt hat man mich nicht –«

Grimmig und hart und finster dreinblickend.

»Dieser Mensch, dieser Kant. Konterbande in der Bodleian. Wieso bin ich nicht unverzüglich –«

Autumn schwieg.

»Unerhört. Das habe ich Dorcas gesagt. Un –«

Autumn betrachtete McCann prüfend. Wie faßte man ihn am besten an?

»Aus dem einen Grunde, natürlich«, sagte Autumn leichthin. »Kant hätte das alles sehr viel einfacher bewerkstelligen können, wenn er dabei auf Sie hätte zählen können.«

Wie wird er –?

»Natürlich«, stieß McCann voller Verachtung hervor. »Das ist genau das, was jedem als allerserstes in den Sinn kommt.«

Nach einer Pause fuhr McCann fort: »Wenn Sie das glauben, dann glauben Sie wahrhaftig alles.«

Über McCanns Schulter hinweg konnte Autumn die Pagode sehen. Balboa und Nicholas, die ein wenig abseits standen, waren in ein Gespräch vertieft. Fairlight stand am anderen Ende der Rasenfläche, wog eine Kugel in der Hand und musterte das Mädchen und den Studenten.

Autumn sagte zu McCann: »Wir sind direkt. Wir fahren gut mit unserer direkten Art.« McCann fixierte ihn starr mit halbgesenkten Lidern. »Hinter der Kant-Sache ist mit Sicherheit mehr – hmm. Nun, das ist mein Problem.«

»Fertig«, rief Lord Pinner. »Fertig. Bahn frei.«

Fairlight wandte den Blick von Balboa und Nicholas ab und schickte seine Kugel auf den Weg.

»Sie bringen diesen Mann, diesen Kant, mit der anderen Sache in Verbindung, mit den vernichteten Büchern?« fragte McCann.

»Selbstverständlich tue ich das. Die Umstände. Aber er hat so etwas Undurchdringliches. Vielleicht gehen sogar die Morde –«

»Ja?«

Sie schlenderten langsam zur Pagode hinüber.

»Nah dran, nah dran«, rief Lord Pinner.

»– dran, nah dran«, kam Rankines Echo.

Flower blickte verlegen drein. Balboa hatte ihm den Rücken zugekehrt und sprach nun mit Mr. Singh.

»Nein, nein, Inspektor«, sagte McCann und legte ihm die Hand auf den Arm, während sie beide innehielten und Fairlight dabei zusahen, wie er seine zweite Kugel rollte. »Es ist unser Problem; das fällt eher in unsere Zuständigkeit.«

Einen Augenblick lang spielte Autumn mit dem Gedanken, ihm das Tagebuch zu zeigen. Nein. Shipton war der einzige sichere Kandidat.

»Ich fürchte, wir hier im College haben viel zu wenig getan. Wir alle neigen allzu leicht dazu, uns gleich einzuigeln.«

Als sie sich näherten, lüftete Mr. Singh zur Begrüßung seinen Strohhut und sagte: »Ich wünsche Ihnen einen wunderschönen Nachmittag, Inspektor.«

McCann sagte leise: »Ich werde bei meiner Belegschaft so gründliche und umfassende Nachforschungen anstellen, wie ich kann. Wenn die Möglichkeit eines heimlichen Einverständnisses besteht«, ergänzte er trocken, »kann das genausogut andere betreffen, nicht nur mich selbst.«

Autumn stimmte ihn zu.

McCann nickte und entfernte sich.

»Ein kultivierter Schotte«, versicherte Mr. Singh nachdrücklich. »Die Hitze wird ihm mehr zusetzen als uns, da er einem Klima von großer Kühle entstammt. Was jedoch erfrischende Getränke angeht, so gibt es nichts, was einer guten Tasse heißen

Tees das Wasser reichen könnte. Wir sind eben im Begriffe, uns nach –«

»Mein Bester, was für ein schrecklicher, schrecklicher kleinbürgerlicher Irrtum! Wissen Sie denn nicht, daß es sich dabei um ein Gerücht handelt, das von englischen Putzfrauen aufgebracht und in Umlauf gesetzt wurde«, fragte Nicholas Flower, »von unkultivierten englischen Putzfrauen?«

»Heiliger Strohsack!« stieß Mr. Singh entsetzt hervor. »Tausend Dank für den Tip. Wir Untertanen der britischen Krone sind doch immer wieder zu leichtgläubig.«

»Das kann man wohl sagen«, bestätigte Balboa und sah dabei Autumn an. »Viel zu leichtgläubig, obwohl ich immer gedacht habe, daß die Polizei eine Ausnahme von dieser Regel bildet.«

»Haha, jetzt nehmen wir uns alle gegenseitig auf den Arm«, kicherte Mr. Singh. »Es wäre schwer, sich etwas angenehmer Typisches zu erdenken.«

»Wir nehmen uns gegenseitig auf den Arm«, sagte Autumn lächelnd. »Wie reizend!«

Fairlights Stimme drang vom anderen Ende des Rasens herüber.

»Seitenwechsel, Lord Pinner? Dort drüben haben Sie die Sonne im Gesicht.«

»Aber nein, das macht nichts, mein Lieber. Wir spielen doch nur zum Vergnügen.«

»Sarkasmus führt bei Frauen«, meinte Nicholas Flower mit einem Blick auf Balboa, »vorzeitig zu unschönen Falten. Und er tut nicht einmal seine Wirkung, denn der Eindruck, den er macht, ist immer ganz und gar *voulu*.«

»Oh mein Gott!« trumpfte Balboa auf. »Etwas Besseres fällt dir wohl nicht ein?«

»Leichtgläubig?« fragte Autumn nachdenklich. »Ich glaube, Sie meinten arglos, Miss Tomlin, ein wunderbar altmodisches Wort.« Er lächelte.

»Also wirklich!« entgegnete Miss Tomlin gereizt. »Es wird allmählich Zeit, daß Sie mit dieser Sache zu einem Ende kommen. Neulich in Walpurgis, als Sie so viele Fragen zu stellen hatten, da waren Sie professionell. Ich hatte schon erwartet, daß Sie uns allen in Nullkommanichts Handschellen anlegen würden. Aber weiß Gott«, sie warf einen flüchtigen Blick in die Richtung, aus der Fairlight langsam zu ihnen herübergetrottet kam, »Sie haben ja auch nicht gerade viel Unterstützung gefunden.« Sie bedachte Nicholas Flower mit einem verächtlichen Blick. »Ich kann mir nicht vorstellen, daß man als Polizist viel für Albernheiten übrig hat, und –«

»Ich flehe Sie an, Ma'am, beruhigen Sie sich«, bat Autumn feierlich.

Balboa stampfte beinahe mit dem Fuß auf.

»Sie sind ja nicht einmal neugierig!«

Fairlight kam herangekeucht.

»Unanständig heiß. Pax, Pax, meine Güte. Was für ein aufreibendes Spiel. Mr. Dogg wird die neurotische Art vermerkt haben, mit der alle auf exakte Einhaltung der Regeln achten. Puh, da liegen die Nerven bloß, und man gerät ins Schwitzen. Miss Tomlin, ich lese heute abend im Dichterclub aus *Eine Zeit für Laubsägearbeiten*; anschließend könnten wir nach Woodstock hinausfahren und einen Happen im Bären –«

Balboa starrte ihn an.

»Mr. Singh war so freundlich, mich zu einem Tee mit Buffet im Asien-Club einzuladen, mit anschließendem Tanz.«

Sie nahm den Arm, den Mr. Singh ihr bot, und stolzierte steif davon.

Eine Sekunde lang starrte Nicholas Flower ihr nach, dann machte er einen Handstand an der Pagodenwand.

»Verschoss'nen Pulvers letzter Hall«, hauchte Rankine grimmig und rieb zwei Kugeln aneinander.

»Kommen Sie, Rankine, nur keine Müdigkeit vorschützen. Auf ans andere Ende, wir spielen noch eine Partie.«

Als Rankine, gehorsam die Worte seines Herrn und Meisters befolgend, davontrottete, wandte sich Tantalum, der einige Sekunden zuvor über den Rasen herangekommen war, an Autumn.

»Mr. Dorcas wartet im Senior Common Room, Sir, und bat mich, Ihnen Bescheid zu sagen, sobald Sie aufgestanden sind.«

»In Ordnung.«

Der Inspektor begab sich zum Common Room auf der anderen Seite des Hofes. Hinter den Hügeln liegen neue Hügel, und hinter jedem Gebirgszug ragt ein weiterer. Er spürte, daß er sich auf dem vorletzten Kamm befand, er sah den Gipfel noch nicht, doch war er sich dessen gewiß, daß er von hier aus den richtigen Pfad finden würde. Sie wütete in ihm wie Zahnschmerzen, diese Vorahnung, wohingegen ihm die Launen Balboa Tomlins und Nicholas Flowers nicht das geringste ausmachten.

Keine Gewißheit, daß es Manchips Tagebuch ist, keinerlei Gewißheit, aber ich weiß nicht, wo ich sonst suchen soll.

»Ein wenig geruht, was?« Dorcas verzehrte einen Keks, den er zuvor in seinen Tee getunkt hatte.

»Nein.«

»Ich habe kaum ein Auge zugetan. Als wir im Kittchen ankamen, rief er sofort seinen Anwalt an, und kaum hatte das Gericht aufgemacht, stand der Kerl schon vor der Tür. Meine Güte!« Dorcas schnalzte verächtlich mit der Zunge.

»Er ist also wieder draußen?«

»Jawohl, er ist wieder draußen. Drinnen und wieder draußen – wie der Blitz. Frech wie Oskar, er forderte den wachhabenden Sergeanten auf, ihm ein paar Rennies zu besorgen, er hätte Sodbrennen vom Frühstück. Als er sich verabschiedete, sagte er, heute nachmittag würde er schwimmen gehen, um den Gefängnisgeruch abzuwaschen. Meinte, er würde erst einmal abwarten, wie frisch er sich danach fühlte, dann würde er entscheiden, ob er wegen dem Frühstück an die TIMES schriebe. Mann!«

»Ich hätte auch nichts dagegen, schwimmen zu gehen«, sagte Autumn. »Furchtbar heiß. Ja«, sagte er zu dem Diener, »Tee bitte.«

Er atmete den Leder- und Nikotingeruch ein. An einem heißen Nachmittag war der Senior Common Room einer der kühlsten Orte in Oxford. Er sah sich um. Falal hatte die TIMES auf den Knien ausgebreitet und löste das Kreuzworträtsel; er hielt einen Bleistift in der einen Hand, mit der anderen löffelte er Brombeermarmelade. Christelow und Undigo lasen, Shipton stand am anderen Ende des Raumes, trank Tee und blickte zum Fenster hinaus in den Garten des Rektors.

»Was machen wir denn nun als nächstes, mein Lieber?« fragte Dorcas und goß sich Tee nach.

»Hören Sie«, sagte Autumn, »wenn es so heiß ist, bin ich sehr reizbar. Unterstehen Sie sich, mich das noch einmal zu fragen, verstanden?«

»Springen Sie doch nicht gleich aus dem Anzug, mein Lieber.«

»Eben das habe ich heute morgen getan.«

Autumn zog das ›THEOREM‹ aus dem Tagebuch. »Hier. Lesen Sie das, und sagen Sie mir, was Sie davon halten.«

Fairlight trat ein und bestellte Tee. Er sah nicht gut aus. Falal drehte sich zu Dorcas um und bat ihn bei seinem Kreuzworträtsel um Hilfe.

»Was das angeht, bin ich ein hoffnungsloser Fall, Professor Falal.«

»Ich habe den Verdacht, es ist ein Anagramm. Ja, es ist mit Sicherheit ein Anagramm.«

Autumn erhob sich, Manchips Tagebuch in der Hand, und ging hinüber zu Shipton.

Als er an Fairlight vorüberkam, hielt dieser ihn auf: »Ich würde gern mit Ihnen sprechen.«

»Bin gleich zurück.«

Shipton stand mit wirrem Haar allein da.

»Sie könnten mir einen Gefallen tun.«

»Ein Geständnis ablegen?«

»Kein Geständnis. Es geht um das hier«, Autumn pochte mit dem Finger darauf, »das Tagebuch des Vizekanzlers. Seine letzten Einträge. Die meisten davon kommen mir eindeutig vor, aber vielleicht habe ich etwas übersehen. Manche sind kryptisch. Ich möchte, daß Sie es sich einmal ansehen.«

Nach anfänglichem Zögern streckte Shipton die Hand aus und griff nach dem Tagebuch.

»Was soll das alles?« fragte er bedächtig. »Ich dachte, Sie interessieren sich nur für die Eintragung über mich.«

»Keineswegs. Lesen Sie bitte. Nur den letzten Tag. Haben Sie die anderen Eintragungen eigentlich gelesen, als Sie es an sich gebracht hatten?«

»Nein.«

Autumn hockte sich auf die Fensterbank und schlug die Beine übereinander, während Shipton die Eintragungen studierte.

»Und wonach soll ich suchen?«

»Nach verborgenen Bedeutungen.«

Shipton las weiter.

»Ich glaube nicht, daß es so etwas hier drin gibt.«

»Ja, ja«, Autumn biß sich auf die Lippe und nickte. »Schauen Sie es sich trotzdem noch einmal an.«

Shipton schlug die Seite zurück und ging die Eintragungen nochmals durch.

»Nein. Ich kann nichts entdecken.«

»Wer ist der Mann mit der krummbeinigen Schwester?«

»Liebe Güte, das könnte praktisch jeder sein. Ich denke mir, in Wadham könnte man Ihnen da weiterhelfen. Fragen Sie den Pförtner.«

»Ach, schon gut, schon gut.« Autumn erhob sich abrupt und schob die Hände in die Taschen.

»Diese Dinge wie ›Abs. 2, Z. 2‹ sind nur Seitenangaben.«

»Ja, ja, ja.«

»Das sind die einzigen kryptischen Eintragungen.«

»Ja, kryptisch, kryptisch. Sagen Sie, hat er sich mit Christelow, Bow-Parley und Undigo gestritten?«

»Er hat sich immer gestritten.«

Autumn schnalzte mit der Zunge. »Also gut«, murmelte er. Dann wandte er sich an Shipton. »Ich habe es Ihnen gezeigt, weil Sie als einziger nicht unter Verdacht stehen.«

Shipton hob die Augenbrauen. »Vielen Dank.«

Dieses eine Mal wußte seine sonst so spitze Zunge nichts zu erwidern.

»Bitte kein Wort darüber.«

Autumn ging hinüber zu Fairlight. Als Dorcas von Autumns Notizen aufblickte, sah er, wie die beiden sich in einen entfernteren Winkel zurückzogen.

Fairlight sprach. Anfangs stockte er mehrfach, rieb sein kräftiges, glattrasiertes Kinn und blickte den Inspektor an; dann redete er immer schneller, angetrieben von der eigenen Nervosität.

Autumn starrte auf den Teppich, während Fairlight erzählte. Als Fairlight fertig war, sagte er kühl wie ein Arzt zu einem beunruhigten Patienten:

»Was waren Sie doch für ein Dummkopf, daß Sie mir das nicht früher mitgeteilt haben.«

»Na ja«, erwiderte Fairlight und schwieg erneut. »Na ja.«

»Geben Sie schon her.«

Fairlight reichte ihm ein Blatt Papier. Autumn las:

›Mein lieber Fairlight!

Ich finde es nur recht und billig, Sie davon in Kenntnis zu setzen, daß ich meine Meinung über den Kandidaten für den Englisch-Lehrstuhl geändert habe. Bislang habe ich kein Hehl daraus gemacht, wem ich den Vorzug gab; nun muß ich Ihnen jedoch mitteilen, daß ich meine Stimme für Bow-Parley abgeben werde. Darf ich darüber hinaus anregen, daß Sie künftig bei Ihren Beziehungen zu Studentinnen größere Diskretion walten lassen?‹

»Was ist mit der Unterschrift?« fragte Autumn.
»Was soll damit sein?«
»Sind Sie sicher, daß es seine ist?«
Fairlight reckte den Hals, um genauer sehen zu können.
»Wieso nicht?«
»Wann ist der Brief angekommen?«
»Im Laufe des Vormittags, am Tag danach. Zumindest habe ich ihn da abgeholt.«
»Persönlich?«
»Er lag in der Loge.« Fairlight verzog das Gesicht angesichts des Stabreims. »Dort liegen die Briefe, die von College-Boten gebracht werden. Vielleicht hat er ihn auch selbst am Vorabend dort hinterlassen.«
»Dazu war er wohl kaum in der Lage. Er war bereits tot.«
»Natürlich. Aber der Brief kann durchaus ein oder zwei Tage dort gelegen haben. Ich schaue nicht jedesmal nach.«
»Und Balboa Tomlin hat ihn also gesehen und Sie gefragt, warum Sie nichts gesagt haben. Hat sie geglaubt, Sie hätten Angst?«
»Wie zum Teufel kommen Sie denn darauf?«
»Ach, jetzt hören Sie bloß auf!« stieß Autumn ungeduldig hervor.
»Meine Güte, wir nehmen die Sache aber wirklich ernst!« Fairlight nahm allen Mut zusammen, um ein wenig gereizt zu wirken. »Hier steht nichts weiter, als daß er mir seine Unterstützung entziehen wollte. Finden Sie denn wirklich, daß das von so großer Bedeutung ist?«
»Das weiß ich nicht. Aber Sie scheinen es doch für sehr bedeutsam gehalten zu haben. Warum hätten Sie es sonst verschweigen sollen?«
»Also hören Sie. Man geht doch nicht hin und – Es war eine Privatsache, eine heikle Angelegenheit. Verstehen Sie. Es wäre ein viel zu offensichtliches – ähm. So etwas erzählt man doch nicht aller Welt. Vor allem nicht der Polizei. Und überhaupt«, Fairlight zuckte die Schultern, »wer interessiert sich schon für derart nebensächliche interne Intrigen?«
»Das wissen Sie besser als ich«, versetzte Autumn und schob den Brief in die Tasche. »Ich brauche Ihnen ja wohl nicht zu sagen, daß Sie über diese Sache Stillschweigen bewahren müssen.«
»Oh, natürlich nicht, absolut nicht.«

Clapp war eingetreten, begleitet von Lord Pinner und Rankine.

»Tag allerseits«, tönte Clapp in die Runde.

»Höchst eindrucksvoll, alter Junge«, meinte Dorcas, als Autumn sich wieder zu ihm setzte, »wirklich höchst eindrucksvoll. Ich hätte das nicht zustande gebracht.« Er beugte sich vor und vertrieb eine Wespe von der Marmelade. »Ich kann so etwas ebensowenig, wie ich fliegen kann. Taten – ja. Theorie – nein.«

Falal murmelte: »Es muß ein Anagramm sein.« Er balancierte einen Löffel Marmelade reglos vor sich in der Luft.

»Sie haben das alles bestens auseinanderklamüsert, alter Junge«, sagte Dorcas, »und jetzt stellt sich die Frage, was wir als nächstes –«

Christelow hatte sich von der Stelle entfernt, wo Lord Pinner die frische Luft pries, als handele es sich dabei um einen Markenartikel. Autumn blickte zu ihm auf.

»Würden Sie sagen, daß Bow-Parley und der Vizekanzler irgendwelche Gemeinsamkeiten hatten, Mr. Christelow?«

»Ein interessanter Gedanke.«

Undigo, der sich ebenfalls auf der Flucht vor Lord Pinner befand, kam zu ihnen hinübergeschlendert, und nachdem er bei dem Diener weiteren Tee bestellt hatte, stand er da, die Hände in den Taschen vergraben, und hörte zu.

Ganz plötzlich vergaß Autumn seine Umgebung, er vernahm auch nicht länger, was Christelow sagte, denn in seinem Kopf hatte es auf einmal Ping gemacht, nicht lauter als der Klang einer Stimmgabel.

»Das hatten sie miteinander gemein!« stieß Autumn hervor.

»– kein Gefühl für das rechte Maß.« Christelow hielt inne. »Wie bitte?«

»Oh ja«, nickte Autumn, »natürlich.«

»Man kann wohl sagen, sie waren beide Snobs. Glauben Sie nicht auch, Christelow?« Undigo wartete nicht auf die Bestätigung. »Ja, mit Sicherheit. Bow-Parley hätte vielleicht von einem kultivierten Vorurteil gesprochen, aber Manchip hätte die Dinge beim Namen genannt und Snobismus gesagt. Der Reverend«, Undigo lächelte und ließ die Münzen in seiner Tasche klimpern, »war ein Anhänger Bacons. Ein Anhänger Bacons und ein Gentleman.«

Ganz, ganz leise erklang die Stimmgabel erneut. Autumn saß da wie jemand, der auf einen Nieser wartet.

»Was meinen Sie damit, Mr. Undigo?« fragte Dorcas interessiert.

»Kommt ganz darauf an, wie Sie die Sache betrachten, Inspektor.«

»Aha!« rief Falal. »Eins, zwei, drei, vier – ja, das kommt hin. Scharfsinnigkeit, ein schönes, langes Wort, und ein außerordentlich passendes noch dazu. Ein Anagramm, wie ich bereits vermutet hatte. Ja«, fuhr er fort, »Manchip war ein Snob, und seine Ansichten über Frauen waren zügellos, aber er hätte keine zehn Minuten gebraucht, um auf das Wort Scharfsinnigkeit zu kommen, nein, bestimmt nicht.«

»Er hätte Sie aus der Fassung gebracht, Humphrey; er hätte Ihnen nur über die Schulter geblickt und alle Ihre Anagramme im Handumdrehen gelöst«, sagte Christelow lächelnd.

Autumn erhob sich.

»Ich sage Ihnen mit drei Worten, was mit Manchip los war«, rief Lord Pinner quer durch den Raum, »er hatte den Anschluß verpaßt!«

»Bis zu einem gewissen Grad, gewiß«, bestätigte Rankine.

Autumn spürte, daß der Nieser kommen würde und er ihn nur noch zurückhalten mußte, bis er ihn irgendwo mit allem Nachdruck loslassen konnte.

Clapp starrte ihn an.

»Tja«, sagte Autumn gutgelaunt, »es gibt keine Patentlösungen.«

Lord Pinner rief: »Aber selbstverständlich gibt es die. Das Leben eines jeden erfolgreichen Mannes ist ein Folge von Patentlösungen. Das war etwas, was unser Freund Manchip nie begriffen hat. Völlig festgefahren!«

Autumn nickte geistesabwesend. Er ergriff das Tagebuch und die Bögen mit seinem ›THEOREM‹.

Dorcas erhob sich ebenfalls.

Autumn nickte nochmals freundlich und ging zur Tür. Dorcas folgte ihm.

»Was soll ich als nächstes tun?«

Autumn stand an der Schwelle und schaute an ihm vorbei in den Innenhof.

»Sie, hm –«

»Ja?«

»Ach, warten Sie einfach auf der Wache.«

»Wird gemacht.«

Noch während er sprach, drängte Autumn sich an ihm vorbei.

Sonstwo mit seinen Gedanken, dachte Dorcas und sah seinen Kollegen durch den Kreuzgang entschwinden. Nur gut, daß wenigstens einer von uns mit nur ein paar Stunden Schlaf auskommt, ohne gleich mit den Nerven am Ende zu sein.

Autumn kam es vor, als müsse er behutsam auftreten. Als könne die leiseste Erschütterung die Konzentration vertreiben, die nötig war, um weiterhin das Echo der Stimmgabel zu hören, die so plötzlich aufgeklungen war. Nein, nicht plötzlich aufgeklungen – die er so plötzlich gehört hatte. Ich darf sie nicht wieder verlieren.

Er begab sich in den Turm.

Der Innenhof war menschenleer. Das weiche Licht, das nach der Teezeit einsetzte, verlieh den Schatten Struktur, so daß sie dunkler und dichter wirkten. Zweimal traten Gestalten aus dem Säulengang hervor und gingen über den Rasen zur Pförtnerloge: einmal vom Senior Common Room, einmal aus dem Treppenhaus, das zu den Studentenzimmern führte. Ischariot läutete die Viertelstunden, die halben und die vollen Stunden. Tantalum löste sich aus dem Schatten und bestaunte die Hitze, die der Boden abstrahlte und die durch seine Schuhsohlen kroch. Die Hitze hielt vor, pulsierte in dem Innenhof, als habe man dem Himmel Schröpfköpfe angesetzt.

Autumn stand wieder an der Tür des Turmes. Er sah sehr erschöpft aus. Erfolg ist eine Befreiung, dachte er, und die äußert sich in Erschöpfung. Was für ein Jammer.

Er starrte auf seinen Schatten, der ihm über den Rasen vorausging. Tantalum wartete am Tor und sah ihn näherkommen; er war erstaunt, daß ein Polizist so müde aussehen und so langsam gehen konnte.

»Man könnte meinen, der Stein sei lebendig, so wie die Hitze von den Mauern zurückgeworfen wird, Sir.«

»Es ist verflixt heiß.«

Autumn stellte dem Pförtner eine Frage, und der Pförtner antwortete: »Nein, der ist zu Parson's Pleasure. Vor 25 Minuten ungefähr. Das einzig Wahre, bei dem Wetter.«

Autumn nickte und trat langsam hinaus auf die Straße.

Der Mann, der Manchip umgebracht hat. Die Worte sprangen in Autumns Kopf auf und ab, während er durch die Parkanlagen zu Parson's Pleasure ging. Er.

Jetzt hieß es in jeder Hinsicht, die Hosen herunterzulassen.

Kapitel 18

Autumn hatte gewußt, daß sie unbekleidet sein würden. Parson's Pleasure, ein Nebenarm des Cher, war reserviert für Herren, die unbekleidet zu baden wünschten, aber irgendwie hatte er gedacht, daß sie nicht so nackt aussehen würden.

Was für eine Ansammlung verschrumpelter Bäuche. So zwanglos, wie es ihm sein bekleideter Zustand erlaubte, bewegte er sich auf die Umkleidekabinen zu und stopfte seine Pfeife. Überall auf dem Rasen drängten sie sich: junge, mittelalte, alte, weiße, braune, gefleckte. Gewiß, es hieß, der menschliche Körper sei schön, doch wessen Körper?

Autumn hatte nicht die Absicht, sich auszuziehen, denn er hoffte, nicht allzu lange bleiben zu müssen. Er schlenderte über den Rasen, die Hände in den Taschen, und schlängelte sich zwischen all den unansehnlichen Gliedmaßen hindurch.

»Hallo, hallo, hallo.«

Die Willkommensrufe kamen von Mr. Bum und Mr. Weed. Beide waren nicht völlig nackt, denn Mr. Bum trug noch seine Hornbrille und Mr. Weed seine Kamera.

Mr. Bum klatschte sich auf den Bauch und sagte im Brustton der Überzeugung: »Nackte Tatsachen, was? Genau, was alle wollen.«

Autumn ließ sich nieder.

»Sehr griechisch«, sagte Mr. Bum mit einer weit ausladenden Handbewegung.

»Sehr schmerzhaft«, meinte Mr. Weed und verlagerte sein Gewicht auf die andere Pobacke.

»Wollen Sie nicht ablegen, alter Knabe?« regte Mr. Bum an.

»Wenn er auch nur ein winziges bißchen Achtung für sein Hinterteil hat, dann bleibt er, wie er ist«, meinte Mr. Weed. »Ich komme mir vor, als säße ich auf einer gottverdammten Haarbürste.«

»Puh, die Sonne ist noch immer heiß«, sagte Autumn.

»Dörrt einen vollkommen aus«, bestätigte Mr. Weed.

»Und da bleibt von dir nicht mehr viel übrig, was, mein Junge?« Mr. Bum rückte seine Brille zurecht und musterte seinen Kollegen streng. »Hat dir schon mal jemand gesagt, daß du aussiehst wie ein Fakir?«

»Ich fühle mich auch wie ein verdammter Fakir, alter Knabe.«

Ohne seine Kleider erinnerte Mr. Weed an ein Wurzelstück des Johannisbrotbaums.

Bum wandte sich dem Inspektor zu.

»Wir sind hergekommen, um mit Kant zu reden. Also, das ist ja eine tolle Geschichte; nur die Sache mit den unanständigen Büchern müssen wir etwas herunterspielen. Ihr Kollege hat mir heute vormittag die Hintergründe erläutert. Wie es scheint, hatten Sie eine ziemlich aufregende Nacht.«

»Allerdings.«

»Da drüben ist er, aber wir müssen warten, bis er angezogen ist, Horace, wegen dem Foto.«

Bum wies mit dem Finger nach der anderen Flußseite, und Autumn blickte hinüber. Kant schwamm auf dem Rücken unter den hohen Ulmen und ließ sich treiben; er strampelte mit den Füßen wie ein Baby in der Badewanne. Warten wir's ab, dachte Autumn, am Ende erweist er sich vielleicht doch noch als Stolperstein.

Mr. Bum, dessen ganzer Körper unglaublich weiß war, begann kraftvoll auf der Stelle zu laufen.

»Angegriffene Gesundheit, so was gibt's bei mir Gott sei Dank nicht. Hin und wieder ein kleiner Schnupfen – und Hämorrhoiden eben, – aber sonst in bester Verfassung.« Er wog seine Brüste in den Händen. »Das gute Leben, Horace. Kommst du mit rein?«

Autumn schaute träge zu Kant hinüber und hing angenehmen Tagträumen von bevorstehenden Erfolgen nach. Ein Problem, ein menschliches und intellektuelles Problem. . .

»Nein«, sagte Mr. Weed. »Mir ist das Wasser zu schmuddelig.«

. . . von mir gelöst. Und die Beweise waren jedem zugänglich, der von den Ereignissen, den beteiligten Personen und den Beweisstücken Kenntnis hatte. Buchstäblich! Diesmal werde ich nicht zum Yard zurückgehen und sagen müssen, der Kerl hat gestanden oder Selbstmord begangen oder einen Fehler gemacht.

»Und die Professoren«, sagte Mr. Weed zimperlich, »sehen aus, als ob sie besser erst einmal gechlort werden sollten, bevor man ihre nähere Bekanntschaft macht.«

Nichts Zufälliges daran, nichts Improvisiertes. Es war schon merkwürdig, wie all die anderen Verdächtigen nun über jeden Zweifel erhaben schienen, so daß man dasaß und sich fragte, wie man Männer, die so offensichtlich ohne jeden Tadel waren, überhaupt hatte verdächtigen können.

Ein Mann schwamm gemächlich durch das dünne Gras, dessen spitze Halme am anderen Flußufer eine Art Haarflaum auf dem Wasser bildeten. Das war der Mann, der Manchip und Bow-Parley getötet hatte, und Autumn beobachtete ihn neugierig.

Ein Mann, der zwei Menschen getötet hatte. Das erste Mal, dachte Autumn, daß ich ihn in diesem Licht betrachte.

Und plötzlich war es vorbei mit Autumns kontemplativer Stimmung; er sah, wie der Mann, der Bow-Parley und Manchip getötet hatte, geradewegs auf Immanuel Kant zuschwamm und mit ihm zu plaudern begann. Die beiden hatten beinahe schon das andere Ufer erreicht, wo sie sich wassertretend und sanft mit den Armen rudernd über Wasser hielten. Da ist er, der Stolperstein. Ich hab's gewußt, ich hab's verdammt noch mal gewußt, daß dieser fette Heuchler da irgendwie mit drinsteckt.

»Mist«, stieß Mr. Weed hervor, »sehen Sie sich das an!« Er starrte auf den weißen Streifen, der diagonal über seine Brust verlief. »Das hat man nun davon, wenn man in der Sonne seine Kamera umbehält.«

Autumn beobachtete, wie die beiden Männer aus dem Wasser stiegen und die Uferböschung hinaufkletterten. Dann saßen sie da und ließen die Füße ins Wasser baumeln.

Und was, was zum Teufel hat das zu bedeuten? Autumn starrte angestrengt zum anderen Flußufer hinüber.

»Also, bei so was fühlt man sich doch fast wie ein Philosoph«, sinnierte Mr. Bum.

»Bei was?« wollte Mr. Weed wissen.

»Wenn man so nackt hier sitzt inmitten der intellektuellen Elite.«

Autumn war völlig in Gedanken versunken und rieb mit den Fingern seine Lippen.

»Also ich fühle mich nicht wie ein Philosoph, alter Knabe, ich fühle mich unbehaglich.«

»Oh, die sind alle schwer in Ordnung, ehrlich –«

»Nein, nein, alter Knabe, ich spreche nicht von der intellektuellen Elite. Ich spreche vom Zustand meines Hinterns.«

Vögel segelten niedrig über das Wasser und verschwanden kreischend zwischen den Bäumen. Zwei unbekleidete Akademiker mittleren Alters flanierten über den Rasen, rauchten Pfeife und nickten freundlich.

»Ja«, Mr. Bum blickte sich träge um, »wo ist er denn abgeblieben?«

»Wer denn, alter Knabe?«

»Kant.«

Autumn schaute auf. Die beiden Männer waren verschwunden.

»Er ist sicher noch irgendwo hier.«

»Ich will die Gelegenheit für mein Foto nicht verpassen.«

Autumn wandte sich um und schaute flußabwärts. 40 Meter entfernt, in der Mitte des Flusses, tauchte der Mann auf, der Bow-Parley und Manchip ermordet hatte, und plantschte fröhlich, aber von Kant keine Spur.

Autumn hielt Ausschau. Dann sprang er auf, fast noch, ehe sein nächster Gedanke Gestalt angenommen hatte.

»Gehen Sie schon?« fragte Mr. Bum.

Der Mann, der zwei Menschen ermordet hatte, war untergetaucht; er tauchte jetzt wieder auf, fröhlich prustend, und schwamm zum Ufer, unterhalb von Autumn und den beiden Journalisten. In diesem Augenblick begriff Autumn, wo Kant war.

Der Mörder stieg aus dem Wasser, wischte sich die Haare aus den Augen und schneuzte sich die Nase. Er blickte auf, erkannte Autumn und winkte. Dann sank sein nackter Arm langsam herab. Er hatte den Gesichtsausdruck des Inspektors gesehen.

Autumn überlegte verzweifelt, was er zuerst tun sollte. Er mußte ihn ohne Verzug zu fassen bekommen. Aber Kant?

»Hören Sie«, wandte sich Autumn an Bum und Weed, die sich abrupt umdrehten, verblüfft ob seines veränderten Tonfalls, »da unten im Fluß ertrinkt soeben ein Mann, bei dem Gras da drüben, bei den Erlen. Holen Sie ihn raus!«

»Was?«

»Schnell!«

Bums Kiefer klappte herunter, aber mit bemerkenswerter Elastizität stürzte er sich ohne zu zögern ins Wasser, gefolgt von Mr. Weed, die Füße voraus.

Autumn drehte sich um. Der Mann stand noch immer am Ufer; seine Arme hingen herab, und Autumn sah das Glitzern des Wassers, das von seinen Fingern tropfte.

Der Inspektor setzte sich in Bewegung.

Und dann brach die Hölle los.

»Die Besucherzahlen beim ersten Rennen waren wirklich großartig. Wir hatten – oh je!«

Mit einem kurzen, heftigen Aufschrei sprang der Mann, der eben noch gesprochen hatte, auf, wies mit zitterndem Finger auf den Fluß, unternahm einen erfolglosen Versuch, seine Blöße mit einer Handvoll Gras zu bedecken und preschte davon, als sei der Teufel hinter ihm her.

Denn in den (verbotenen) Seitenarm kam mit einer beachtlichen Anzahl von Knoten der Damenachter gerudert.

Parson's Pleasure bot mit einem Schlag ein völlig verwandeltes Bild. Männer, die es sich in der Sonne bequem gemacht hatten – sei es auf dem Bauch liegend, sei es mit angezogenen Knien –, sprangen auf wie federbetriebene Automaten und rannten um ihr nacktes Leben.

Rasende Gestalten prallten gegeneinander, stürzten in Hecken, sprangen zu sechst in eine Umkleidekabine. Ein dicker Professor versuchte, einen Baum zu erklimmen. Die Erde bebte.

Draußen im Fluß begann das Wasser zu brodeln, als die Badenden wild entschlossen dem Ufer zustrebten. Ein Mann kroch heraus und drückte sich jämmerlich unter das Sprungbrett, ein anderer kauerte sich in die Binsen und versank mit dem Hintern im Morast; ein weiterer öffnete auf seiner verzweifelten Suche nach Deckung sein Brillenetui und hielt es hoffnungsvoll vor sich.

Diesen einen Augenblick vollkommener Verwirrung lang war Autumns Blick getrübt gewesen. Sein Mann war verschwunden. Autumn rannte über den Rasen.

»Also wirklich!«; »Öffentliches Ärgernis!«; »Unsittlich!«; »Die müssen doch wissen!«; »Also, ich habe mir mein Handtuch um den Kopf gewickelt, weil ich an den Mann denken mußte, der gesagt hat, in Oxford kenne man sein Gesicht, nicht aber seinen –«

Die Badegäste schnatterten hysterisch im Gebüsch.

Die Damen im Boot hatten begonnen zu kreischen, und über diesen Falsettchor hinweg erhob sich die Stimme der Steuerfrau.

»Rudert zurück, und hört mit dem verdammten Gekreische auf«, brüllte Pearl Corker. »Einige von euch sehen hier etwas, was sie nie wieder sehen werden. Volle Kraft drücken!«

Autumn rannte zum Flußufer und ließ den Blick über das hohe Gras schweifen. Dann schoß er über den Rasen zu den Hecken und warf sich wie ein Schäferhund zwischen die kauernden Nackten.

»Das Schild muß erneuert werden –«; »Das ist zuviel für mich!«; »So schutzlos –«

Autumn riß die Türen der Umkleidekabinen eine nach der anderen auf. Die Badegäste, zusammengepfercht wie die Ölsardinen und nervös schnatternd, nahmen keinerlei Notiz von ihm. Ein Mann im blauen Anzug, der zwischen ihnen herumsprang wie ein Rugbyspieler, machte nach allem, was geschehen war, keinen Eindruck mehr auf sie. Dieser Nachmittag war gelaufen.

Hinter den Hütten gab es einen Lattenzaun und eine Hecke. Autumn stieg darüber und suchte das dahinterliegende Feld ab.

Er kletterte zurück, ging bis ans Ende der Hütten und gelangte wieder auf die offene Grasfläche am Fluß. Der Damenachter verschwand langsam um die Flußbiegung. Am anderen Ufer stützten Bum und Weed den um ein Haar ertrunkenen Kant.

Autumn wirbelte herum. Eine nackte Gestalt hatte sich blitzschnell aus einem Busch befreit. Der Mann erkannte Autumn und blieb stehen. Dann rannte er wie der Wind auf das Tor zu.

»Halt!«

Autumns Stimme war wie ein Donnerschlag, und die Saatkrähen stoben krächzend aus den hohen Ulmen. Das Geschnatter der Badegäste verstummte mit einem Mal. Plötzlich herrschte vollkommene Stille.

Autumn rannte los. Er schrie wieder. »Der Mann am Tor. Er muß aufgehalten werden. Halten Sie ihn fest!«

Die Badegäste waren wie Wachs in seinen Händen; der Tag war aus den Fugen: Riesen, Zauberei, Götter aus Maschinen, sie hätten alles geglaubt.

Der Mörder hatte das Tor erreicht, und schon war er hinaus auf die Gasse. Die Badenden waren aus ihren Verstecken gekommen und standen nun wie Steinfiguren auf der Wiese.

Mit einem Schrei stürzte Autumn sich zwischen sie.

»Ihm nach!«

Er war der einzige, der etwas anhatte. Er fuchtelte mit den Armen. Es war überwältigend, niemand vermochte sich zu widersetzen. Eine Hypnose, die nur an einem Nachmittag funktionieren konnte, der längst vollkommen aus dem Ruder gelaufen war.

Mit großen Augen, erwartungsvoll, starrten sie ihn an: Autumn legte noch einmal nach.

»Kriminalpolizei. Halten Sie diesen Mann fest!«

Zuerst zögernd, dann entschlossener, begannen die Nackten sich zu rühren, sie bedeckten den Rasen wie eine Wolke sich am Himmel ausbreitet, amorphe Pseudopodien. Sie zwängten sich durch das Tor wie ein großer Klumpen Ektoplasma, sie stolperten übereinander in der engen Gasse, stießen sich die Zehen, zerkratzten sich die Arme an den Hecken.

Und dann rannten sie los.

Einige liefen aufrecht, erhobenen Hauptes, die Arme entschlossen angewinkelt. Einige stürzten mit dem Kopf voran, sie liefen über den Boden gebückt und zogen die Beine nach. Einige stürmten mit ausladenden Schritten voran. Einige kamen mächtig in Fahrt und schleuderten ihre Knie bis fast zum Kinn herauf. Einer schwang seine Ellenbogen wie Gymnastikkeulen, ein anderer schlenkerte die Fersen wie ein alter Gaul.

Da liefen große Männer und kleine Männer, dicke Männer und dünne Männer. Einige hüpften, einige tänzelten, einige tapsten, einige watschelten. Einige liefen seitwärts. Es waren fette Männer dabei, die auf mageren Beinen liefen, und dünne Männer liefen auf dicken Beinen. Man sah dunkle Haut und helle Haut und fleckige Haut, und manche Haut war gelb. Es gab struppige Männer und behaarte Männer und glattrasierte Männer. Einige hatten X-Beine, andere O-Beine, ein paar beides zugleich.

Und alle liefen.

Hinaus aus Parson's Pleasure, hinaus auf die schmale Gasse, ans Flußufer und den Pfad am Fluß entlang; vorbei an den Weißdornbüschen und den beschnittenen Erlen und dem gelben Ginster; jeder Mann die Augen vor die Füße geheftet, nackt, wie Gott ihn geschaffen hatte, und mit der Witterung des Wildes in den Nüstern.

Und selbst den Vordersten weit voraus jener Mann, der Manchip und Bow-Parley ermordet hatte; der Mann, für den das Spiel längst aus war; der Mann, der den nackten Tatsachen ins Auge blicken mußte.

Kapitel 19

So groß war die Zahl der Augenzeugen, daß diese Geschichte die einzige Oxford-Anekdote wurde, die nie jemand falsch erzählte. Sobald jemand zu erzählen anhob, daß er eben auf der Höhe von Keble gewesen sei, gab es immer zwei oder drei andere, die sich einschalteten: »Oh, ich war gerade bei Blackwell's.« Oder: »Ich war unten in den Grünanlagen.«

Am dichtesten waren die Augenzeugen auf der Broad Street gesät gewesen, denn neben den Passanten gab es noch diejenigen, die in Exeter und Balliol aus den Fenstern geschaut hatten. Eine Menge Beobachter war in der Gegend von Wadham und unten bei den Laboratorien gewesen, doch wenn es eine Gruppe gegeben hatte, die gegenüber allen anderen im Vorteil gewesen war, dann war es diejenige, die sich in der Nähe des Märtyrerdenkmals befunden hatte. Sie war Zeuge des großen Finales.

Niemand hat diese Geschichte je falsch erzählt, doch eine Unzahl von teils widersprüchlichen Apokryphen ergab sich hinsichtlich der Frage, wie die verschiedenen Zuschauer angeblich reagiert hatten. Das meiste davon war nichts weiter als gewöhnliche, reichlich uninspirierte Übertreibung, doch haben sich bis heute ein oder zwei dieser Geschichten in den Junior und Senior Common Rooms gehalten. Zum Beispiel die von den beiden Vertretern der Hochkirche, die aus dem Tor von Keble herausspaziert kamen und mitten in den Auflauf hinein gerieten: ›Baptisten‹, hatte der eine geknurrt, ›und die haben Pusey Exzesse vorgeworfen!‹ Und einer der bekanntesten Naturwissenschaftler Oxfords soll vor dem Pitt-Rivers-Museum gestanden und das Ganze ohne zu zögern als ›Täuschung durch die untergehende Sonne‹ erklärt haben.

Zu behaupten, es sei eine Oxford-Anekdote gewesen, heißt, die Angelegenheit möglicherweise ein wenig herunterzuspielen. Die Entscheidung, ob er eine Meldung über Männer drucken sollte, die unbekleidet eine wilde Verfolgungsjagd durch die Straßen einer Universitätsstadt aufnahmen, oder besser nicht, hatte Mr. Sharpshoot von der KNELL die Haare zu Berge stehen lassen; einen Teelöffel aus Metall hatte er dabei zu einer Acht verbogen. Ein Bum am Telefon, ein heroischer Bum, ein Bum, der außer sich war, ein besessener Bum hatte ihn am Ende überzeugen können, daß er vollkommen nüchtern sei. Um fünf Uhr dreißig beschloß Mr. Sharpshoot, der nun vor seinen Redakteuren mit einer Weste stand, an der sämtliche Knöpfe falsch zugeknöpft waren, sich einen Teufel um die merkwürdigen Damen in den Nichtraucherabteilen zu scheren und auf die Konsequenzen zu pfeifen. Die Abendausgabe der KNELL druckte 10000 Exemplare zusätzlich, und in einer atemberaubenden Metamorphose wurde Mr. Bum selbst zum Gegenstand eines Porträts auf der Titelseite.

Dem Bericht über Bum, der nicht nur auf diese Geschichte angesetzt, sondern sogar selbst zum Akteur in ihr geworden war – wie Bum den Pornographen vor dem Ertrinken gerettet hatte, wurde in fetten Lettern unter seinem Foto geschildert –, hatten die anderen Blätter nur ihre üblichen Kolumnen entgegenzusetzen.

»Die Königinmutter ist kaum von ihrer triumphalen Reise zurück«, wetterte Cackhandidus, »und da frage ich diese Herren: War das der richtige Augenblick?«

Für alle, die etwas fürs Herz suchten, gab es natürlich Mrs. Spectre, die Heldin des Tages. Nicht nur die Zeitungen, auch das Fernsehen brachte sie groß heraus. »Sagen Sie, Mrs. Spectre, meine Liebe, was ist Ihr größter Wunsch im Leben?« fragte Wilfried Pickles lächelnd. Mrs. Spectres Antwort sprach mehr als tausend Worte, und das Bild wurde ausgeblendet, als die Schrotladung sich in den verlängerten Rücken ihres Gesprächspartners bohrte.

Doch wir eilen voraus.

In den Grünanlagen war ein Cricketmatch im Gange, und der Werfer war eben unterwegs zum Mal. Just im Augenblick des Wurfes entdeckte er sie, wirbelte auf dem Absatz herum und schleuderte den Ball nach dem Schiedsrichter auf der Linken. Dieser hatte sie ebenfalls schon gesehen, und als der Ball ihn empfindlich am Ellbogen traf, schüttelte er den Arm so sachte, als habe ihn ein fallendes Blatt gestreift.

Sie liefen in gleichmäßigem Tempo und blieben stets auf dem Gras, wegen der Steine. Sie bildeten ein langgestrecktes Feld, wie die Teilnehmer eines Querfeldeinlaufes, doch in ihrer Nacktheit wirkten sie eher wie ein griechischer Fries, den ein zweitrangiger Comiczeichner gezeichnet hatte. Einige, denen zuvor die Puste ausgegangen war, legten nun wieder zu.

Die Cricketspieler standen wie versteinert, wie Wachspuppen in der heißen Sonne. Der Deckungsspieler, der hinabgebeugt mit den Händen auf den Knien gestanden hatte, als er sie sah, verlor das Gleichgewicht, kippte vornüber und lag nun auf allen vieren, reglos wie ein Vorstehhund. Weiter draußen auf der Wiese, im hohen Gras unter den Bäumen, saßen die Paare kerzengerade, das Haar noch zerzaust, die Träger noch heruntergestreift, die Hände noch in den Schlitzen der Kleider. Hatten die Bienen aufgehört zu summen? Fielen die Lerchen vom Himmel? War die Ewigkeit angebrochen?

Die Reihe der nackten Männer raste im Sommerlicht, als seien sie zum Jüngsten Gericht gerufen.

»Pimple«, bemerkte ein Chemiker über die Schulter zu einem anderen, als er zum Laborfenster hinaussah, »leg vorsichtig deinen Retortenlöffel ab, komm ans Fenster, und schau dir das an. Da läuft eine ganze Horde von Männern die Straße runter, und die haben nichts an.«

»Was für eine seltsame Idee.«

»Warum die das wohl machen?«

»So was ist doch verboten.«

»Mmmmm.«

»Da kommen sie.«

»Ich habe noch nie jemanden auf der Straße gesehen, der nichts anhatte.«

»Ich auch nicht.«

»Wahrscheinlich kann so was auch nur in Oxford passieren.«

»Hm?«

»Nur in Oxford.«

»Wie meinst du das?«

»Oh . . . na ja . . .«

Das wird mir bis ans Ende meiner Tage nachhängen, stöhnte der Inspektor im Laufen. Für ewig und alle Zeiten. Diese bescheuerten Mädchen, die haben alle verrückt gemacht. Ich wünschte, ich hätte ihn laufen lassen – er wäre ohnehin nicht weit gekommen. Ich hätte Dorcas benachrichtigen können. Ich hätte ihm allein nachlaufen können. Stattdessen nun dieses entsetzliche, peinliche – Meine Güte, meine Güte. Ich wünschte, ich könnte die letzten Minuten ungeschehen machen, ich wünschte, ein riesiger Lastwagen würde uns alle überfahren, ich wünschte, wir könnten alle aus diesem Alptraum erwachen, ich wünschte –

»Was zum Teufel haben Sie denn zu starren?« brüllte er einen Polizisten an, der wie vom Donner gerührt auf dem Bürgersteig stand und sich an seinem Uniformkragen festkrallte. »Meinen Sie, wir machen das zu unserem Vergnügen?« Der Polizist wurde von galvanischen Zuckungen gepackt, dann gelang es ihm schließlich, sich in Bewegung zu setzen. Er holte den Inspektor ein.

»Das ist ja vielleicht 'n Ding. Ich habe noch nie so viele auf einem Haufen gesehen. Wir könnten versuchen, sie hinüber nach Wadham zu lenken, wenn wir die Anführer in eine andere Richtung bugsieren. So wie man es mit durchgegangenen Bullen macht.«

Ein Autofahrer, der gemächlich vor der wilden Hatz hertukkerte, sah sie im Rückspiegel und machte einen Schlenker, der Wagen hüpfte den Bordstein hinauf und landete im Pitt-Rivers-Museum. Zwei Damen mit Einkaufskörben brachen plötzlich in Tränen aus.

»Exakt solche Vorfälle bringen eine Stadt in Verruf«, rief der Konstabler mit Nachdruck.

Schon begannen einige Läufer auf den Boden der Tatsachen zurückzukehren. »Aber was kann man schon tun, wenn man nichts anhat und läuft«, keuchte ein spindeldürrer Don mittleren Alters, der noch immer seinen Zwicker auf der Nase hatte, »außer immer weiterlaufen?«

»Da gibt es nur eines«, stieß ein anderer hervor, »wir müssen ihn zu fassen bekommen.«

»Ja, das ist unsere einzige Hoffnung.«

»Wenn wir ihn zu fassen bekommen, habe ich vielleicht noch immer Aussichten auf die Pfarrstelle.«

»Wenn wir ihn zu fassen bekommen, behalte ich vielleicht meine Professur.«

»Wenn wir ihn nicht zu fassen bekommen«, knurrte ein Don mit haariger Brust, »wandern wir alle ins Gefängnis.«

Als hätte er sie gehört, legte der Verfolgte die Arme noch enger an und vergrößerte sein Tempo.

Warum zum Teufel macht er das, fragte sich Autumn, der sich nach und nach zur Spitze der Kolonne vorarbeitete. Er muß doch wissen, daß er nicht davonkommen kann. Instinkt wahrscheinlich. Er will den Augenblick seiner Ergreifung so lange wie möglich hinauszögern, obwohl er weiß, daß es kein Entkommen für ihn gibt. Der Mörder bog in die Broad Street ein und lief mitten auf der Fahrbahn weiter. Nicht ein einziger Zuschauer machte Anstalten, ihn aufzuhalten. Kein einziger Laut erklang. Die ganze Straße war wie versteinert. Ein Botenjunge fiel vom Fahrrad und blieb reglos auf dem Pflaster sitzen, während die Räder seines Gefährts sich langsam weiterdrehten. Das einzige Geräusch war das Flapp-Flapp der nackten Füße auf dem Asphalt.

Zwei Hausvorsteher kamen mit Penguin-Büchern unter dem Arm bei Blackwell's herausgeschlurft. Einer sah triefäugig auf die Straße hinaus und erblickte die Läufer.

»Ja«, bestätigte der andere nickend, als sein Begleiter ihn auf das Spektakel aufmerksam machte, »das ist eine Reklamekampagne, verlassen Sie sich drauf.«

Ein Philosophiedozent und sein Schüler standen am Fenster in Balliol und sahen zu.

»Lassen Sie uns das als einen hypothetischen Fall nehmen«, sagte der Dozent mit einer Geste in Richtung der Nackten. »Wenn wir die Empirie einmal außer acht lassen, was brauchen wir dann?«

»Wir brauchen eine Brille«, entgegnete sein Schüler.

Aller Verkehr war zum Erliegen gekommen, denn jedes Fahrzeug war auf das voranfahrende aufgefahren. Ein Fenster in Exeter wurde aufgeworfen, und eine große Trompete kam zum Vorschein und zerschmetterte die unerträgliche Stille mit den ersten Takten von *Il Silenzio*:

»Wha-whaaa wha-wha-whaaa wha-wha-wha-whaa wha-wha-wha-whaaa wha-wha-wha-whaaaa –«

»Ohhhhh«, hauchte Orson Dogg und rang begeistert die Hände, »Exhibitionisten. Und gleich ein ganzer Haufen.« Er sprang hinaus auf die Straße und schloß sich den Läufern an, zog ein Notizbuch hervor und verwickelte den hintersten der Männer in ein wissenschaftliches Gespräch.

»Wha-wha-wha-whaaaa wha-wha-wha-whaaaa wha-wha-wha-whaaa –«

Autumn biß die Zähne zusammen und rannte wie ein Besessener. Er lag nun auf dem dritten Rang, mit dem Konstabler als fünftem oder sechstem hinter ihm. Doch der Mörder hielt noch immer 20 Meter Vorsprung und schien nicht erschöpft. Autumn drückte das Kinn auf die Brust und überholte die beiden Läufer vor ihm, und nun lag er auf gleicher Höhe mit einem kleinen, dikken, krummbeinigen Mann, der dahinsauste wie der elektrische Hase beim Hunderennen. Der Mörder schoß quer über den Cornmarket in die George Street und flitzte auf das Ritz-Kino zu. Er bog rechts ab auf den Gloucester Green, überquerte den Parkplatz, dann ging es am Playhouse vorbei in die Beaumont Street. Und dort, als er sich wieder nach rechts wenden wollte, entdeckte Mrs. Spectre ihn.

»Wha-whaaaaa –«

Mrs. Spectre schritt eben die Stufen des Ashmolean hinab, ihr Teleskop unter den Arm geklemmt. Gegenüber dem Randolph-Hotel trat sie auf die Straße und hielt plötzlich inne. In einem fieberhaften Galopp kam ihr ein nackter Mann entgegen, im Abstand von zehn Metern gefolgt von einem Mann im blauen Anzug, dem wiederum weitere Nackte sowie ein uniformierter Polizist folgten. Binnen Sekundenbruchteilen jedoch war Mrs. Spectre Herrin der Lage.

»Wha-whaaa –«

Mit sicherem Griff umfaßte sie ihr bereits ausgezogenes Teleskop und ließ es über dem Kopf kreisen, dann schleuderte sie es durch die Luft. Das lange Messingrohr glitzerte in der Sonne, wirbelte wie eine Bola und landete zielsicher zwischen den Schienbeinen des Mörders. Es gab einen Schlag wie eine Explosion, als er, Gesicht voran, auf den Boden schlug. Er krachte mit dem Kinn auf die steinernen Stufen des Denkmals, wo er reglos liegenblieb.

Mrs. Spectre schritt darauf gebieterisch über die Straße, hinüber zu Autumn, der keuchend neben seiner Beute kniete.

»Wer«, forderte sie zu wissen, »ist dieser Mensch?«

»Wha-whaaaaaaaaaaaa –«

Autumn blickte auf

»Er heißt Christelow«, entgegnete er.

Kapitel 20

»Mein Problem«, sagte Christelow, »ist es immer gewesen, daß ich stets genau erkenne, was der Mühe wert ist – und was es eben nicht ist.«

Er nickte bitter.

»Ich bin ein intelligenter Mensch. Ich könnte mir vorstellen, daß ich intelligenter bin als zum Beispiel Undigo. Doch Undigo, na, zum einen haben Undigos Schüler bessere Noten als meine; ich gelte als interessant, anregend, aber – tja, auf eine freundliche und unverwechselbare Weise intellektuell sein, das ist nicht genug. Ich weiß das, verstehen Sie, ich weiß das.«

Er blickte zu Autumn auf.

»Und was noch fataler ist, ich bin einfach nicht in der Lage, auch nur im geringsten meine Ansprüche zurückzuschrauben. Ich wollte die Art von Ansehen, die eine Reihe gelehrter und sorgfältig erarbeiteter Kommentare mir bei den biederen Gelehrten eingebracht hätte. Ich hätte niemals – so wie Fairlight – das alles einfach verachten können. Aber offenbar verfüge ich einfach nicht über genug Willenskraft, es in Angriff zu nehmen.«

Christelows Lachen klang beinahe schüchtern.

»Wahrscheinlich bedeutet das alles nichts weiter, als daß ich persönlich bei allen gut angeschrieben sein will. Meine Güte, das hört sich wirklich entsetzlich kleinmütig an. Aber ich glaube, es ist die Wahrheit. Ich schätze meine Fähigkeiten nicht gerade niedrig ein, aber es ist eine Tatsache, daß ich immer nur dann wirklich viel von mir halten kann, wenn ich alle anderen dazu bringe, meine Einschätzung zu teilen.«

Diesmal lachte er laut auf, um seine Verlegenheit zu verbergen.

»Es war einfach niemals genug für mich, zu wissen, daß ich ein kluger Kopf bin, einer der klügsten der Universität (und das darf ich sagen, ohne allzu unbescheiden zu sein, denn es gibt viele, die es an meiner Stelle sagen würden), und daß ich bei den Progressiven und Kritischen in der ersten Reihe stehe. Ich wollte die Sympathie der konservativen Gelehrten noch dazu. Aber« – Christelow blickte verlegen zur Seite – »ich konnte es einfach nicht über mich bringen. Die Fleißarbeit, meine ich. All die Bücher wirklich *schreiben* zu müssen. Und es wäre noch so viel aufzuholen gewesen, verstehen Sie. Undigo zum Beispiel hat ein Standardwerk verfaßt und mehrere Texte herausgegeben, von seinem Essaybändchen ganz zu schweigen. Meine Aufsätze gelten als bedeutender als seine, das wird Ihnen Undigo selbst bestätigen, aber das Standardwerk –«

Christelow schüttelte den Kopf.

»Und ich fürchte, Trägheit war nicht alles. Es war auch Eitelkeit im Spiel, die immer wieder mit meinem Bestreben, bei jedem gut angeschrieben zu sein, in Konflikt gerät. ›Was geht mich das an‹, frage ich mich dann, ›wenn die Pedanten nichts von mir halten?‹ Unter meinesgleichen genieße ich Ansehen. Warum einen guten Verstand vergeuden, nur damit andere Beifall klatschen?«

Christelow hielt inne.

»Ich bin entsetzlich eitel.« Er schwieg wieder. »Ja«, fuhr er leise fort, »ich glaube, das war wohl das Entscheidende.«

Wieder hielt er inne. Dann sagte er:

»Wie so oft bei Menschen, die behaupten, etwas tun zu können, wenn sie nur wirklich wollten, konstruierte ich daraus eine Rechtfertigung dafür, daß ich es nie wirklich tat. Die Standardwerke ließen auf sich warten, und ich tat so, als machte mir das gar nichts aus. Doch weder mit meiner Eitelkeit noch mit meiner Trägheit war ich wirklich zufrieden. Wenn man nichts vorzuweisen hat, kann einen das allein nicht zufriedenstellen. Ich habe tatsächlich, wie ich es im Grunde noch immer tue, den kreativen, ästhetischen Verstand mit einem aktiven kritischen Ansatz dem simplen Gelehrtenverstand für überlegen gehalten. Doch« – er hob die Hände – »das genügte nicht. Beides zu verbinden ist besser, als nur eines davon zu besitzen. In der Hinsicht konnte ich mir nichts vormachen.«

Christelow kostete seine Darlegungen offensichtlich aus.

»All das wird sich für Sie ein wenig nach einer fixen Idee anhören, aber Sie müssen sich die Umstände vor Augen führen: eine geschlossene Gesellschaft, in der die Pedanten in der Überzahl sind. Der Konkurrenzdruck verschärft sich ständig, und man überlegt, wie man sich ihm am effektvollsten stellt. Nun, man kann nicht unbegrenzt weitermachen und die Überlegenheit seiner eigenen Einstellung zur Schau stellen, wenn die andere Seite sich weigert, diese Schau zur Kenntnis zu nehmen; besonders, wenn man ohnehin zwar selbst davon überzeugt ist, daß die eigene Einstellung die überlegene ist, sie aber dennoch nicht für in jeder Beziehung überlegen hält. Nein.«

Der Blick, den Christelow dem Inspektor nun zuwarf, hatte etwas halb Fragendes. »Man muß sie mit ihren eigenen Waffen schlagen. Sie verstehen?«

Er lehnte sich in seinem hölzernen Stuhl zurück.

»Das hier – alles, was ich Ihnen hier erzähle – ist der Hintergrund, das bin sozusagen ich. Nur wenn Sie das vor Augen haben, können Sie verstehen, warum ich getan habe, was ich getan habe.«

Er machte eine Pause.

»Sie mit ihren eigenen Waffen schlagen. Sie vernichtend schlagen und – um das Maß endgültig voll zu machen – so überzeugend wie nur irgend denkbar die Überlegenheit des kreativen kritischen Ansatzes unter Beweis stellen. Das hatte ich mir« – er wählte das Wort mit Bedacht – »zum Ziel gesetzt. Ich wählte die angemessene Methode und machte mich an die Arbeit. War sie von Erfolg gekrönt?« Christelow sah Autumn gefaßt ins Auge. »Um es mit einer Wendung Undigos zu fragen: Sind Sie dieser Meinung?«

Autumn blickte in die Runde der Gesichter im Senior Common Room.

»Meine Antwort auf diese Frage lautete: ›Ja.‹ Das *Book of the Lion*« – der Inspektor schleuderte es auf den Tisch – »ist von Anfang bis Ende Christelows Werk.«

Nichts rührte sich. Niemand sprach. Die Stille hielt mehrere Sekunden lang an, denn keiner der Dons war wirklich sicher, daß der Inspektor tatsächlich gesagt hatte, was sie zu hören geglaubt hatten. Dann lehnte Undigo sich vor und griff nach dem Buch.

»Christelow.« Er schlug das Buch auf, starrte jedoch weiterhin Autumn an. Dann sagte er: »Er hat es geschrieben?«

»Es war die Summe all meiner ungeschriebenen Werke«, sagte Christelow. »Es war mein ganzer Verstand, die ganze Fülle meines Wissens, so viel, wie es eben war. Ich habe lange, lange daran gesessen. Als es fertig war, wußte ich, wie viel es mir bedeutete, das Buch und das ganze Unternehmen, dessen Grundpfeiler es darstellte. Doch wieviel es mir wirklich bedeutete, begriff ich erst, als ich hinter Manchip stand, das Messer in der Hand.«

»Er hat das geschrieben«, sagte Undigo und starrte noch immer Autumn an. »Und er hat selbst seine Echtheit bescheinigt!« Undigo blickte hinunter auf das Buch. »Was für ein unglaublich scharfer Verstand.«

»Pervertiert allerdings«, wandte Autumn vorsichtig ein.

Undigo hörte ihn nicht.

»Wenn es sich nur um eine simple Fälschung handelte, könnte man zumindest allmählich anfangen, es zu begreifen, aber er mußte das ganze Idiom eines Zeitalters nachschaffen: Vokabular, Grammatik, Redewendungen. Das ist einfach großartig! Eine ungeheure wissenschaftliche Leistung – und die Phantasie und das Können, daraus ein solches Werk zu schaffen! Es ist so – so echt! Chaucer –«

Undigo brach ab, als sei es ihm unmöglich, weiteren Ausdruck für sein Staunen zu finden. Dann sagte er:

»Aber wer hat ihn denn durchschaut?« Schwungvoll wandte er sich an Autumn. »Wer? Manchip, Bow-Parley? Sie?«

»In einem gewissen Sinne«, antwortete Autumn, »wir alle drei. Aber ich werde darauf noch kommen. In einem gewissen Sinne –«

»Unglaublich«, hauchte Undigo und starrte das Buch an.

»Aber hören Sie«, wandte Fairlight jetzt ein, »wie sind Sie denn überhaupt auf das alles gekommen?«

»Sie sind doch kein Chaucer-Experte, oder?« fragte Shipton gespannt.

Autumn lachte.

»Aber nein. Sie, das heißt, zumindest die Anglisten unter Ihnen, hätten dieses *Book of the Lion* viel leichter durchschauen können als ich – als Gedicht Chaucers, meine ich.«

»Aber wir haben es nicht durchschaut.« Undigo klopfte mit dem Finger auf seine Sessellehne. »Christelows Werk war gelungen.«

»Und ich muß noch hinzufügen, daß Sie alle« – und Autumns Augen leuchteten sichtlich, als er sie von Gesicht zu Gesicht wandern ließ – »es in dem gleichen Sinn hätten durchschauen können, in dem ich es durchschaut hatte. Sie hätten die Lösung finden können. Sie war da, sie stand klipp und klar vor aller Augen geschrieben, jeder von Ihnen hatte sie ebenso vor der Nase wie ich selbst.«

»Sie werden bereits bemerkt haben«, sagte Christelow, »daß der Clou meines Erfolges gewesen wäre, daß er im Verborgenen geblüht hätte. Ich hatte nicht vor, am Ende alles aufzuklären. Ich wollte nicht – das ist Ihnen hoffentlich klar – irgend jemanden damit der Lächerlichkeit preisgeben. Es war kein Witz, verstehen Sie, es sollte niemand im akademischen Betrieb damit bloßgestellt werden. Nichts dergleichen.

Aber« – Christelow rieb sich die Hände – »was ich für einen Kommentar hätte schreiben können – zu meinem eigenen Werk!« Er genoß sein Lachen. »Das hätte mir die konventionelle akademische Anerkennung verschafft, die mir noch fehlte, und ich hätte meinen Lieblingsplatz einnehmen können, den Platz desjenigen, der von allen gemocht wird.

Doch meine größte Leistung hätte darin bestanden, daß ich etwas erreicht hatte, von dem nur ich selbst –«

Christelow brach unvermittelt ab.

»Deshalb bin ich auch das Risiko eingegangen.«

Autumn nickte.

»Sie könnten sich nach wie vor Ihrer Freiheit erfreuen, wenn Sie dieser einen Versuchung widerstanden hätten.«

»Oh, wer hätte da widerstehen können? Und ich sprach ja bereits von meiner Eitelkeit.« Christelow schüttelte den Kopf. »Nein, Inspektor, ich mußte es tun.«

»Und was war das nun für ein geheimnisvolles Risiko?« wollte Fairlight wissen.

»Alles zu seiner Zeit«, entgegnete Autumn.

»Bow-Parley und Manchip wußten also, daß Christelow das Buch gefälscht hatte?« fragte Rankine.

»Deshalb wurden sie umgebracht.«

»Ich beneide sie nicht um ihren Scharfsinn«, murmelte Falal.

»Ich bin über alle Maßen erstaunt, daß sie den Betrug entdeckt haben sollen«, hakte Rankine nach. »Bow-Parley war kein Fachmann und Manchip Altphilologe. Offenbar gab es eine Seite ihrer Persönlichkeit, von der wir nichts wußten.«

Autumn lächelte ein wenig.

»Aber nein, ich werde es Ihnen gleich erklären.«

»Also was mich am meisten interessiert: Wie ist der Inspektor dahintergekommen?« schaltete sich Fairlight ein. »Verraten Sie es uns. Sie haben noch nicht einmal angedeutet, wie Sie selbst darauf –«

»Und die Bücher, was ist mit den Bücherverbrennungen? Und dieser Kant, wieso hat Christelow versucht, ihn zu ertränken?« fragte McCann.

»Ich werde Ihnen alles erklären, aber lassen Sie es uns der Reihe nach angehen«, antwortete Autumn.

»Hätte geschworen, daß es Selbstmord war«, brummte Lord Pinner.

»Was mir am meisten Kopfzerbrechen bereitete, war die praktische Ausführung meines – meines Plans. Ich hielt mich wohl für kompetent genug, das Gedicht zu verfassen, aber ich wußte nicht, wie ich das Manuskript herstellen sollte.«

»Der Groschen fiel, als ich Sie und Kant zusammen in Parson's Pleasure sah«, sagte Autumn sanft. »Ich wußte von Archangel, daß Kant wegen Fälschung eingesessen hatte.«

»Ja, Mr. Kant war die Lösung meines Problems. Ich mußte einen professionellen Fälscher finden, einen professionellen Fälscher, dessen – ähm – *forte* alte Dokumente waren. Sie werden sich fragen – wie ich es selbst auch tat –, wie ein ehrbarer Akademiker Kontakt zu einem solchen Individuum aufnimmt. Nun, mir fiel ein, daß Zeitungen umfangreiche Archive unterhalten, in denen Ausschnitte über denkwürdige Verbrechen aufbewahrt werden; mir ging auf, daß ich, wenn ich mich in einer solchen Sammlung umsah, den Richtigen für meine Zwecke finden mußte. Ich fand Mr. Kant. Ich entdeckte seinen Namen in einem Bericht über einige gefälschte alte Besitzurkunden.«

»Davon hat Archangel gesprochen.«

»Ja, das brachte mich auf seine Spur, wie man so sagt. Er hatte seine Strafe inzwischen verbüßt, und es war nicht schwer, mit ihm in Verbindung zu treten. Er hat einen merkwürdigen kleinen Laden in der Charing Cross Road.«

Autumn nickte.

»Sie kennen ihn? Ah, dienstlich. Nun, ich stellte fest, daß er bereit war, mit mir ins Geschäft zu kommen; ja, er nahm den Plan mit Begeisterung auf. Er ist ein phantasievoller Mensch, in vielerlei Hinsicht: Bodley als Lagerhaus für pornographische Schriften zu nutzen – wenn man sich das vorstellt! Ich sollte noch sagen, daß ich es war, der ihm einen Abdruck von McCanns Schlüssel besorgte, das gehörte zu unserer Abmachung. Ich habe es nur zu gern für ihn getan, denn dadurch wurde ich ebenso zum Mitwisser seiner Machenschaften wie er Mitwisser der meinigen wurde. So entging ich der Gefahr einer Erpressung. Mr. Kant ist ein sehr geschäftstüchtiger Mensch. Und« – Christelow brach ab und zögerte – »Kants Idee, sich Zugang zur Bodleian zu verschaffen, eröffnete mir für mein eigenes Täuschungsmanöver eine neue Dimension.«

»Was nun kam«, sagte Autumn mit feierlicher Stimme und schaute im Senior Common Room reihum, »war ein Geniestreich.«

Christelow schwieg einige Augenblicke lang und starrte zu Boden, die Hände zwischen den Knien gefaltet. Dann fuhr er fort:

»Welche Faktoren, Inspektor, waren ausschlaggebend bei der Frage, ob mein Gedicht akzeptiert würde oder ob man es als Fälschung entlarvte? Das ist eine rhetorische Frage, und ich will sie Ihnen beantworten. Das Gedicht selbst mußte überzeugend alle Züge Chaucers tragen, und das Manuskript mußte mit größter Sorgfalt präpariert sein – das waren zwei entscheidende Probleme, und ich hielt mich für gewieft genug, beide erfolgreich zu bewältigen. Aber es kam noch ein drittes hinzu.«

Christelow warf ihm einen listigen Blick zu.

»Die Geistesverfassung derer, die es prüfen würden.«

Er lächelte, und der Inspektor wartete.

»Die erste Vorsichtsmaßnahme lag nahe: Man mußte jemand anderen das Werk ›entdecken‹ lassen. Nun, es traf sich, daß mein Freund seine Bibliothek verkaufte, und da war es ein leichtes, das Gedicht zwischen die Bücher dort zu schmuggeln und abzuwarten, bis er darauf stoßen würde. Damit hatte ich einen sicheren Start; an diesem Punkt konnte kaum Verdacht aufkommen. Aber ich fand, daß das nicht genug war, daß ich die Fundamente noch verstärken mußte.«

Wiederum hielt Christelow inne und betrachtete den Boden zwischen seinen Füßen. Dann sprach er weiter:

»Wenn man damit rechnet, betrogen zu werden, und einem eine Betrügerei begegnet, dann entlarvt man sie auch. Nicht wahr? Aber wenn man damit rechnet, etwas Echtes zu finden, und man begegnet einer Betrügerei, dann ist die Wahrscheinlichkeit viel geringer, daß man dahinterkommt. Wie gesagt, ich rechnete damit, daß die Qualität der Sache selbst mir keine Schwierigkeiten bereiten würde, und so war es dann ja auch, aber ich dachte mir, es könne nicht schaden, Mißtrauen von außen zu entwaffnen.

Auch ich hatte die Zeitungsberichte gelesen; in diversen Weltgegenden wurden Bücher aus Bibliotheken vernichtet. Akte der Zerstörung, von denen Ihr Polizeichef – ich weiß noch, wie Sie es an dem ersten gemütlichen Abend erzählten, den wir gemeinsam im College verbrachten – glaubte, daß sie nun auch in Oxford begonnen hätten. Wenn ich mich recht entsinne, hatte er die Theorie aufgestellt, daß dieser weltweite Vandalismus Teil eines organisierten revolutionären Angriffs auf die Tradition sei, nicht wahr? Ich erinnere mich, daß ich selbst zu ähnlichen Schlüssen gekommen war. Ich finde das naheliegend.«

Christelow nickte.

»Aber nicht in Oxford. In Oxford – das war ich. Und ich muß wohl kaum hinzufügen – ich bin zuversichtlich genug, das zu glauben –, daß *ich* kein Revolutionär bin.«

Autumn zupfte an seinen Koteletten.

»Nur sehr widerwillig ließ Mr. Kant sich dazu überreden, die Bücher für mich zu vernichten. Es waren weniger moralische als persönliche Gründe, die für ihn dagegen sprachen: Ihm lag nichts daran, Aufmerksamkeit auf die Bodleian zu lenken, die er zu jenem Zeitpunkt bereits seit mehreren Monaten nutzte. Aber natürlich hatte er gar keine andere Wahl. Sobald das *Book of the Lion* fertiggestellt war, begann das Zerstörungswerk.«

Christelow machte eine Pause.

»Sie werden allmählich erkennen, worauf ich hinaus will. Die Sorge darüber, daß alte und unersetzliche Bücher verbrannt wurden, drang in jedermanns Bewußtsein in Oxford. Das alles schuf eine Stimmung, eine Aura, warf einen Schatten der Furcht. Dieses Gefühl nahm eine solche Intensität an, daß man es selbst bei Scotland Yard nicht als übertrieben empfand, einen hervorragenden Beamten herzuschicken.«

Christelow verneigte sich höflich in Richtung des Inspektors.

»Nun denn. In einer solchen Stimmung wird die Sorge um ein bestimmtes Buch, ein bestimmtes wertvolles Buch, kaum mehr der Frage gelten, ob es echt ist. Sie gilt vielmehr der Frage, ob es in Sicherheit ist.«

Christelow gab Autumn ein paar Augenblicke Zeit, seine Worte zu bedenken. Es war schwindelerregend einfach.

»Ganz besonders wird das der Fall sein, wenn es sich um ein berühmtes Buch handelt, sagen wir mal ein Buch, das gerade entdeckt worden ist. Was würde jeder, der ein solches Buch in Händen hält, angesichts der Zerstörungen als erstes denken? Wäre es nicht etwas in der Art von ›Da sitze ich nun mit einem Band, der so wertvoll ist wie die, die neulich auf dem Radcliffe Square verbrannt wurden. Was für ein Glück, daß ich das noch ansehen darf. Jetzt, da es der Vergessenheit entrissen worden ist, wird doch wohl alles für seine Sicherheit unternommen werden?‹

Ist es nicht so?«

Christelow breitete die Hände aus, um diese Vorstellung zu unterstreichen.

»Es ist eine Frage der Emphase. Ich will damit nicht sagen – es wäre absurd, so etwas anzunehmen –, daß die sorgfältig von mir vorbereitete Stimmung aus scharfsinnigen Gelehrten leichtgläubige Gelehrte machte. Ich will nur sagen, daß sie in der richtigen Verfassung darangingen, einer Verfassung, in der sie etwas Echtes sehen wollten.«

»Mein Gott, wie unglaublich, unglaublich scharfsinnig«, hauchte Fairlight begeistert.

»Oh ja, scharfsinnig«, bestätigte Undigo. »Wir wissen doch alle, wie scharfsinnig Christelow war.«

»Diese Emphase«, sagte Christelow noch einmal, »ich glaube, das hat mir ungeheuer geholfen.«

Ein Gedanke durchzuckte ihn.

»Ich hatte übrigens niemals die Absicht, mich der gröberen Möglichkeiten, die meine psychologischen Vorbereitungen eröffneten, zu bedienen. Um die Stimmung ging es mir. Die Idee, Hinweise darauf zu erfinden, daß das Buch in besonderer Gefahr schwebte, hätte ich ins Reich der Romane verbannt; doch die Umstände zwangen mir ein wenig davon auf.

Nachdem Manchip – umgekommen war, schien es mir ratsam, ein Motiv zumindest anzudeuten. Ich richtete es also ein, daß der Eindruck erweckt wurde, seine Wohnung sei gründlich durchsucht worden, was natürlich suggerieren sollte, daß jemand hinter irgend etwas her gewesen sei und daß dieses Etwas das *Book of the Lion* gewesen sein könne. Ja, das war ein sehr grobes Mittel. Und ich konnte seine Räumlichkeiten ja nicht in offensichtlicher Unordnung hinterlassen, denn das hätte unverzüglich zu Aufruhr geführt und mich den Tag gekostet, an dem die Fährte abkühlen konnte.

Und diese Geräusche, die ich an meinem Fenster gehört haben wollte – meine Güte, entsetzlich grob. Das waren improvisierte Ergänzungen meiner Pläne, und wenn ich in dieser Richtung weitergemacht hätte, dann hätte ich wahrscheinlich am Ende selbst noch alles verdorben. Je deutlicher Andeutungen werden, desto weniger wirkungsvoll sind sie.«

Christelow legte die Fingerspitzen aneinander.

»Klima, ein Klima, das ist das richtige Wort.« Er federte mit den Fingern. »Ich lieferte keine Indizien, ich schuf ein Klima. Ein Klima, in dem man bereit war zu glauben.«

»Ich frage mich, ob ihm das geholfen hat«, sagte Clapp unvermittelt.

»Ich glaube, es kann seine Wirkung gar nicht verfehlt haben«, sagte Undigo nachdenklich, »unter diesen Umständen. Es ist ja für keinen von uns etwas Ungewöhnliches, mit seltenen Manuskripten umzugehen. Von mir persönlich weiß ich, daß ich mir keine großen Gedanken um ihre Sicherheit mache. Ich will nicht behaupten, daß ich mich noch genau entsinnen kann, in welcher Stimmung ich damals war, doch weiß ich noch gut, daß ich einmal, als ich das *Book of the Lion* studierte, dachte: ›Hoffentlich geht Christelow nicht leichtsinnig damit um.‹ Die Umstände waren es –«

McCann bemerkte: »Genau das dachte ich auch. Obwohl ich mir normalerweise wohl keine Sorgen darum gemacht hätte.«

»Mir ging's genauso«, bestätigte Shipton mit einem Nicken.

Fairlight erholte sich rasch von dem Anfall von Bewunderung, den die Enthüllung der Christelowschen Raffinesse in ihm hervorgerufen hatte.

»Also, nein, ehrlich, ich kann nicht sagen, daß das auch auf mich zuträfe. Es war eine kluge Idee von Christelow, doch ich war offenbar immun dagegen. Vielleicht, weil meine Aufmerksamkeit stets dem Text gegolten hat und immer gelten wird.«

»Was?« brüllte Undigo. »Seine Aufmerksamkeit gilt dem Text! Fairlight, mit dieser selbstgefälligen Bemerkung haben Sie wissenschaftlichen Selbstmord begangen. Ihre Aufmerksamkeit gilt dem Text, und Sie sehen nicht, daß er eine Fälschung ist.«

»Wirklich, Undigo, Sie belieben wohl zu vergessen, daß ich der einzige war, der das Buch nicht in den siebten Himmel –«

»Aus Gehässigkeit«, bemerkte Falal.

Ein Stimmengewirr hob an, und der Senior Common Room hallte wider von bösen Worten.

»Bei der Geographie hingegen«, wandte Shipton sich grinsend an den Inspektor, »weiß man, was man hat.«

Christelow erhob sich und drehte eine Runde in seiner engen Zelle. Dann setzte er sich wieder.

»Wußte Kant, daß Sie die beiden Männer getötet hatten?«

Christelow schüttelte den Kopf.

»Nein, er wußte es nicht. Kant hatte keine Ahnung, daß ich dahintersteckte. So sehr hätte ich mir seiner Komplizenschaft nicht sicher sein können. Nachdem die Polizei ihn verhaftet hatte, mußte ich befürchten, daß er über mich und das *Book of the Lion* und über die Bücherverbrennungen plaudern würde, und diese Furcht trieb mich dazu, ihn aus dem Weg zu räumen.«

»Einen Augenblick gab es in jener Nacht, als ich ihn in seinem Haus in die Mangel genommen hatte, da dachte ich, er würde alles verraten.«

»Das konnte ich nicht riskieren. Ich hörte, wie Ihr Kollege, Inspektor Dorcas, Ihnen berichtete, daß Kant schwimmen gegangen sei, und ich beschloß, es auf der Stelle hinter mich zu bringen. Ich machte mich auf den Weg nach Parson's Pleasure.«

Christelow hielt inne und starrte die Wand an.

»Das Morden«, sagte er leise und voller Entsetzen, »ist mit einem Mal die geringste Sorge, die man hat.«

Autumn stand auf, ging zum Fenster und warf einen Blick durch die Gitterstäbe. »Manchip – hat Manchip Sie aufgefordert, mit ihm auf das Dach zu steigen?« fragte er.

»Ich habe mir den Ort nicht selbst ausgesucht, das kann ich Ihnen versichern. Es war eine Angewohnheit von ihm, dort hinaufzugehen, wie Sie wahrscheinlich wissen. Er hatte mich an jenem Abend telefonisch zu sich bestellt. In dem Augenblick, in dem ich sein Gesicht sah, war mir klar, daß er Bescheid wußte. Er sagte einfach nur: ›Wie außerordentlich raffiniert.‹ Es gab für mich nicht den geringsten Zweifel, daß ich ihn töten mußte, ich spürte, wie diese Gewißheit in der Sekunde in mir aufstieg, in der ich ihm gegenüberstand. Das war der Augenblick, da ich begriff, wie viel mir diese Sache bedeutete.«

Christelow sprach weiter, und Autumn fiel die merkwürdige Verwandlung auf, die seine Stimme und sein Auftreten durchgemacht hatten. Alle Weltgewandtheit war dahin.

»Ich ließ ihn reden. Er nahm eine Birne und zerteilte sie. Er hatte überhaupt keine Vorstellung davon, welchen Stellenwert das alles für mich hatte. Er redete in einem fort, zog mich damit auf, und ich ließ ihn in dem Glauben, es sei nichts weiter als ein akademischer Scherz. Dann meinte er, er wolle sich ein wenig Bewegung verschaffen. Ich begleitete ihn und nahm das Messer mit, als ich das Zimmer verließ. Wir gingen über den Hof, der Himmel war unvorstellbar dunkel. Immer wieder beteuerte er, wie klug ich gewesen sei. Dann schlug er vor, auf das Kapellendach zu steigen. Wir stiegen hinauf. Ich stieß einfach zu.«

Autumn betrachtete zwischen den Stäben hindurch die Fahrräder, die auf der Straße vorüberfuhren.

»Die Umstände hätten nicht ungünstiger sein können, doch ich mußte es tun, zu diesem Zeitpunkt, an dieser Stelle. Verstehen Sie, er hätte mich verraten. Ich mußte ihn umbringen. Ich konnte es nicht aufschieben. Es mußte sofort sein. Ich stellte ihn auf – eine Statue mehr. Was hätte ich tun sollen? Wenn er am Boden liegengeblieben wäre, hätte ihn jeder sofort gesehen.«

Wiederum unterbrach sich Christelow. Einige Augenblicke später fuhr er fort: »Ich habe ihn getötet. Ich weiß genau, was das heißt. Es war das *ultima Thule* meiner Selbstsucht. Ich hatte nicht gewußt, daß ich dermaßen selbstsüchtig sein konnte.«

Christelow hob den Kopf und blickte Autumn beinah verlegen an.

»Unter diesen Umständen ist es wirklich lächerlich, aber es ist mir ein Bedürfnis, mich dafür zu entschuldigen, daß ich Sie niedergeschlagen habe.«

Autumn fragte: »Was hatte dieses ›Nicht gerade anständig‹ zu bedeuten, das ich Bow-Parley am Telefon sagen hörte?«

»Ah, er war bester Laune, als er dahintergekommen war: ›Nicht gerade anständig, aber absolut genial‹; Bow-Parley, der Ärmste, verstand sich immer als gefährlichen Freigeist.«

»Er hatte keinerlei Ahnung, welches Risiko er einging, indem er Sie wissen ließ, daß er es entdeckt hatte?«

»Genauso wenig wie Manchip. Er war ungemein zufrieden mit sich selbst, daß er dahinter gekommen war.«

»Nein, er war nicht dahintergekommen. Er hatte es gesehen, jedoch nur, weil er darauf aufmerksam gemacht worden war. Zumindest«, fügte Autumn hinzu, »bin ich mir ziemlich sicher, daß es so war. Der Schlüssel steckte in Manchips Tagebuch, müssen Sie wissen, und es ist sehr wahrscheinlich, daß Bow-Parley ihn dort fand, als er in den Besitz des Tagebuches gelangt war.«

Christelows Gesicht war ein wenig länger geworden.

»Das Tagebuch, das ich hinter Shiptons Spiegel versteckt hatte.« Seine Stimme erstarb. Dann lächelte er matt. »Und auf diese Weise sind Sie dann auf die Fährte gestoßen.«

»Darauf gestoßen kann man nicht sagen.«

»Meine Güte, wenn ich mir doch nur die Mühe gemacht hätte, selbst einen Blick in dieses Tagebuch zu werfen.«

»Oh, er hatte es nicht etwa einfach nur aufgeschrieben.« Autumn hielt inne. »Es war ganz und gar nicht offensichtlich. Es kam eine Reihe von Faktoren hinzu, ohne die mir die Information in Manchips Tagebuch nicht das geringste genützt hätte.«

Christelow sagte: »Daß ich das Tagebuch hinter Shiptons Spiegel schob, war bloß ein Ablenkungsmanöver, um die Spur zu verwischen; ich darf wohl sagen, daß ich keinen Moment geglaubt habe, daß ich Shipton jemals ernsthaft damit belasten würde. Undigo war mir in dieser Hinsicht eine große Hilfe; ich hatte befürchtet, ich selbst würde Sie darauf aufmerksam machen müssen, daß Bow-Parley das Tagebuch bei Shipton entwendet hatte – Bow-Parley hatte es mir erzählt, doch Undigo ersparte mir diese Mühe.«

Christelow schwieg einige Sekunden und dachte augenscheinlich nach.

»Wenn Bow-Parley den entscheidenden Hinweis in Manchips Tagebuch fand, warum hat er mir dann nichts davon gesagt?«

»Ohne Zweifel wollte er Sie in dem Glauben lassen, er sei allein darauf gekommen.«

»Mmmmm, ja. Das paßt zu ihm.«

»Ich bin sicher, er hatte es aus dem Tagebuch. Er war genau der richtige Mann, es dort zu entdecken.«

»War er das wirklich? Tatsächlich?«

Rankine hatte die letzten Eintragungen in Manchips Tagebuch studiert, während Autumn sprach.

»War er das? Ich entdecke nichts, absolut nichts. Wieso konnte Bow-Parley etwas finden und ich nicht?«

»Schluß jetzt«, rief Fairlight mit übertriebener Ungeduld, »wieso haben Sie es finden können, Inspektor? Wie ist es Ihnen gelungen? Heraus damit!«

Autumn blickte in die Runde.

»Weil ich begriffen hatte, was Manchip und Bow-Parley gemeinsam hatten.«

Kapitel 21

Autumn zog sein ›THEOREM‹ hervor.

»Zuerst werden Sie sich dies hier anhören müssen.«

Er las es vor. Anschließend sagte er:

»Es gab vier Schlußfolgerungen. Der Mann, hinter dem ich her war, hatte etwas ausgefressen. Es war nicht so schlimm, daß die beiden Personen, die dahinterkamen, auch nur im Traum daran dachten, daß sie ein Risiko eingingen, wenn sie ihn von ihrer Entdeckung in Kenntnis setzten. Doch für den Mann selbst war es von solcher Wichtigkeit, daß er sie beide tötete, um sie zum Schweigen zu bringen. Diese Information, auch wenn ich mir dessen nicht ganz so sicher war, war vielleicht in irgendeiner Form in Manchips Tagebuch zu finden. Das war mein Ausgangspunkt.«

Shipton sagte: »Und ein sehr guter, wie sich herausstellte.«

»Ich hatte nicht die geringste Ahnung, was für eine Information das war, nach der ich suchte. Ich dachte, ich komme vielleicht dahinter, wenn ich herausfinde, was Manchip und Bow-Parley in die Lage versetzt hatte, diese Information zu finden – was die beiden gemeinsam hatten.«

»Neugier?« schlug Fairlight vor.

»Ja, ich habe alles aufgeschrieben, was jeder von Ihnen über die beiden gesagt hatte, aber was mir fehlte, war ein Katalysator. Ein Katalysator, der die entscheidenden Aspekte in jedem von beiden zusammenbrachte, so daß ich erkennen konnte, was ihnen dazu verholfen hatte zu tun, was ich auch tun wollte.«

»Ich muß sagen, es würde mir selbst jetzt noch schwerfallen zu sagen«, meinte McCann, »was Manchip und Bow-Parley in die Lage versetzt haben soll, das *Book* zu durchschauen.«

Autumn wandte sich McCann zu.

»Sie haben es nicht durchschaut. Nicht das Buch selbst.«

»Ja, was? –«

»Ich will es Ihnen sagen.«
Autumn sammelte seine Papiere ein.
»Als ich gestern nachmittag zum Tee hierher kam, ließ ich in Gedanken alles Revue passieren, was ich über die beiden wußte; gleichzeitig kreisten meine Gedanken um das Tagebuch. Ich plauderte gerade mit Christelow, als mir wie aus heiterem Himmel einfiel, daß eine Sache, die die beiden gemeinsam hatten, das *Book of the Lion* war. Nachdem ich die Möglichkeit verworfen hatte, daß sie von jemandem umgebracht worden waren, der es darauf abgesehen hatte, machte ich mir darum keine weiteren Gedanken mehr. Aber nun ging mir auf, daß es vielleicht von Bedeutung sein könnte, daß sie beide im Besitz des Manuskriptes gewesen waren.«
Autumn blickte zu Shipton, von Shipton zu Undigo und von Undigo zu Falal.
»Da begann mein Katalysator Gestalt anzunehmen: Er bestand aus Dingen, die Sie drei gestern beim Tee gesagt haben. Und aus etwas, das Christelow selbst sagte.«
Autumn hatte das Bündel Papiere, das sein ›THEOREM‹ enthielt, noch in der Hand gehalten, nun schob er es zurück in die Mappe.
»Dr. Undigo, erinnern Sie sich, wie Sie meinten, Bow-Parley sei ein Anhänger Bacons gewesen und ein Gentleman?«
»Er sollte sich erinnern; war nicht das erste Mal, daß er das geäußert hat.« Fairlight grinste maliziös.
»Wie wahr.« Undigo nahm es gelassen hin. »Ja, ich erinnere mich, das gesagt zu haben.«
Autumn beugte sich vor, die Ellbogen auf den Knien, die Hände gefaltet.
»Und Shipton, als ich Ihnen das Tagebuch zur Begutachtung vorlegte, da sagten Sie, die Seitenhinweise seien ›kryptisch‹. Dieses Wort ließ mich aufhorchen.«
»Und ich, Sir, was habe ich gesagt, hm? Verraten Sie's mir. Etwas Geistreiches, wette ich.« Falal legte eine Hand hinters Ohr.
»Nun, Professor, Sie waren mit dem Kreuzworträtsel beschäftigt und hatten ein wenig Schwierigkeiten mit einem der Rätsel. Als Sie die Antwort fanden, riefen Sie: ›Ja, es war ein Anagramm.‹ Und darauf sagte Christelow so etwas wie: ›Ach, Manchip hätte Ihnen über die Schulter geblickt und all Ihre Anagramme im Handumdrehen gelöst.‹«

Autumn nagte an seiner Unterlippe.

»Das war, was Sie sagten, und auch wenn ich noch immer nicht recht wußte, wonach ich eigentlich auf der Suche war, versammelten sich Ihre Worte in meinem Kopf um den Gedanken an das *Löwen*-Buch: Kreuzworträtsel und Manchip und kryptische Seitenzahlen und Bow-Parley, der Bacon-Anhänger, Anagramme –«

Autumn stützte die Hände auf die Knie.

»Ich ging hinauf auf mein Zimmer und nahm mir das Tagebuch und das *Book of the Lion* vor. Eine Zeitlang starrte ich beide reichlich hilflos an. Dann betrachtete ich mir noch einmal die letzte Seite des Tagebuches ganz genau. Anschließend blätterte ich in dem Buch. Dann dachte ich an Seitenzahlen. Ich hatte keine feste Vorstellung, aber ich begann die Seitenangaben im Tagebuch durchzugehen, um zu sehen, welche auf das Buch gemünzt sein konnten. Und beim letzten Verweis –«

Autumn streckte die Hand aus und ergriff das *Book* und das Tagebuch.

»Der letzte Eintrag verriet mir, warum Manchip, der Freund von Kreuzworträtseln, und Bow-Parley, der Anhänger Bacons, so viel leichter als andere entdecken konnten, was sie entdeckt hatten.«

Er hielt das Tagebuch auf der letzten Seite aufgeschlagen in die Höhe.

»Das letzte hier. Unmittelbar vor dem ›Der Herr sei meiner Seele gnädig.‹«

»›Der Herr sei meiner Seele gnädig.‹ Warum er das wohl geschrieben hat?« wunderte sich Rankine.

»Ich könnte mir denken, daß das Manchips Art war, seine eigene Verblüffung einzugestehen.«

»Gut und schön«, meinte Undigo und starrte den letzten Eintrag an. »Aber für meine Begriffe können diese Hinweise alles mögliche bedeuten.«

»Schlagen Sie einmal im *Book of the Lion* nach.«

Autumn blätterte in dem Manuskript.

»Wie heißt es da? ›Z. 89-99. bol. Anf.‹ Kryptisch, das kann man wohl behaupten. Aber nun wollen wir doch mal sehen. Nehmen wir die Zeilen 89 bis 99 des *Book of the Lion*, und lesen wir, was dort steht.«

Autumn hielt das Buch auf den Knien, und die Dons drängten sich um ihn. Sie lasen:

»Caste now your royal eie on everich hond,
How pleyn disordinaunce is in your lond;
Rancour and Ryot now are sovereyn,
In oon accord to wierken aller peyn;
Swich traytours mote be shent and that anon –
To-hanged on a galwes, everich-on.
Else is the king namore king, I rede –
Lost is his croun, his pouer and his drede.
Oft lurketh Deeth wythyn the greene shawe,
Whan foul rebelling trampleth on the lawe. . .«

»Nun, meine Herren«, sagte Autumn, »da haben wir's!«

Lord Pinner starrte ihn an.

»Was soll das heißen, da haben wir's?«

Fairlight sagte: »Ich verstehe nicht –«

»Steht da irgend etwas, das wir bemerken sollten?« erkundigte sich Shipton.

Und dann ließ Falal ein lautes Lachen hören; er studierte die Passage noch immer.

»Der Herr sei meiner Seele gnädig, das kann man wohl sagen. Großartig, großartig. Wie Schuppen von den Augen. Wunderbar, wunderbar!«

»Ich bin vielleicht ein wenig langsam –« setzte Undigo an.

»Das sind Sie, mein Lieber, das sind Sie allerdings. Schauen Sie es sich noch einmal an«, drängte Falal, »schauen Sie es sich noch einmal an. Ach, was hätte unser Kollege Christelow für erstklassige Schnitzeljagden organisieren können!«

»Oh«, rief Undigo aus, den Blick noch immer auf das Buch geheftet, »oh!«

»Haben Sie's?« fragte Autumn.

»Ja. ›Anf.‹«

Autumn zog einen Bleistift aus der Tasche und setzte einige Markierungen in die Passage, die er ihnen gezeigt hatte.

»Wir wollen den Höhepunkt nicht zu lange hinauszögern.«

Er hielt es in die Höhe.

Caste now your royal eie on everich hond,
How pleyn disordinaunce is in your lond;
Rancour and Ryot now are sovereyn,
In oon accord to wierken aller peyn;
Swich traytours mote be shent and that anon –

To-hanged on a galwes, everich-on.
Else is the king namore a king, I rede –
Lost is his croun, his pouer and his drede.
Oft lurketh Deeth wythyn the greene shawe,
Whan foul rebelling trampleth on the lawe. . .

»Manchip mit seinem Auge für Buchstabenrätsel sah es sofort. Es gibt Menschen, die erkennen dergleichen beinah instinktiv. Und Bow-Parley, wer wäre besser geeignet als ein Verehrer Bacons, den verborgenen Gehalt des Tagebuches aufzufinden, ihn zu analysieren und seine Schlüsse daraus zu ziehen? Kryptogramme und Gerüchte von Kryptogrammen, ist das nicht das Paradies eines jeden Bacon-Anhängers?«

»Diese drei Buchstaben hier«, fragte Fairlight, »›bol‹ –?«

»*Book of the Lion*, nehme ich an. Ich vermute, daß ›bol‹ für Bow-Parley der Ausgangspunkt war. Ich bin einen gewaltigen Umweg gegangen, bis ich dorthin gelangte.«

»Man glaubt es kaum«, sagte Shipton.

»Aber ein Kryptogramm – was für eine Dummheit, ein solches Risiko einzugehen!« rief Rankine.

»Oh nein, nein, nein, nein«, wandte Falal sich an den Naturwissenschaftler. »Wie wenig Sie doch von den Menschen und vom Leben verstehen, wenn Sie eine solche Ansicht zum Ausdruck bringen. Gäbe es denn irgendwo einen eitlen Menschen, der der Versuchung einer solchen Geste zu widerstehen vermöchte? Sehen Sie es sich doch an. Hier haben wir ein Werk, das nach unseren Begriffen eine Fälschung ist. Doch niemand, nicht einmal der Inspektor, der uns alle mit seinem Scharfsinn beschämt hat, hat es durchschaut. Solange wir uns nur an das halten, was der Text selbst uns liefert, stammt er von Chaucer. Ja, im Text selbst haben wir nicht einen Fehler gefunden. Aber Christelow mußte doch irgend etwas versteckt haben, was seine Autorschaft verriet, selbst wenn er nicht die Absicht hatte, uns auf sein Werk aufmerksam zu machen. Er mußte sich die Möglichkeit offenlassen zu demonstrieren, daß dieses Buch von ihm selbst stammte. Er hatte es zu perfekt gemacht. Es gab keine Schwachstelle daran. Er mußte eine hinzufügen. Oh ja, mein Lieber, genau das hätten wir alle getan.«

»Chemische Analyse hätte bewiesen, daß das Manuskript eine Fälschung ist«, knurrte Clapp.

»Oh, ts, ts, wie kurzsichtig, mein Guter, ich weiß Ihren Namen nicht mehr, außerordentlich kurzsichtig, Sie enttäuschen mich. Wenn man beweist, daß ein Manuskript falsch ist, hat man doch noch lange nicht bewiesen, daß das Gedicht darin falsch ist. Kommen Sie, natürlich nicht. Es gibt viele falsche First Folios, jedoch die Stücke darin, so verderbt der Text auch sein mag, sind dennoch von Shakespeare. Jawohl, das sind sie.«

»Doch als Manchip das Kryptogramm entdeckt hatte, kam Christelow da nicht in Versuchung, die Seite herauszureißen?« fragte McCann.

»Er sagte mir, er habe sich entschieden, sie zu lassen, wo sie war«, antwortete Autumn, »zum einen, weil es schwer gewesen wäre zu erklären, warum diese Seite fehlte, vor allem aber, weil er überzeugt war, daß es einfach nur Pech gewesen war, daß Manchip es herausgefunden hatte. Er gab an, nach dem Tod Bow-Parleys hätte er es herausgerissen, aber ich war so schnell dort, daß ihm nur mehr Zeit blieb, mir eins über den Schädel zu geben und die Flucht zu ergreifen.«

»Oh, was für ein Mann!« stieß Falal unter wieherndem Lachen aus. »Was war das für ein Mann, unser Kollege Christelow!«

»Mmmm«, stimmte der Inspektor zu, »Christelow war schon ein toller Bursche. Wirklich ein toller Bursche.«

Mit raschen Schritten überquerte Autumn den Innenhof, die Reisetasche in der Hand. Aus einem der Aufgänge trat Nicholas Flower. Er kam dem Inspektor über den Rasen entgegen, sie trafen sich in der Mitte.

»Inspektor Autumn, ich habe noch ein Geständnis abzulegen und möchte mich entschuldigen.«

»Da hatte ich also doch richtig geraten.«

Flower hob die Augenbrauen.

»Wie meinen Sie das?«

»Der Brief an Dim, angeblich von Manchip unterzeichnet.«

Flower wurde puterrot. »Ähem.« Er räusperte sich. »Sie sagen es.«

»Ich fürchte, das war ziemlich offensichtlich. Sie waren so sehr darauf bedacht, mich wissen zu lassen, daß Manchip vielleicht seine Meinung geändert haben könnte.«

»Ah.«

Flower stand verlegen da und stopfte die Hände in die Taschen. Dann sagte er:

»Ich – äh – wollte ihn ein wenig aufscheuchen, verstehen Sie. Ihn aufrütteln aus seiner verdammten Selbstgefälligkeit. Ein solcher Brief von Manchip war ein so erstklassiges Motiv für den Mord. Der Armleuchter hatte die Hosen voll – genau, wie ich es erwartet hatte – und tat, als wisse er von nichts. Deshalb habe ich Ihnen die anonyme Notiz zukommen lassen, um Sie auf die Spur zu bringen. Dadurch wirkte er natürlich furchtbar verdächtig.«

Sie gingen gemeinsam zum Pförtnerhaus.

»Ich wollte Balboa vor Augen führen, was für ein Feigling er ist.«

Flower glitt mit den Schuhspitzen über den Rasen.

»Das Problem war bloß, als sie dahinterkam, hat sie mir genauso eine Abfuhr erteilt wie ihm. An der Pagode, als wir Boccia spielten. Sie sagte, das sei der Beweis gewesen, daß ich zu jung für sie sei.«

Flower seufzte tief.

»Scharfes kleines Luder«, sagte er träumerisch.

Sie betraten das Torhaus.

»Was haben Sie mit all den Nackedeis gemacht?« fragte Flower, und bei dem Gedanken an die Verfolgungsjagd hellte sich seine Miene sichtlich auf.

»Wir haben sie in Uniformmäntel gehüllt nach Hause geschickt.«

Sie standen gemeinsam am Tor.

»Tja«, sagte Autumn, »dann will ich mich mal verabschieden.«

»Nächstes Trimester gebe ich eine Party. Würden Sie kommen?«

»Aber ja.«

»Auf Wiedersehen.«

»Auf Wiedersehen.«

Als Autumn sich auf den Weg machte, sah er Balboa Tomlin am Arm von Mr. Singh. Sie hatten ihn nicht bemerkt, doch Mr. Singh hatte Nicholas Flower entdeckt. Als er um die Ecke bog, sah Autumn noch, wie Mr. Singh die Hand in Richtung Nicholas hob. Doch wenn er Mr. Churchills V-Zeichen hatte nachahmen wollen, dann war Mr. Singh dabei ein Fehler unterlaufen.

Autumn erreichte den Radcliffe Square und verharrte einen Moment lang in der Sonne. Vor ihm lag Bodley, und durch die Fenster konnte er die braunen Bücher und die Köpfe der Lesenden sehen.

»Erre-he-he-he-hette ihn«, vernahm er noch einmal die Stimme Bow-Parleys. »Erre-he-he-he-hette ihn vor dem Spieße des Einhorns –«

Autumn wandte sich ab.

»Und dem Rachen des Löwen«, fügte er laut hinzu.

Nachwort

Dons nennt man in England die in den Colleges von Oxford und Cambridge residierenden Professoren: *Landscape with Dead Dons – Landschaft mit toten Dons* nennt Robert Robinson seinen 1956 erschienenen Detektivroman. Es ist die Landschaft des akademischen Oxfords, die hier mit zwei toten Exemplaren der Gattung ausstaffiert wird – im ersten Fall sogar im Wortsinn. Eines Abends entdeckt der Pförtner auf dem Kapellendach des Warlock College durch puren Zufall eine Statue zuviel. Zwischen leicht bekleideten steinernen Schönen und würdigen Staatsmännern stört ein Standbild die Symmetrie – es ist die von zwei Holzsparren gestützte Leiche des Rektors von Warlock, Professor Manchip, die dort seit etwa 24 Stunden steht. Das Obstmesser in seinem Rücken, das zu seinem eigenen Besteck gehörte, weist auf einen gewaltsamen Tod hin, der ihn an seinem Lieblingsplatz ereilt hat, wo man nach seiner Meinung den schönsten Blick auf Oxford genießen konnte. Vermißt hatte man ihn zwar beim rituellen gemeinsamen Abendessen der College-Gelehrten, aber man nahm an, daß er sich wieder einmal beim Abpausen einer alten Grabplatte verspätet habe; wobei »vermißt« nicht ganz der richtige Ausdruck ist, war der Gelehrte doch viel zu unbeliebt und zu unliebenswürdig. Eigentlich hatte er nur vier Interessen: Gynander, Grabplatten, Kreuzworträtsel und Gehässigheiten, wie ein Kollege in einem Nachruf zu Lebzeiten zusammenfaßte. Entsprechend fallen auch die gemurmelten Nachrufe bei seinem Trauergottesdienst aus: Der eine schätzt – nach der Skala aus Huxleys *Schöner neuer Welt* – seine Intelligenz als »Beta« oder »Beta plus«, keineswegs »Alpha« ein, ein anderer rügt seine schlechte Gewohnheit, Leuten beim Lösen der schwierigen Kreuzworträtsel aus der TIMES über die Schulter zu blicken und die Wörter vorzusagen, der Geistliche des College freut sich über die Gelegenheit, vor vollem Haus zu psalmodieren, und der Kanzler, der aus diesem traurigen Anlaß sein Golfspiel verschoben hat und herbeigeeilt ist, gedenkt des recht ordentlichen Abschlags des so jäh Verblichenen. Ansonsten geht das Leben weiter, als sei nichts geschehen – man hänselt sich, ist neidisch aufeinander, intrigiert, äußert sich boshaft über An- und vorzugsweise Abwesende und versucht sich möglichst seinen Lehrverpflichtungen zu entziehen. Erst ein zweiter Mord schreckt die Dons aus ihrer Ruhe, denn nun breitet sich bei jedem das unangenehme Gefühl aus, er selbst könne der nächste sein.

Natürlich ist ein solches Bild der Oxforder Landschaft mit toten Dons kein veristisches Gemälde, sondern eine Karikatur, wie Robinson einmal bekannte. Der Autor, 1927 in Liverpool geboren und in London aufgewachsen, hat am Exeter College in Oxford studiert und den Roman kurz nach seinem Abschluß geschrieben, als er am Anfang einer Medienkarriere stand, die ihn zu einem der bekanntesten Rundfunk- und Fernsehmoderatoren Großbritanniens machte. Seine schriftstellerischen Vorbilder waren dabei Michael Innes, der unter seinem wirklichen Namen John Innes MacKintosh Stewart Literaturprofessor war, und Edmund Crispin alias Robert Bruce Montgomery, dessen Seriendetektiv Gervase Fen sich selbst als den einzigen Literaturwissenschaftler der gesamten Geschichte des Kriminalromans bezeichnet, der zum Detektiv wurde. Innes und Crispin gelten als die typischsten Vertreter der spielerischen Spätform des Detektivromans – wie in unseren Tagen Charlotte MacLeod –, bei denen nach den Worten des Kriminalautors und -kritikers Julian Symons Morde und Mörderjagd zur Quelle eines endlosen Amüsements werden.

Ihr Schüler Robert Robinson setzt da bewußt »noch eins drauf«, und das Ergebnis ist einer der besten Universitätskrimis aller Zeiten. In diesem Spätling der Gattung wissen schon die Studenten altklug, warum es sich in Oxforder Colleges so gut morden läßt: viel Intelligenz auf engstem Raum versammelt, das tägliche Miteinander, die bewußt zur Schau gestellte Exzentrizität, der gelegentliche Größenwahn, die wissenschaftliche Rivalität, das im Grunde beschäftigungslose Dasein, bei dem man herumsitzt und seinen eigenen Verstand kultiviert, wie einer der insgesamt vier Studenten des College analysiert.

All das spielt tatsächlich bei den Insassen des Warlock College eine Rolle. Jeder reitet sein Steckenpferd mit Ausschließlichkeit. Für Fairlight, den Vertreter des New Criticism – unserer werkimmanenten Methode verwandt –, beginnt die englische Literatur erst mit T. S. Eliot, während der ermordete Manchip Spezialist für den griechischen Dichter Gynander war, von dem überhaupt nur sechs Fragmente existieren, mit deren Grammatik, Überlieferung, Emendation und Edition er sich lebenslang beschäftigte, während inhaltliche Fragen für den knochentrockenen Philologen schon an Effekthascherei grenzen. Der Eliot-Spezialist rivalisiert mit dem als Hansdampf in allen Gassen der Anglistik bekannten College-Geistlichen bei der anstehenden Besetzung des Rockinge Chair, eines offenbar sehr angenehmen Stiftungslehrstuhls, entspricht sein Name doch fast bis aufs Tüpfelchen dem englischen Wort für »Schaukelstuhl«. Fairlight wird ein Verhältnis mit einer bildschönen Studentin dubios-exotischer Abstammung vom Fraucollege mit dem sprechenden Namen Walpurgis Hall nachgesagt, während die Frau des Geistlichen ihren salbungsvoll im maniertesten Oxford-Englisch schwadronierenden Gatten mit dem Geographen des College betrügt. Beides behagte dem ermordeten Manchip keinesfalls.

Natürlich nutzt Robinson auch den klassischen Vorteil des College-Detektivromans, einen streng begrenzten Kreis von Verdächtigen zu präsentieren, ist doch nach den Bräuchen britischer Colleges der Eingang Tag und Nacht bewacht, und so kommen als Täter nur die im Warlock residierenden Dons und die vier Studenten in Frage. So etwas gibt es nur im Kriminalroman, wie im Roman selbst treuherzig versichert wird – und in Oxford.

Zudem ist Robinsons Detektiv schon bei der Entdeckung der Leiche zugegen, denn eigentlich hält er sich wegen eines ganz anderen Falles hier auf. Das Verbrechen, mit dem der Roman beginnt, ist kein Anschlag auf einen Menschen, sondern auf eins der großen kulturellen Güter der Menschheit: Ein Student entdeckt, daß Miltons *Verlorenes Paradies* im Wortsinne verloren ist – aus dem in der ehrwürdigen Bodleian Library verwahrten Manuskript hat ein Unbekannter mit roher Gewalt die Seiten herausgerissen. Als man daraufhin die Bestände überprüft, findet man weitere Fälle solchen Vandalismus, und kurz danach brennt nachts ein ganzer Haufen wertvoller Bücher auf einem Platz neben der Bibliothek.

Bücher werden aber nicht nur vernichtet, sondern tauchen auch unvermutet auf. Einer der Dons hat ein unbekanntes Werk von Chaucer entdeckt, eine literarische Sensation allerersten Ranges.

Bis er es edieren wird, wandert es mit der in Oxford bewußt gepflegten Lässigkeit als Leihgabe durch die Wohnungen der Dons und ist daher gefährdet. Scotland Yard vermutet einen Zusammenhang mit ähnlichen Zwischenfällen in den Bibliotheken des Vatikans, in Leiden und in Yale – ein verschwörerischer Anschlag auf das kulturelle Erbe der Menschheit mit revolutionärem Hintersinn? Jedenfalls scheint die Sache wichtig genug, daß Scotland Yard sie an sich zieht und Inspektor Autumn nach Oxford entsendet.

In der Regel gibt es im klassischen Detektivroman wie auch in der von Hammett und Chandler begründeten amerikanischen Schule eine fest etablierte Beziehung zwischen Täter und Detektiv – sie entstammen demselben Milieu. Entsprechendes gilt auch für die meisten College-Romane: Dorothy L. Sayers' Harriet Vane und Lord Peter sowie Michael Innes' Inspektor Appleby bewegen sich im akademischen Milieu wie der Fisch im Wasser, und Edmund Crispins Gervase Fen sowie Charlotte MacLeods Peter Shandy sind selbst Professoren. Robert Robinson weicht auf eine sehr überzeugende Weise von diesem Schema ab: Inspektor Autumn hat von Universitäten keine Ahnung, und Dons kennt er nur aus Filmkomödien. Er ist vom Streifenpolizisten aufgestiegen, und seine einzigen Berührungen mit dem akademischen Milieu hatte er als Bobby, wenn es am Guy-Fawkes-Tag gröberen Unfug der Londoner Studenten zu unterbinden galt. Auch in seiner späteren Karriere sind ihm keine aus unklaren Motiven vernichteten Bücher und erst recht keine ermordeten College-Rektoren und Vizekanzler untergekommen, eher Mörder wie du und ich, Ehemänner, die ihre Frau töten, weil sie ein Verhältnis mit dem Installateur hatte. So wird er gerade in seiner Unerfahrenheit für den Leser zum idealen Vermittler dieser bis zur Skurrilität fremden Welt, deren Eigenheiten, Bräuche und Exzentrizitäten er geduldig registriert. Er hat nichts von einem Superdetektiv an sich, und gerade das macht seine Glaubwürdigkeit und seinen letztlichen Erfolg aus. Er weiß, daß er denken kann, aber er haßt die damit verbundene Anstrengung, wie auch ein guter Schüler Hausaufgaben und Klassenarbeiten haßt. Dennoch setzt er sich, als er genug Fakten zusammengetragen hat, an eine ausführliche Synopse des Falles, bei der er für jeden Verdächtigen Motive und Möglichkeiten geduldig zusammenstellt. Sie wird dem Leser Wort für Wort mitgeteilt. In dieser detaillierten und systematischen

Auflistung der Clues ist Robinsons *Tote Professoren* nur noch S. S. van Dines *Der Mordfall Greene* an die Seite zu stellen, in dem Philo Vance für den Leser ebenfalls alle Hinweise zusammenstellt, die es nur leicht umzuordnen gilt. Autumn – und der Leser – muß am Ende seiner messerscharfen Überlegungen noch den Punkt finden, den die beiden Ermordeten gemeinsam hatten – und dieser Punkt lag die ganze Zeit offen vor des Lesers Augen. Dennoch wird er ihn übersehen und verblüfft den Moment abwarten, in dem endlich der Name des viele Seiten lang von Autumn gejagten und dann bereits gestellten Täters fällt.

Die Verhaftungsszene ist unter Kennern des Genres legendär: Als es Autumn endlich gelungen ist, den Täter zu identifizieren, hat sich dieser nach Parson's Pleasure begeben, was wörtlich »des Pfarrers Vergnügen« heißt. Hier, an einem Seitenarm des Flusses, kann man sich in Gesellschaft der würdigen Dons nackt sonnen und baden. An diesem drückenden Sommertag ist die Wiese entsprechend voll, als plötzlich ein Achter mit den Walpurgis-Damen um die Biegung des Flusses rudert. Der Aufruhr ist allgemein, die Verwirrung groß, die Kleider in den Kabinen, und so versucht man sich in den unterschiedlichsten Verfahren des Sichtschutzes – nur ein ganz Gewitzter verbirgt sein Gesicht, da dies sein in der Öffentlichkeit bei weitem bekanntester Körperteil sei. Während die Steuerfrau und Rektorin von Walpurgis mit ihrem Baß den Rückzug befiehlt, weist sie gleichzeitig die akademischen Jungfrauen darauf hin, daß einige hier etwas zu sehen bekämen, was sie ihr ganzes Leben lang nicht mehr erblicken würden. Doch das gehört eher zu den das ganze Buch durchziehenden Sottisen über Blaustrümpfe, Mannweiber und ungeschlachte Sports- und Mordsfrauen, die nach des Autors Meinung Frauencolleges bevölkern.

In der Verwirrung gelingt es dem Täter zu entfliehen, und wie seit seinen Tagen als Streifenpolizist gewohnt, ruft Autumn zur Verfolgung des Mörders auf. Und so geschieht es, daß am hellichten Tag eine beträchtliche Schar splitternackter Männer durch die Innenstadt von Oxford läuft – zum Schluß nur noch aus dem Grunde, daß man, ist man einmal in einer nackten Gruppe losgelaufen, nur noch in der nackten Gruppe weiterlaufen kann – alles andere wäre schlimmer.

Das Erscheinen der *Toten Professoren* kreierte eine Sensation. Die Mischung aus skurrilstem Humor – von dem hier nur einiges gestreift werden konnte – und extremstem Fair play, bei dem alle Überlegungen des Detektivs und der entscheidende Clue dem Leser gleichsam auf einem Silbertablett präsentiert werden, fand die begeisterte Zustimmung der Meister des Genres wie der Kritiker, darunter auch der Anreger und Vorbilder Michael Innes und Edmund Crispin. Anthony Boucher, einer der renommiertesten Kenner des Genres, schrieb in der New York Times: »Als Autor von Kriminalromanen hat Robinson das Optimum erreicht – und das mit einem Knall. Sein Puzzle wimmelt von täuschend plazierten Clues und zeigt zugleich das kühnste und frechste Fair play, das ich jemals gesehen habe.«

Und auch Inspektor Autumn ist mit seinem Fall zufrieden. Er hat ihn allein gelöst, nur aufgrund der Informationen, die allen zugänglich waren, ohne daß der Täter sich selbst verraten oder eine Unachtsamkeit begangen hätte. Der Mörder ist ordnungsgemäß verhaftet worden und nicht etwa durch Selbstmord geendet. Ein sauberer Fall – vielleicht hat Autumn ja bei dieser Zufriedenheit mit sich selbst eine leise Ahnung, daß ihm das nie wieder in seinem Leben gelingen wird. Robert Robinsons erster Detektivroman war zugleich sein letzter; der Autor wurde auf anderen Gebieten äußerst erfolgreich und populär, aber dem sympathischen Inspektor Autumn werden wir nie wieder begegnen.

Volker Neuhaus

Band 1019	Charlotte MacLeod	**»Über Stock und Runenstein«**
Band 1020	Mary Roberts Rinehart	**Das Album**
Band 1021	Phoebe Atwood Taylor	**Wie ein Stich durchs Herz**
Band 1022	Charlotte MacLeod	**Der Rauchsalon**
Band 1023	Henry Fitzgerald Heard	**Anlage: Freiumschlag**
Band 1024	C. W. Grafton	**Das Wasser löscht das Feuer nicht**
Band 1025	Anne Perry	**Callander Square**
Band 1026	Josephine Tey	**Die verfolgte Unschuld**
Band 1027	John Dickson Carr	**Die Schädelburg**
Band 1028	Leslie Thomas	**Dangerous Davies, der letzte Detektiv**
Band 1029	S. S. van Dine	**Der Mordfall Greene**
Band 1030	Timothy Holme	**Tod in Verona**
Band 1031	Charlotte MacLeod	**»Der Kater läßt das Mausen nicht«**
Band 1032	Phoebe Atwood Taylor	**Wer gern in Freuden lebt . . .**
Band 1033	Anne Perry	**Nachts am Paragon Walk**
Band 1034	John Dickson Carr	**Fünf tödliche Schachteln**
Band 1035	Charlotte MacLeod	**Madam Wilkins' Palazzo**
Band 1036	Josephine Tey	**Wie ein Hauch im Wind**
Band 1037	Charlotte MacLeod	**Der Spiegel aus Bilbao**
Band 1038	Patricia Moyes	**». . . daß Mord nur noch ein Hirngespinst«**
Band 1039	Timothy Holme	**Satan und das Dolce Vita**
Band 1040	Ellery Queen	**Der Sarg des Griechen**
Band 1041	Charlotte MacLeod	**Kabeljau und Kaviar**
Band 1042	John Dickson Carr	**Der verschlossene Raum**
Band 1043	Robert Robinson	**Die toten Professoren**
Band 1044	Anne Perry	**Rutland Place**
Band 1045	Leslie Thomas	**Dangerous Davies . . . Bis über beide Ohren**
Band 1046	Charlotte MacLeod	**»Stille Teiche gründen tief«**
Band 1047	Stanley Ellin	**Der Mann aus dem Nichts**
Band 1048	Timothy Holme	**Morde in Assisi**
Band 1049	Michael Innes	**Zuviel Licht im Dunkel**
Band 1050	Anne Perry	**Tod in Devil's Acre**

DuMont's Kriminal-Bibliothek
Anne Perry
Rutland Place

Band 1042

John Dickson Carr

Der verschlossene Raum

Der Wissenschaftler Dr. Charles Vernet Grimaud, Experte auf dem Gebiet der Schwarzen Magie, glaubt nicht an Gespenster, Hexen und Vampire. Aber ausgerechnet er wird Opfer eines mysteriösen Mörders, der aus dem Nichts auftaucht und nach der Tat spurlos aus einem hermetisch verschlossenen Raum verschwindet. Selbst Gideon Fell, der scharfsinnige Privatgelehrte und Amateurdetektiv, ist ratlos – bis ihn eine Spur zu drei Gräbern im fernen Transsylvanien führt.

Band 1041

Charlotte MacLeod

Kabeljau und Kaviar

Nach seiner Hochzeit mit Sarah Kelling würde Detektiv Max Bittersohn am liebsten jede freie Minute mit seiner Frau verbringen. Doch Sarahs überspannte Verwandtschaft verwickelt ihn gleich in einen neuen Fall: Erst wird Sarahs Onkel Jem eine wertvolle Silberkette, das Wahrzeichen des noblen Clubs des ›Geselligen Kabeljaus‹ gestohlen, dann ereignet sich ein fast tödlicher Unfall, und schließlich stehen auf einer Party neben Champagner und Kaviar auch kaltblütiger Mord auf dem Programm . . .

Band 1040

Ellery Queen

Der Sarg des Griechen

Als der Kunsthändler Georg Khalkis an Herzversagen stirbt, ahnt niemand, daß dies nur der Auftakt ist zu einer mörderischen Symphonie: Doch dann verschwindet das Testament, das der Verstorbene noch kurz vor seinem Tod geändert haben soll. Bei der Suche nach dem Letzten Willen macht man eine grauenvolle Entdekkung: In Khalkis' Sarg liegt eine weitere Leiche – mit Würgemalen am Hals: Der Urkundenfälscher und Kunstdieb Albert Grimshaw. Und das Testament bleibt solange verschwunden, kombiniert Ellery Queen, der Autor von Kriminalromanen und scharfsinnige Amateurdetektiv, bis Grimshaws Mörder gefunden ist.

Band 1039

Timothy Holme

Satan und das Dolce Vita

Achille Peroni, der Rudolfo Valentino der italienischen Polizei, erhält den Auftrag, sich um das Verschwinden einer jungen Frau zu kümmern, die in dem italienischen Badeort Jesolo als Sängerin gearbeitet hat. Es scheint sich lediglich um eine Routineangelegenheit zu handeln. Doch je intensiver Peroni sich mit dem Fall beschäftigt, desto mehr fasziniert ihn die geheimnisvolle schwarzhaarige Schönheit. Schon bald muß er feststellen, daß er mit seinen Untersuchungen in ein Wespennest gestoßen ist. Der Satanskult hat Einzug gehalten in die Häuser der vornehmen venezianischen Gesellschaft. Als Peroni selbst an einer schwarzen Messe teilnimmt, wird ihm ein teuflisches Angebot unterbreitet...

Band 1038

Patricia Moyes

»... daß Mord nur noch ein Hirngespinst«

Die Familie Manciple gilt als exzentrisch – aber die Bewohner des englischen Dorfes, in dem die Familie seit Generationen lebt, mögen sie gerade deswegen. Als der neureiche Londoner Buchmacher Raymond Mason erschossen in der Auffahrt zum Anwesen der Manciples gefunden wird, glaubt daher keiner der Nachbarn, daß der Täter einer von ihnen ist. Chefinspektor Henry Tibbet aus London, der mit den Ermittlungen betraut wird, trifft auf schießwütige pazifistische Ex-Soldaten, spiritistisch interessierte schwerhörige Großtanten, zerstreute und charmante Hausherrinnen, kreuzworträtselbesessene Bischöfe, undurchsichtige Wissenschaftler und scharfzüngige Schönheiten. Mord ist für ihn bald nur noch das kleinere Problem in diesem Fall.

Band 1037

Charlotte MacLeod

Der Spiegel aus Bilbao

Nachdem die hübsche Pensionswirtin Sarah Kelling in den letzten Monaten von einem Mordfall in den nächsten gestolpert ist, fühlt sie sich mehr als erholungsbedürftig. Ihr Sommerhaus am Meer scheint der ideale Ort für einen Urlaub, zumal Sarah hofft, daß sie und ihr bevorzugter Untermieter, der Detektiv Max Bittersohn, sich noch näherkommen... Zu ihrer Enttäuschung wird die romantische Stimmung jedoch durch einen Mord empfindlich gestört – und statt in Sarahs Armen landet Max zu seinem Entsetzen als Hauptverdächtiger in einer Gefängniszelle. Schon bald stellt sich eines heraus: Ehe nicht das Geheimnis des alten Spiegels gelöst ist, der so plötzlich in Sarahs Haus auftauchte, wird es für die beiden kein Happy-End geben.

Band 1036
Josephine Tey
Wie ein Hauch im Wind

Der junge Amerikaner Leslie Searle ist gutaussehend, freundlich und charmant – kein Wunder, daß ihn die Bewohner des kleinen Künstlerdörfchens Salcott St. Mary in der Nähe von London sofort ins Herz schließen. Um so bestürzter sind Searles neue Freunde, als dieser nach einem mehrtägigen Ausflug mit einem Kanu nicht mehr zurückkommt – ist der sympathische Fotograf ertrunken, hat er Selbstmord begangen, oder wurde er etwa umgebracht?
Inspektor Alan Grant von Scotland Yard, der die Ermittlungen aufnimmt, entdeckt sehr schnell, daß Searle keinesfalls bei allen Dorfbewohnern gleichermaßen beliebt war. Versteckte Aggressionen, verborgene Ängste, Eifersucht und Intrigen machen es dem Inspektor nicht gerade leicht, herauszufinden, warum Leslie Searle verschwinden mußte.

Band 1035
Charlotte MacLeod
Madam Wilkins' Palazzo

Sarah Kelling sagt nur zu gern zu, als der smarte Detektiv in Sachen Kunstraub und Fälschung, Max Bittersohn, sie zu einem Konzert in den Palazzo der Madam Wilkins einlädt, ein Museum, das für seine exquisite Kunstsammlung berühmt und für den schlechten Geschmack seiner Besitzerin berüchtigt ist. Doch Bittersohns Einladung steht unter keinem guten Stern: Die Musiker sind schlecht, das Buffet läßt zu wünschen übrig – und einer der Museumswächter fällt rücklings von einem Balkon im zweiten Stock des Palazzos. Als Bittersohn dann noch entdeckt, daß die berühmte Kunstsammlung mehr Fälschungen als Originale enthält, steht eines zumindest fest: Mord sollte eben nie nur als schöne Kunst betrachtet werden!

Band 1034

John Dickson Carr

Fünf tödliche Schachteln

Eine harte Nuß für Chefinspektor Masters: Vier illustre Mitglieder der Londoner High-Society haben sich kurz vor Mitternacht zu einer Cocktailparty getroffen. Wenig später finden der junge Arzt John Sanders und die hübsche Marcia Blystone die drei Gäste bewußtlos und den Gastgeber erstochen auf. An Verdächtigen herrscht kein Mangel – der Tote hatte in weiser Voraussicht fünf mysteriöse Schachteln mit den Namen von fünf potentiellen Tätern bei seinem Anwalt hinterlegt. Mit Elan begibt sich Masters auf die Spurensuche. Die Lösung des Rätsels bleibt jedoch seinem schwergewichtigen Erzrivalen aus dem englischen Hochadel, Sir Henry Merrivale, vorbehalten.

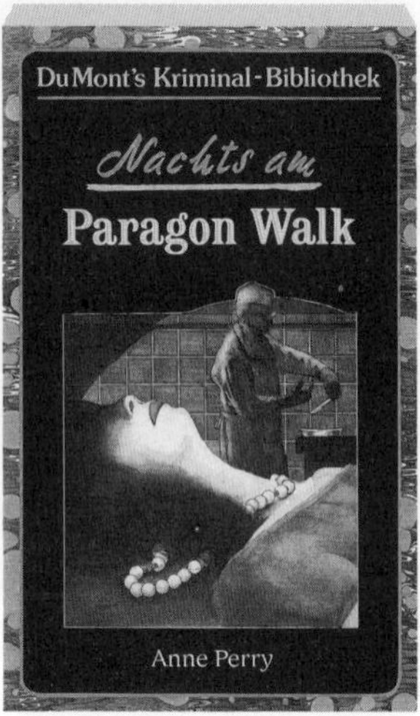

Band 1033

Anne Perry

Nachts am Paragon Walk

Skandal: In der Parkanlage am Paragon Walk ist ein junges Mädchen erstochen und geschändet aufgefunden worden. In den Salons der feinen Familien gibt es keinen Zweifel: Offensichtlich hat ein Kutscher, während er auf seine Herrschaft wartete, dem armen Mädchen aufgelauert. Schließlich wäre kein Gentleman zu einer solchen Tat fähig!

Inspector Pitt ist sich da nicht so sicher. Sein Verdacht scheint sich zu bestätigen, als ein zweites Verbrechen geschieht. Aber die vornehmen Leute wissen sich vor indiskreten Fragen der Polizei zu schützen. Zum Glück stellt Charlotte – Pitts kluge Frau – ihre eigenen Ermittlungen an. Behilflich ist ihr dabei ihre Schwester Emily, der seit ihrer Heirat mit einem Lord Türen offenstehen, die Scotland Yard verschlossen bleiben.

Band 1032

Phoebe Atwood Taylor

Wer gern in Freuden lebt . . .

Victoria Alexandra Ballard, liebevoll Vic genannt, ist aufgebracht: Hat ihr Adoptivsohn George doch einfach ein Häuschen auf Cape Cod für sie gemietet, ohne sie zu fragen – zu ihrem eigenen Besten selbstverständlich, ist sie doch sehr krank gewesen . . . Mrs. Ballards Entschluß, ihren Zwangsurlaub trotz allem zu genießen, läßt sich jedoch leider nicht umsetzen. Gleich am ersten Abend ihres Aufenthaltes wird ein Mitglied einer Schauspielertruppe, die sich im Nebel verirrt hatte und bei ihr Unterschlupf fand, umgebracht. Schon bald ist eines klar: Der Ermordete, der Varieté-Künstler John Gilpin, zauberte nicht nur Kaninchen aus seinem Hut, sondern übte auch eine ganz besonders magische Wirkung auf Frauen aus . . .

Band 1031

Charlotte MacLeod

»Der Kater läßt das Mausen nicht«

Für Betsy Lomax, die erprobte Haushaltshilfe von Professor Peter Shandy, fängt der Tag wahrlich nicht gut an. Bestürzt muß sie feststellen, daß ihr Kater Edmund ihrem Untermieter Professor Herbert Ungley das Toupet geraubt hat. Ihre Bestürzung wandelt sich in Entsetzen, als sie Ungley tot hinter dem Clubhaus der noblen Balaclava Society findet ... Da der Chef der Polizei sich weigert, den Tod Ungleys als Mord anzuerkennen, gibt es für Betsy Lomax nur einen, von dem sie Hilfe erwarten kann – Peter Shandy, seines Zeichens Professor für Botanik am Balaclava Agricultural College. Dieser stößt bei seinen Ermittlungen in ein Wespennest – einflußreiche Persönlichkeiten in Balaclava Junction schrecken offenbar auch nicht vor Mord zurück, wenn es um Geld und Politik geht.